祝勇故宫系列

故宫的古物之美

The Beauty of Antiquities in The Palace Museum Vol. 5

祝勇 著

人民文学出版社

图书在版编目 (CIP) 数据

故宫的古物之美 .5/ 祝勇著 .—北京：人民文学出版社，2023
ISBN 978−7−02−018006−6

Ⅰ.①故… Ⅱ.①祝… Ⅲ.①散文集—中国—当代 Ⅳ.① I267

中国国家版本馆 CIP 数据核字（2023）第 085482 号

责任编辑　薛子俊
责任印制　王重艺

出版发行　人民文学出版社
社　　址　北京市朝内大街 166 号
邮政编码　100705

印　　刷　北京盛通印刷股份有限公司
经　　销　全国新华书店等

字　　数　150 千字
开　　本　880 毫米 ×1230 毫米　1/32
印　　张　10
印　　数　1—5000
版　　次　2023 年 6 月北京第 1 版
印　　次　2023 年 6 月第 1 次印刷

书　　号　978-7-02-018006-6
定　　价　78.00 元

如有印装质量问题，请与本社图书销售中心调换。电话：010-65233595

目录

自　序	故宫沙砾	1
第一章	此心安处是吾乡	1
第二章	世道极颓，吾心如砥柱	41
第三章	他的世界里没有边境	77
第四章	待从头，收拾旧山河	109
第五章	挑灯看剑辛弃疾	173
第六章	西线无战事	205
第七章	崖山以后	235
结　语	汉字书写之美	271
	图版说明	285
	注　释	288

自序
故宫沙砾

它是对我们古老文明的惊讶与慨叹，是一种由文化血统带来的由衷自豪。

一

　　我不知道本书的写成，有多少是出于一家著名刊物主编的"威逼"与"利诱"，有多少是出于自愿，因为在写过《故宫的隐秘角落》之后，我隐隐地有了写故宫"古物"的冲动。

　　有一点是明确的：这注定是一次费力不讨好的努力，因为故宫收藏的古物，多达一百八十六万多件（套）。我曾开玩笑，即使我可以一天写五件，要全部写完，需要一千年，相当于从周敦颐出生那一年（北宋天禧元年，公元 1017 年）写到现在，而实际上我写一件古物，常常需要一个多月。这实在是一件幸福的烦恼：一方面，这让故宫成为一座"高大全"的博物馆，故宫一家的收藏超过 90% 是珍贵文物，材美工良，是古代岁月里的"中国制造"；另一方面，这庞大的基数，又让展示成为一件困难的事，迄今为止，尽管故宫博物院已付出极大努力，每年的文物展出率，也只有 0.6%。也就是说，有超过 99% 的文物，仍难以被看到，虽近在咫尺，却远似天涯。至于书写，更不能穷其万一，这让我感到无奈和无力。这正概括了写作的本质，即：在庞大的世界面前，写作是那么微不足道。

二

这让我们懂得了谦卑。我曾笑言，那些给自己挂牌大师的人，只要到故宫，在王羲之、李白、米芾、赵孟頫前面一站，就会底气顿失。朝菌不知晦朔，而蟪蛄不知春秋，这不只是庄子的提醒，也是宫殿的劝诫。六百年的宫殿（到2020年，紫禁城刚好建成六百周年）、七千年的文明（故宫博物院收藏的文物贯穿整个中华文明史），一个人走进去，就像一粒沙被吹进沙漠，立刻不见了踪影。故宫让我们收敛起年轻时的狂妄，认真地注视和倾听。

故宫让我沉静——在这座宫殿里，我度过了生命中最沉实和安静的岁月，甚至听得见自己每分每秒的脉搏跳动；但另一方面，故宫又让我躁动，因为那些逝去的人与事，又都凝结在这宫殿的每一个细节里，挑动我表达的欲望——

我相信在它们面前，任何人都不能无动于衷。

三

我把这些物质称作"古物"，而不是叫作"文物"，正是为了强调它们的时间属性。

每一件物上,都收敛着历朝的风雨,凝聚着时间的力量。

1914年在紫禁城内成立中国第一个皇家藏品博物馆,就是以"古物"来命名的。它的名字叫——古物陈列所。如一百多年前《古物陈列所章程》所写:"我国地大物博,文化最先。经传图志之所载,山泽陵谷之所蕴,天府旧家之所宝,名流墨客之所藏,珍赈并陈,何可胜纪……"[1]

1925年故宫博物院成立,1928年北伐成功后,南京国民政府颁布《故宫博物院组织法》,将故宫博物院的内部机构,主要分成"两处三馆",分别是秘书处、总务处、古物馆、图书馆、文献馆,正式使用了"古物"一词,而且"古物"的范围,含纳了图书、文献之外的所有文物品类,古物馆的馆长,也由当时故宫博物院院长易培基先生兼任,副馆长由马衡先生担任(后接替易培基先生任故宫博物院院长),可见"古物"的重要性。

物是无尽的。无穷的时间里,包含着无穷的物(可见的、消失的)。无穷的物里,又包含着无穷的思绪、情感、盛衰、哀荣。

面对如此磅礴的物质书写,其实也是面对无尽的时间书写。我们每个人,原本都是朝菌和蟪蛄。

四

当我写下每个字的时候,我知道自己陷入了不可救药的狂妄,仿佛自己真如王羲之《兰亭集序》所说,可以"仰观宇宙之大,俯察品类之盛"。

但我知道我不是写《碧城》诗的李义山,"星沉海底当窗见,雨过河源隔座看",一个人面对岁月天地,像敬泽说的,"是被遗弃在宇宙中唯一的人,他是宇航员他的眼是3D的眼。"[2] 我只是现实世界一俗人,肉眼凡胎,蚍蜉撼树。我从宫殿深处走过,目光扫过那些古老精美的器物,我知道我的痕迹都将被岁月抹去,只有这宫殿、这"古物"会留下来。

我笔下的"古物",固然不能穷其万一,甚至不能覆盖故宫博物院收藏古物的六十九个大类,但都尽量寻找每个时代的标志性符号,通过一个时代的物质载体,折射同时代的文化精神,像孙机先生所说的,"看见某些重大事件的细节、特殊技艺的妙谛,和不因岁月流逝而消褪的美的闪光"[3]。我希望通过我的文字,串连成一部故宫里的极简艺术史。(本书也因此获得中国作家协会的重点项目扶持,当时书名拟为《故宫里的艺术史》,但这终究不是一部严格意义上的艺术史,于是改用了这个相对轻松的书名。)

五

我认真地写下每一个字,尽管这些文字是那么的粗疏——只要不粗俗就好。我知道自己的笔那么笨拙、无力,但至少,它充满诚意。

它是对我们古老文明的惊讶与慨叹,是一种由文化血统带来的由衷自豪。

尽管这只是时间中的一堆泡沫,转瞬即逝,但我仍希求在"古物"的照耀下,这些文字会焕发出一种别样的色泽。

第一章
此心安处是吾乡

苏东坡在萧散冲淡之中,融入了激愤与感伤,也让他的笔触,超越了法度的限制,而与他的生命感悟完美结合,将书法提升到书写生命经验和人生理念的高度上。

此心安处是吾乡

一

　　宋神宗元丰六年（公元1083年），被贬黄州已经三年的苏东坡，见到了好友王巩和随他远行的歌伎柔奴。王巩当年因受苏东坡"乌台诗案"牵连而被贬谪到地处岭南荒僻之地的宾州，他的歌伎柔奴不离不弃，随他远行，此次，他们自南国北归，路过黄州，与老友苏东坡见面。苏东坡惊讶地发现，柔奴这柔弱的女子，饱经磨难之后，依旧是那么年轻和漂亮，而且增了几分魅力。苏东坡心有不解，弱弱地问一声："岭南的风土，应该不是很好吧？"柔奴坦然相答："此心安处，便是吾乡。"苏东坡心有所动，写下一首《定风波》：

　　常羡人间琢玉郎，
　　天教分付点酥娘。
　　自作清歌传皓齿，

风起,
雪飞炎海变清凉。

万里归来年愈少,
微笑,
笑时犹带岭梅香。
试问岭南应不好?
却道,
此心安处是吾乡。[1]

  苏东坡一生作词无数,我书架上摆着厚厚二十卷《苏轼全集校注》,其中诗词集占了九卷,文集占了十一卷。在黄州最困顿的三年,反而让苏东坡迎来了创作的高峰,"大江东去,浪淘尽"(《念奴娇》),"小舟从此逝,江海寄余生"(《临江仙》),"回首向来萧瑟处,归去,也无风雨也无晴"(《定风波》)……这些名句,都是黄州赐给他的,更不用说前后《赤壁赋》这些散文,《寒食帖》《获见帖》《职事帖》《一夜帖》《覆盆子帖》(以上为台北故宫博物院藏)、《新岁展庆帖》《人来得书帖》(以上为北京故宫博物院藏)这些法书名帖了。在这些林林总总的作品中,这首《定风波》("此心安处是吾乡")或许并不显眼,但我想,对苏东坡来说，这次见面、这词的书写都是重要的，因为它们让苏东坡安心，或者说，让已经安心了的苏东坡，知道自己为什么会安心。

自元丰三年抵达黄州，苏东坡就被一个又一个的困境压迫着，以至于在到黄州的第三个寒食节，他在凄风苦雨、病痛交加中写下的《寒食帖》[图1-1]，至今让我们感到浑身发冷。时隔九个多世纪，我们依然从《寒食帖》里，目睹苏东坡居住的那个漏风漏雨的小屋："小屋如渔舟，濛濛水云里。"不仅苏东坡的人生千疮百孔，到处都是漏洞，连他居住的小屋都充满漏洞。风雨中的小屋，就像大海上的孤舟，在苍茫水云间无助地漂流，随时都有倾覆的可能。

其实《寒食帖》里透露出的冷，不仅仅是萧瑟苦雨带来的冷，更是弥漫在他心里的冷。官场上的苏东坡，从失败走向失败，从贬谪走向贬谪，一生浪迹天涯，这样的一生，就涵盖在这风雨、孤舟的意象里了。

但苏东坡熬过来了，渐渐和异乡、和苦难达成了和解，能够长期共存、和谐相处。苏东坡一定是这样想的：苦难啊，你千万不要把我打倒，要是把我打倒了，你又去欺负谁呢？还是咱俩一起，长久做伴吧。在黄州，他耕作、盖房、种花、酿酒、写诗、画画，眉头一天天舒展，筋骨一天天强壮，内心一天天丰沛。他的心，渐渐安了下来。但他从来没有想过，自己的心为什么

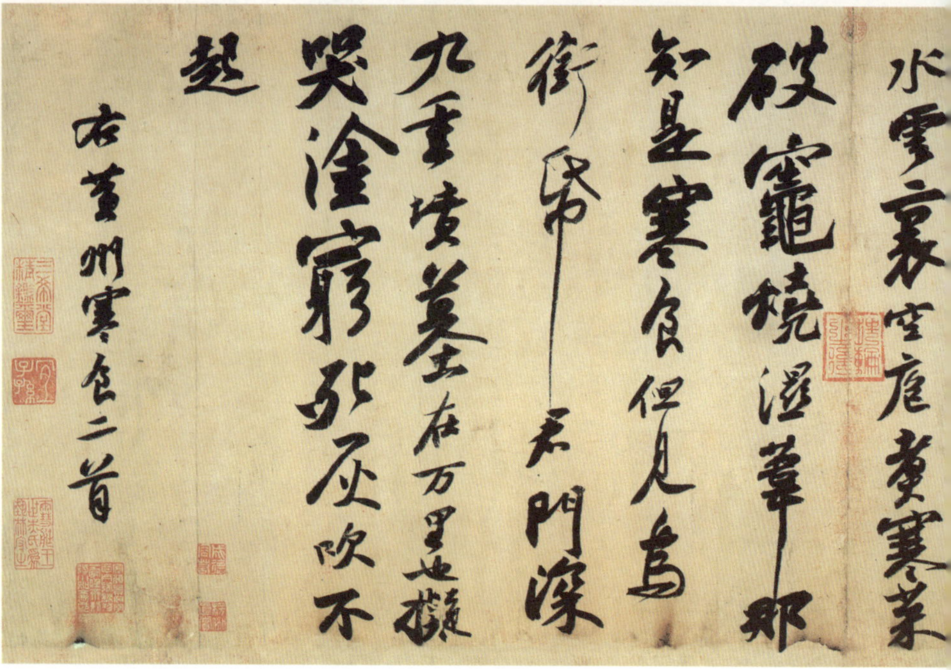

[图1-1]

《寒食帖》卷，北宋，苏轼

台北故宫博物院 藏

自我来黄州已過三寒食年欲惜春春去不容惜今年又苦雨兩月秋蕭瑟卧聞海棠花泥汙燕支雪闇中偷負去夜半真有力何殊病少年病起須已白春江欲入户雨勢來

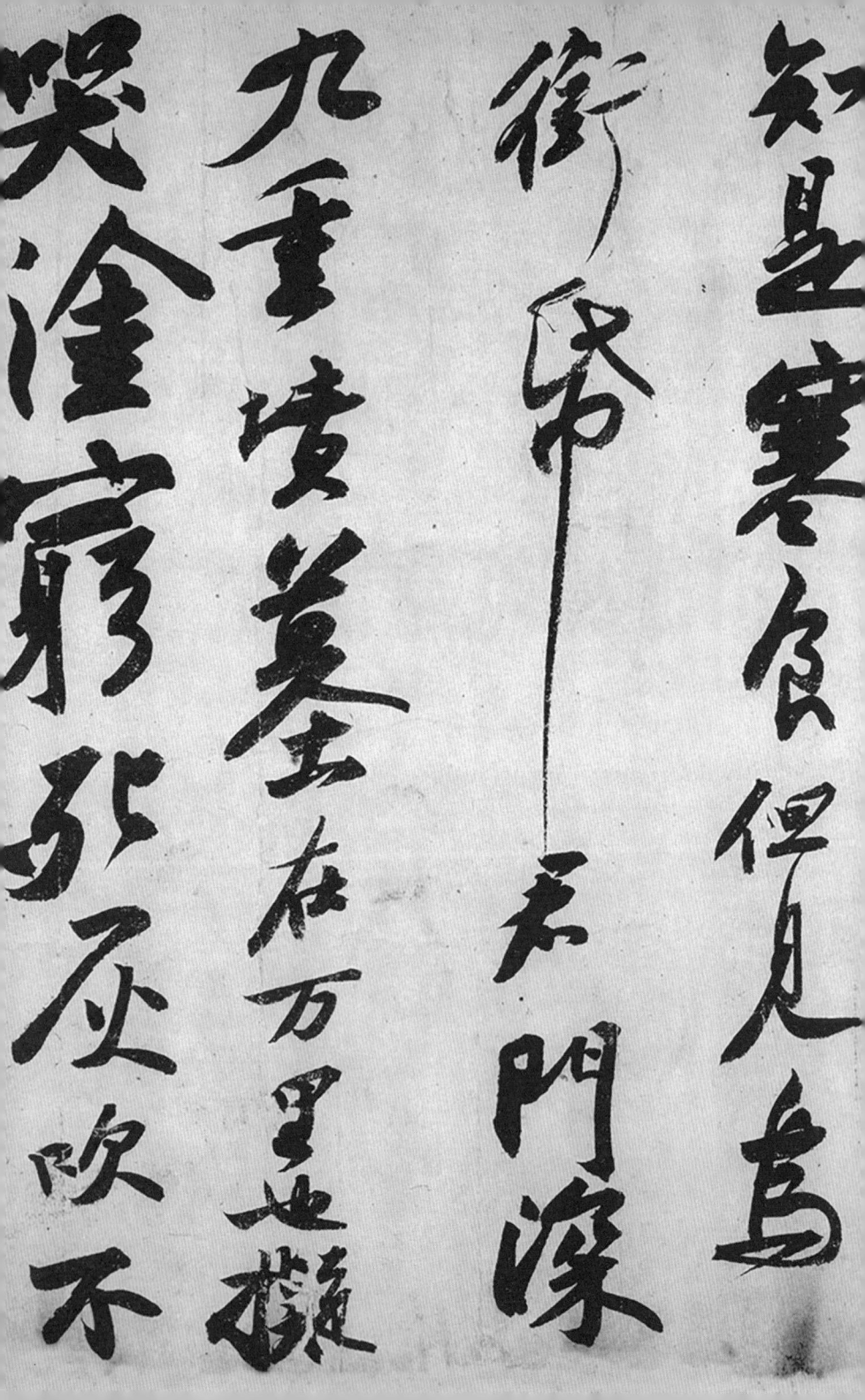

知是寒食但見烏
銜紙
九重墳墓盡在万里也擬
哭途窮死灰吹不

会安。直到那一天,他听到柔奴轻轻地回答"此心安处,便是吾乡",心中恍然大悟,原来他心安,是因为他把这原本八竿子打不着的黄州,当作了自己的家。

二

苏东坡的家,原本在四川的眉州[2],岷江、大渡河和青衣江交汇处一座美丽的小城。十几年前,我第一次去眉山,我就喜欢上这里。这里有茂密的丛林,有低垂的花树,有飞檐翘角的三苏祠,还有一条名叫时光的河,苏洵、苏轼、苏辙一家就住在这条河的中游,他们青衫拂动,笑容晶亮,形容举止,一如从前。我写《在故宫寻找苏东坡》,写纪录片《苏东坡》,在北京、成都、眉山之间不停地游走,每一次到眉山,都会异常兴奋。我觉得自己是来见一个熟人,他姓苏名轼字子瞻号东坡居士,我一厢情愿地把他视为好友,尽管我在他的眼里一名不闻。

苏东坡自从宋仁宗嘉祐二年(公元1057年)和父亲苏洵、弟弟苏辙一起离开眉山进京赶考,就几乎再也没有回到过他的家。只有在第二年春季殿试(欧阳修为主考官,梅尧臣等为判官)后,突闻母亲去世,苏东坡和父亲、弟弟一起回乡居丧,以及宋英宗治平三年(公元1066年),苏洵在五十八岁上病逝于汴京,苏氏兄弟一起护丧还家,将父母合葬。

[图1-2]
《临李公麟画苏轼像》轴（局部），明，朱之蕃
北京故宫博物院 藏

又过了四年，到了熙宁四年（公元1070年），苏轼［图1-2］给故乡的乡僧写信，托付他们照看祖上坟茔。此札，就是《治平帖》，内容如下：

久别思念，不忘远想，体中佳胜，法眷各无恙。佛阁必已成就，焚修不易。数年念经，度得几人徒弟。应师仍在思濛住院，如何？略望示及。石头桥、堋头两处坟茔，必烦照管。程六小心否，惟频与提举为要。非久求蜀中一郡归去，相见未间，惟保爱之，不宣。轼手启上。治平史院主、徐大师二大士侍者。八月十八日。

"治平"，是苏轼故乡眉山一寺名。《治平帖》笔法精细，字体遒媚，是苏轼书法典型的早期风格。所以元代赵孟頫在卷后题跋中说它"字划风流韵胜"。

苏轼、苏辙兄弟名字里都有一个"车"，苏东坡的儿子苏迈、苏迨（dài）、苏过、苏遁名字都是"走之旁"，不知是否暗示了他们一家将越走越远——苏东坡在宋神宗时任职于凤翔、杭州、密州、徐州、湖州等地（从湖州贬谪至黄州），宋哲宗即位后出知杭州、颍州、扬州、定州等地，晚年因新党执政被贬往岭南的惠州，最终到达大海另一边的儋州，直到宋徽宗时，才获大

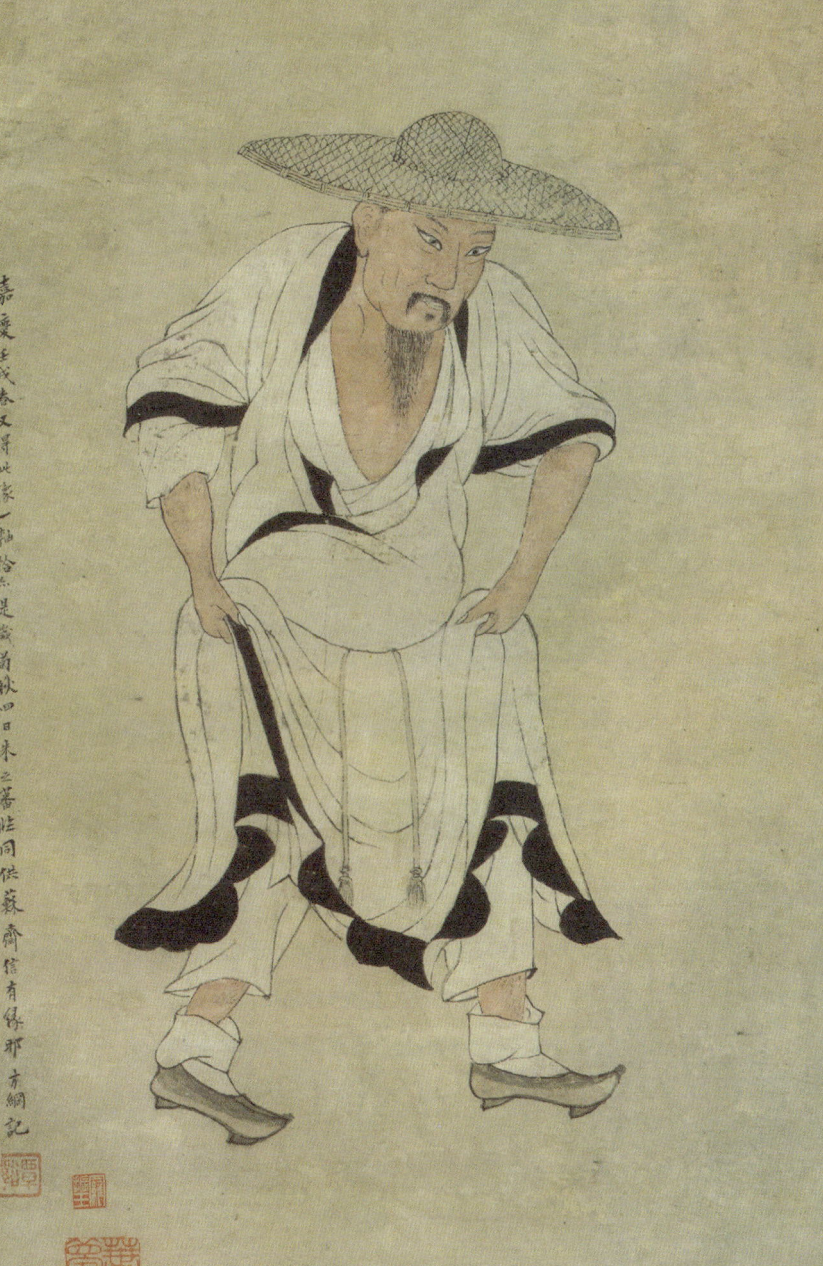

嘉慶壬戌秦文得此像一軸恰是歲首秋四日來之蕃邸同供蘇齋佛有緣那方綱記

赦北还，却不幸途中于常州溘然长逝。

但苏东坡对眉州的家始终是充满怀恋的，无论他走得多远，故乡都会如影随形，跟着他走。因此说，故乡并非只是我们身体之外的某一个地点，它也在我们身体的内部，是我们身体的一部分。它先天地内置于我们的身体中，连接着我们的血管神经，牵动着我们的痛痒悲欢。

当然，狭义上的故乡是千差万别的，是各有千秋的，是百家争鸣的，我相信并非所有人的故乡都像歌里唱的那样美丽而丰饶，正如并非所有人的父母都像书上写的那样慈祥和善良。一个人的故乡不可能是所有人的故乡，正如一个人的母亲不可能成为所有人的母亲。不排除在有些人的记忆里，故乡是冰冷，甚至是残酷的，哪怕是同一个故乡，在不同人的心里也会留下迥然不同的印象。比如绍兴，既是陆游的故乡也是鲁迅的故乡，但陆游和鲁迅这两个"同乡"对于故乡的印象却并不一致，于是我们看到了两个彼此"打架"的绍兴——陆游诗里的绍兴，"门无车马终年静，身卧云山万事轻"，这是一个温润的、闲适的、可以睡觉打呼噜的地方；鲁迅笔下的故乡绍兴则显得阴冷灰暗，犹如一块均质的岩石，有泰山压顶之势。鲁迅是从进化论的角度出发，站在启蒙者的立场上，批判中国乡土社会的愚昧与落后，他笔下的"故乡"，是文化意义上的"故乡"，是封建主义的"故乡",是扼杀了闰土、祥林嫂、华小栓生命力的故乡,不全然是他个人生命里的故乡。

但这些都与苏东坡没关系,苏东坡既不认识陆游,也不认识鲁迅,但他认识苏洵,认识苏辙。"唐宋八大家"里的"三苏",天天腻在一起,当然是在故乡,在他们成为"唐宋八大家"之前。在苏东坡的心里,故乡是干净、单纯、灿烂的,一如他"像少年啦飞驰"的旧日时光。一个人在少年时代总会向往远方,但当他历尽沧桑、故乡成为远方,对故乡家园的怀恋就会在每个夜晚沉渣泛起,让他热泪纵横。苏东坡爱自己的父母,爱自己的弟弟,爱自己妻子。只是,当他回忆他们时,他们早已四散分离,甚至已经生死相隔,只有在故乡、在从前的家里,他们才能聚齐。

终于,在离家二十年后,不惑之年的苏东坡,在密州[3],给亡妻写下了一首词,这就是著名的《江城子·乙卯正月二十日夜记梦》:

> 十年生死两茫茫,
> 不思量,
> 自难忘。
> 千里孤坟,
> 无处话凄凉。

纵使相逢应不识，
尘满面，
鬓如霜。

夜来幽梦忽还乡，
小轩窗，
正梳妆。
相顾无言，
惟有泪千行。
料得年年肠断处，
明月夜，
短松冈。[4]

  只有在梦里，苏东坡才能跨过千山万水，回到故乡眉山，回到自己从前的家。他推开门进去，看见自己的妻子还坐在原来的地方，在轩窗下面梳妆。她还是那么年轻，那么漂亮，而自己已然老去，满面尘土，满鬓斑白，即使彼此看见，她也认不出自己了。于是，他们相对无言，只有两行热泪，默然流下。
  这首词，无华丽的词藻，无炫目的技巧，无深奥的用典，质朴得完全不需要翻译，但我认为这是苏东坡最令我们感动的一首词，因为词里的感情，至真、至深。

苏东坡对王弗的那份深情，就是对家的深情。

三

在《江城子》之前，几乎没有人填词来纪念自己老婆的。同样，在苏东坡之前，中国的诗词歌赋，描写田园的不少，描写家园的却不多。或许是因为家太日常、太琐碎，所以不入文人的法眼，而糟糠之妻，更是一点儿也不浪漫，上不了文学的台面。

但在中国文化中，家无疑是重要的。我们往往把结婚说成"成家"，把"成家"与"立业"相提并论，可见"家"在一个人生命中的重要性。儒家士人讲修身、齐家、治国、平天下，确立了天下—国—家—身（个人）之间的序列关系，在我看来，在这个序列中，最核心的环节是家，家是身（个人）与国之间的纽带。有了家，个人才有了具体的容身之所。个人是家的细胞，而家又是国的模型。一室不扫，何以扫天下？齐家，是对治国的预演。一个人只有通过家，才能跟国发生真正的联系。

那什么是家呢？首先，家是一个房子，包括房子里的一切物质。没有房子，一个人就无家可归。今日国人热衷买房，其实他们心里想的不仅仅是房，而是家。中国房地产热，外国人难以理解。有了房子，对家、家园的理想才有了安顿之所，否则一切都是空中楼阁。

其次,家是房子里住着的人,因此它不只是物质意义上的存在,它的核心是人。没有人的房子只是房子,或者说是不动产,有了人(亲人),房子才成了家。苏东坡记忆里的那个家,有父母、有弟弟,也有王弗,一个也不能少。哪怕王弗已经去世十年,她仍在原处,在原来的窗下坐着,等待着丈夫归来。所以,《江城子》里,王弗始终是在场的。苏东坡的一生,王弗也始终是在场的。

第三,家里的人不是孤立的人,而是一个集体,通过血缘的纽带彼此联系。血缘比人更抽象,看不见摸不着,但它存在着,对于一个"家"来说,它是具体的,一家人的相貌、性格、习惯、思维、文化甚至命运都与它有关。血缘是家的本质,但血缘是很难表述的。古代中国人很聪明,在宝盖头下面加一个"豕",就清晰地表达了"家"的含义。"豕"就是猪,在商代甲骨文中,"豕"就直接画成猪的形状。所谓的"家",就是屋檐下面加一头猪(甲骨文中也有把"家"画成屋檐下的两头猪的)。不是号召养猪(我想起很多年前在乡村见到过的一条标语,上写:计划生育政策好,少养孩子多养猪),而是以隐喻的方式描述血缘的存在。在古人看来,猪是一种能繁衍的动物,没有什么比它更能代表血缘的传承。古代的家都有家谱,现代的家没有家谱了,但也一般都有一本相册，记载着一个家庭，乃至家族的来龙去脉，其实就是为血缘的传递提供物质的证据。血缘是一条看不见的线，把一代代人串起来，无论他走出多远，那条线都牵着他，该回来的时候他终会循着血缘的线索，如约而返。当下的中国人，每逢春节都要投身于春运的大潮中。中国没有一条法律规定春节必须回到父母身边，但中国人心里装着一个坚定的信念，就是在这个日子，无论多远都要回到父母身边。因为父母代表着一个人生命的源头，回到父母所在的那个家，才是真正意义上的回家。这是文化的力量，在很多时候，文化的力量比法律的力量还大。法律依靠外在的约束，文化则体现为内在的需求。"父母在，不远游"，说明父母在家庭中的重要性，在现代生活中已不可能做到这一点了，但在一年一度的春节是可以做到的。在中国人心里，夫妻的家只是"小家"，有父母的家才是"大家"，只有父母在，那条血缘连线才在，血缘的传承才能被看见、被体会、被感动。没有了血缘，一个人被孤立出来，他就不再有家，即使他有再大的房子。

四

苏东坡一生，最值得夸耀的就是他的家。

他的老爸苏洵，擅长于散文，尤其擅长政论，议论明畅，笔势雄健，为"唐宋八大家"之一，著有《嘉祐集》二十卷。但我以为他最大的成就，是培养了苏轼、苏辙两位学霸，在嘉祐二年（公元1057年）的礼部考试中，一个考第二，一个考第五。殿试中，宋仁宗亲自主持策问，苏轼、苏辙兄弟二人成为同科进士，名震京师。连宋仁宗都掩饰不住内心的兴奋，对皇后说："吾今日又为子孙得太平宰相两人。"那一年，苏轼二十二岁，苏辙十九岁。苏氏兄弟后来在文学上的成就，不可车载斗量，只不过这一切，老苏洵都看不见了。

苏东坡一生坎坷，所幸他的家庭是幸福的。他的第一任妻子王弗与他生活十年，正是他刚"出道"的十年。苏东坡的率直天真，甚至近乎桀骜不驯的天性，既容易伤人，又容易伤己，王弗的运筹叮咛，让他少受了不少折磨，也给了他许多抚慰。年少轻狂的日子，苏东坡没出"大事"，主要是因为王弗教育得好。只可惜王弗于宋英宗治平二年（公元1065年），在二十七岁的大好年华上去世。那一年，苏东坡也只有三十岁。

王弗之死，让苏东坡痛摧心肝。苏轼在《亡妻王氏墓志铭》里说："君与轼琴瑟相和仅十年有一。轼于君亡次年悲痛作铭，题曰'亡妻王氏墓志铭'。"

宋神宗熙宁元年（公元1068年），王闰之成为苏东坡的第二任妻子。王闰之是王弗的堂妹，出嫁之前，家中称其"二十七娘"。但她也在四十六岁上溘然长逝，与苏东坡相伴的时光，也只有二十五年。这二十五年，是苏东坡在政治旋涡里不断呛水、不断扑腾的二十五年。王闰之二十一岁从家乡眉山来到京城汴京，尔后陪同苏东坡辗转于杭州、密州、徐州、湖州、黄州、汝州、常州、登州、汴京、杭州、颍州、扬州等地，"身行万里半天下"，与苏东坡不仅同甘，而且共苦，最困难时，和苏轼一起采摘野菜、赤脚耕田，陪伴苏东坡度过了生命中的最大危机。

有人诟病，王弗去世刚满三年，苏东坡就娶了她的堂妹，有些不地道。对此，苏东坡解释说：

> 昔通义君，没不待年；嗣为兄弟，莫如君贤。妇职既修，母仪甚敦。三子如一，爱出于天。[5]

"通义君"，就是王弗；"没不待年"，是说王弗去世尚不到一年，东坡和闰之的婚事便已定下。这样做目的很简单：唯有闰之作为继室，王弗留下的儿子苏迈才不会受到歧视。后来的事实证明，王闰之对姐姐的儿子苏迈和自己后来所生的苏迨、苏过，"三子如一"，皆同己出，以至于苏东坡用"爱出于天"来形容她。

苏东坡的长儿媳、苏迈之妻吕氏在十一年前（元丰五年，

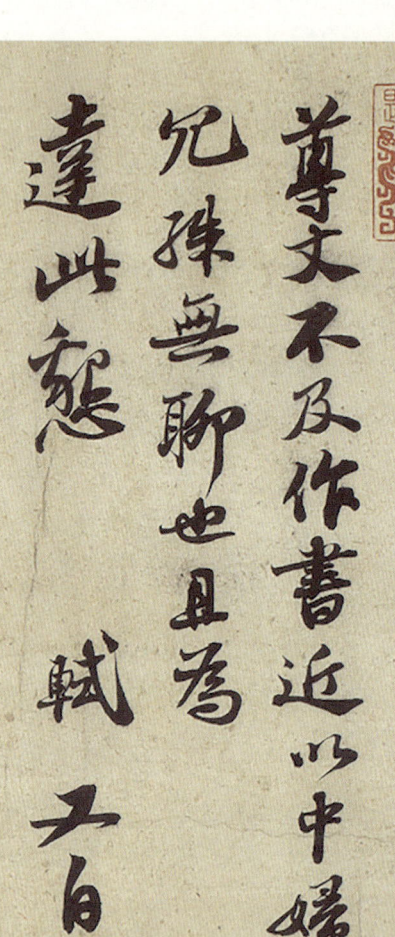

尊文不及作書近以中婦喪亡公私紛冗殊無聊也且為達此意 軾 五日

[图1-3]
《尊丈帖》页,北宋,苏轼
台北故宫博物院 藏

公元1082年)就逝世了。王闰之去世这年(元祐八年,公元1093年),次子苏迨之妻(欧阳修的孙女)又去世了,苏东坡写下《尊丈帖》[图1-3],帖中说:

> 近以中妇丧亡,公私纷冗,殊无聊也……

可见他心情黯然。此帖现藏台北故宫博物院。

第二年,即宋哲宗绍圣元年(公元1094年),苏东坡被他昔日的好友、宰相章惇贬至惠州。惠州在岭南,就是五岭(也叫"南岭")之南,是王巩和柔奴曾经到达过的地方。即使在宋代,那里也是遥远荒僻之地,用今天话说,叫欠发达地区,只有广州等少数港口城市相对繁荣。为了到达那里,他要由长江进入赣江的急流险滩,其中包括最为恐怖的"十八滩",文天祥诗曰"惶恐滩头说惶恐",这惶恐滩,就是赣江十八滩的最后一滩。苏东坡过此也留有一诗:

> 七千里外二毛人,
> 十八滩头一叶身。
> 山忆喜欢劳远梦,
> 地名惶恐泣孤臣。

长风送客添帆腹，

积雨浮舟减石鳞。

便合与官充水手，

此生何止略知津。[6]

在赣江上体验过"激流勇进"的惊险刺激，苏东坡要再翻越五岭，体验"五岭逶迤腾细浪"的磅礴壮阔。宋代不杀文臣，政敌章惇就想借刀杀人，这把刀，就是赣江、就是五岭，那是一条危机四伏的路，自古十去九不还。对于五十九岁的苏东坡来说，能活着过去就算他命大。

苏东坡知道凶多吉少，临行前把家中的仆人都遣散了，准备轻车简从，万里投荒。唯有朝云，死活不肯离开苏东坡，于是像柔奴陪伴着王巩那样，与苏东坡唇齿相依。那时王弗、王闰之都不在了，朝云布衣荆钗，像王弗、王闰之一样与苏东坡共患难。苏东坡历尽风霜而屹立不倒，与他的文化自信有关，也与他生活中的三位女性密切相关。

朝云陪伴苏东坡，柔奴陪伴王巩，情况类似19世纪俄罗斯贵族女性陪同流放的"十二月党人"前往西伯利亚。俄罗斯的西伯利亚与中国的岭南冰火两重天，但流放者的地位、处境相似，区别只在于中国的流放者，身份不是囚徒，而是犯错误的官员。

真正值得敬佩的，倒是与他们同行的妇人，她们用隐忍、包容与爱，支撑，甚至重塑了男人们的精神世界。遗憾的是在中国，表现这一主题的文学作品却不多。苏东坡写给柔奴的那首《定风波》，也因此值得铭记。

面对苍茫而未知的岭南，苏东坡心里还是有恐慌的。眼前的柔奴，自岭南北归，不仅容颜未曾苍老，反而"笑时犹带岭梅香"，愈发明丽动人。她的笑容，她的回答，一定让苏东坡的内心安稳了许多。"此心安处，便是吾乡"，这轻言细语，如醍醐灌顶，一下子点亮了苏东坡的目光，让他的心瞬间开阔起来。眉山固然是他永远的家，但随着命运的展开，家的概念是可以放大的。浮云沧海，山高水长，只要自己能够安心，哪里不可以安家呢？在苦难的黄州，当他开始建起属于自己的小屋，在里面安然地生活，他不已然如此了吗？如此的心境，他早就写在诗里了：

……
畏蛇不下榻，
睡足吾无求。
便为齐安民，
何必归故丘。[7]

[图1-4]
《宝月帖》册页(局部),北宋,苏轼
台北故宫博物院 藏

齐安,就是黄州。在黄州做一个百姓,也不失为人生的一个选择,何必一定要回到家乡呢?

这首绝句,随意中见风趣,我很喜欢,尤其喜欢"畏蛇不下榻,睡足吾无求",对经常失眠的我,不失为一种诱惑。装修新家时,我就把前两句写下来,挂在我的卧室的墙上。

五

被后人称为"天下行书第三"的《寒食帖》,是苏东坡个人书法风格的一个分水岭,也是中国书法史上的一个分水岭。在那以前的文人书法,基本都在晋唐书法的规范下亦步亦趋。苏东坡也曾努力汲取王羲之的书法精髓,追求一种淡散清逸的品格。如果把现存苏东坡最早的书法墨迹《宝月帖》[图1-4]和王羲之《初月帖》放在一起比较,会发现二者的神似之妙。但这般的风流潇洒,被黄州改变了。在黄州,苏东坡成了漂泊异乡的人,在他真正把黄州当作家乡以前,他的内心是孤苦的,就像他后来在过惶恐滩时留下的诗句:"山忆喜欢劳远梦,地名惶恐泣孤臣",意思是思念故乡山水使我忧思成梦,这唤作惶恐滩的地名更让我忧伤不已。凄风苦雨中的苏东坡,就蜷缩在《寒食帖》里,用文字温暖自己,借笔墨抒写无尽的感伤。

反观那时的墨稿,苏东坡在萧散冲淡之中,融入了激愤与

殷勤催了禮書
昨日借寶肩書皆
今子醫溽安勝
休軾於子

感伤，也让他的笔触，超越了法度的限制，从而与他的生命感悟完美结合，将书法提升到书写生命体验和人生理念的高度上。这无心插柳的《寒食帖》，把宋代"尚意"书风推向了极致，在书法史上拥有了纪念碑的意义。

但在《寒食帖》之后，情况又发生了变化。在苏东坡后来的命运里，奔走、漂泊、无家，已成家常便饭。就在他们抵达惠州的第三年（绍圣三年，公元1096年），陪伴他的最后一个女人朝云也染疫而死，而且就死在苏东坡的怀里。那一年，她只有三十四岁。朝云是为苏东坡而死的，否则她一辈子也不会来到这瘴疠之地。是苏东坡的流放，害死了她，或者说，是苏东坡的政敌们，害死了她。

王弗死了，王闰之死了，朝云死了。他的家，也就烟散云灭了。

我想起余华在《活着》中写下的话："往后的日子我只能一个人过了，我总想着自己日子也不长了，谁知一过又过了这些年。我还是老样子，腰还是常常疼，眼睛还是花，我耳朵倒是很灵，村里人说话，我不看也能知道是谁在说。我是有时候想想伤心，有时候想想又很踏实，家里人全是我送的葬，全是我亲手埋的，到了有一天我腿一伸，也不用担心谁了……"[8]

我总能够从这段话中体会到苏东坡当时的心境，尽管小说主人公是一个农民，苏东坡是大文豪，但苏东坡当时的处境，和一个老农民没什么区别。

或许一个人终将失去自己的家,就像他失去故乡、失去父老一样。自从他离开故乡,离开家园,他的生命中就会经历一些根本性的变化,一点点地变成他自己,变得孤立无援,拉不到亲人的手。

没有家的人是可怜的、仓皇的、无依的。在路的尽头,或许还有路;在感伤的尽头,却不再有感伤。黄州是苏东坡人生的低谷,在黄州以后,苏东坡的人生,没有最低,只有更低。但在《寒食帖》以后的苏东坡墨稿里,那种强烈的激愤与感伤反而减弱了,他也没有回到最初(类似《宝月帖》里的)那种散淡与飘逸,而是呈现出稳健厚重的姿态,字形也由偏长变得偏扁,出现了后来常受诟病的"偃笔"("偃笔"问题,留待下一章写黄庭坚的文字里详谈)。

同是在黄州留下的手帖,《新岁展庆帖》《人来得书帖》就比《寒食帖》从容潇洒得多。此二帖,都是苏东坡给黄州好友陈季常的书札,也就是日常的书信。

《新岁展庆帖》中,苏东坡告诉陈季常,他们的好友"公择"将来黄州,过完正月十五就出发,约陈季常届时一聚,信中还向陈季常借用茶臼子。信中所说的"公择",是黄庭坚的舅舅,也是苏东坡的好朋友,名叫李常,正是由于李常的推荐,黄庭坚才成为苏门弟子。

《人来得书帖》是陈季常之兄去世时苏东坡写给陈季常的信札，信中充满安慰之语："死生，聚散之常理。悟忧哀之无益，释然自勉，以就远业。"语调平和而悠缓，用笔出锋，意态端庄，清秀劲健。2020年紫禁城肇建六百周年时，故宫博物院举办《千古风流人物——故宫博物院藏苏轼主题书画特展》，将这"姊妹篇"合璧展出。

《新岁展庆帖》可被看作苏东坡书法的一个分水岭，苏东坡的书法由此走向宽广、自信和从容。苏东坡说："书必有神、气、骨、肉、血，五者缺一，不成为书也。"这五种元素，在《新岁展庆帖》上，达到了完美的统一。

我更喜欢的，还是《获见帖》[图1-5]。此帖也是苏东坡在黄州写的，同样，也是一通信札，收信人，是苏东坡在雪堂结识的朋友董侯。二人别后，苏东坡深情款款地写下这件信札：

轼启。近者经由。获见为幸。过辱遣人赐书。得闻起居佳胜。感慰兼极。忝命出于馀芘。重承流喻。益深愧(慰)畏。再会未缘。万万以时自重。人还。冗中。不宣。轼再拜。长官董侯阁下。六月廿八日。

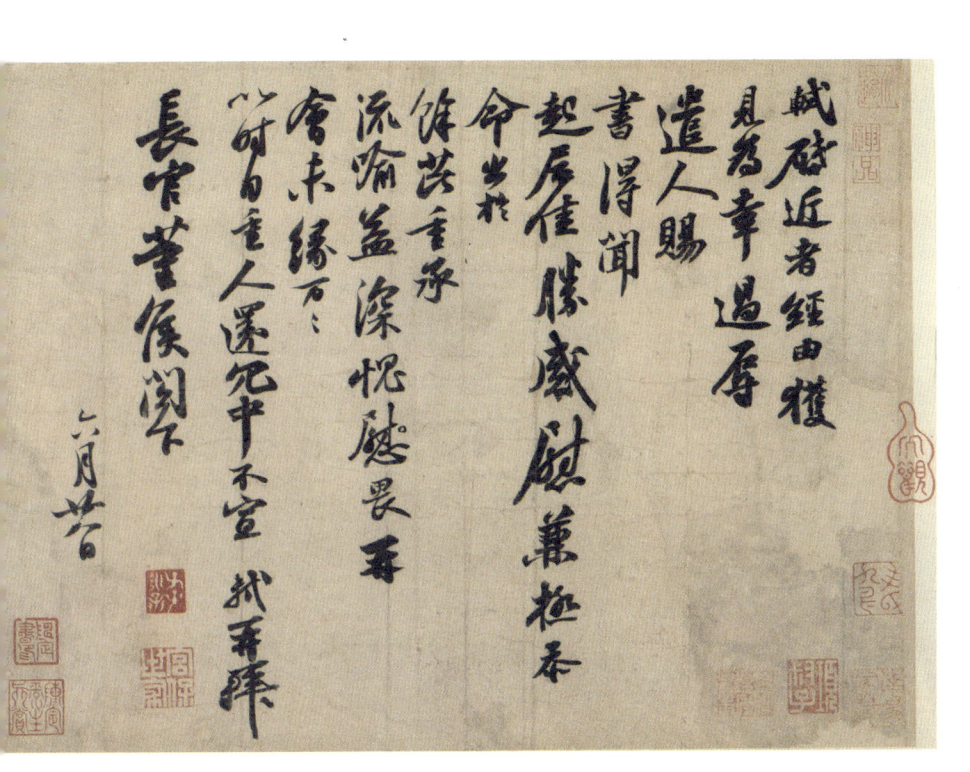

[图 1-5]

《获见帖》册页，北宋，苏轼

台北故宫博物院 藏

与《新岁展庆帖》《人来得书帖》的清秀俊逸相比,《获见帖》的字形更加肥厚,"石压蛤蟆"(黄庭坚对苏东坡书法的形容)的特征更加鲜明,而且是肥蛤蟆,笔触丰润饱满,似乎得到了黄州水土的滋养,全然不见《寒食帖》里的那种悲戚激愤的情感。

在刻骨铭心的伤痛之后,他的字与人,都已脱胎换骨。我们看到的,是一个站在西风里、田野边、皮肤黝黑、目光晶亮、须发皆白的老者,而不再是当年那个名震京华的文艺青年了。那时的他已经明白,自己经历的所有离别、痛苦、悲伤,都是人生的一部分,都是不可避免的。"人有悲欢离合,月有阴晴圆缺,此事古难全",他必须笑纳它们,就像他笑纳雨丝风片、浊水清尘一样。

六

在惠州时,苏东坡写下一首《纵笔》:

> 白头萧散满霜风,
> 小阁藤床寄病容。
> 报道先生春睡美,
> 道人轻打五更钟。[9]

那么的飘逸，那么的淡然，那么的美。这飘逸，这淡然，这份美，让章惇心里很不爽。他没想到，自己没能整垮苏东坡，反而成全了苏东坡。他心里一定不服，心想你这不是跟我老章过不去嘛，我就不信整不死你。想来想去，章惇下了一道命令，把苏东坡贬至天涯海角。那是一个不可能再远的地方，再远，就出地球了。

章惇以文字游戏的轻松心情决定着官员的贬谪之地，苏东坡字子瞻，子瞻的"瞻"与儋州的"儋"都有一个"詹"字，看来他和儋州有缘分，所以就去儋州吧；苏辙字子由，那就把他贬往雷州吧，因为"由"与"雷"，都藏着一个"田"字。可见那时的章惇，对政敌的迫害已经达到了随心所欲、指哪儿打哪儿的境界。这还不够，他还要"痛打落水狗"，不断派人到各地检查处置的落实情况，假如当地官员给贬谪人员礼遇，他就要进行严厉惩处。

章惇其实没弄明白，并非惠州这个地方让苏东坡过得开心，而是苏东坡在哪里都开心。幸福是一种主观感受，与客观环境关系不大。苏东坡走到哪里，达观随缘的心性就跟他到哪里，快乐的笑声就会传到哪里。可以说，历经忧患之后，苏东坡已经达到了"死猪不怕开水烫"的境界，用他自我表扬的话说，就是"超然自得，不改其度"。这个"度"，是他自己内心的尺度，不以他人的尺度为尺度。无论走到哪里,他对生活的迷恋、对生命的挚爱都不会有丝毫折损。走得越远,他的心越安,他的愁越少,内心所有的悲凉都在蓝天碧海间烟消云散。他的心里没有地狱,所以他的眼里处处是天堂。

苏东坡在儋州写的诗,有一首特别可爱:

> 寂寂东坡一病翁,
> 白须萧散满霜风。
> 小儿误喜朱颜在,
> 一笑那知是酒红。[10]

这首诗,也叫《纵笔》。儋州的《纵笔》不是惠州的《纵笔》,但"白须萧散满霜风"这一句是相同的。或许苏东坡有意用这相同的诗句,表明他两次"纵笔"的勾连。只是儋州的"白须",被一张红脸映衬着,显得鹤发童颜,更加帅气。小朋友看见他满面红光,以为他朱颜未改,李煜不是写过吗,"雕栏玉砌应犹在,只是朱颜改"[11],处境变了,面色也变了。苏东坡心里暗笑,哪里是什么朱颜不改,那明明是自己喝大了,酒有点儿上头罢了。

在这首诗里,我看见一位白发飘飘、人面桃花("朱颜"曾被用来形容美女）的幸福老爷爷，安然站立在阳光下、海风里。

在如此处境下还能幽上一默，说明他早已把伤痛放下了，此心装得下四海，此身不畏惧风浪。从这个意义上领略他的法书之美，我们才会有更深切的体会。比如苏东坡在儋州写下的《渡海帖》[图1-6]（又称《致梦得秘校尺牍》，台北故宫博物院藏），尽管是苏东坡北归前，去澄迈寻找好友马梦得时，与马梦得失之交臂后写下的一通尺牍：

> 轼将渡海。宿澄迈。承令子见访。知从者未归。又云。恐已到桂府。若果尔。庶几得于海康相遇。不尔。则未知后会之期也。区区无他祷。惟晚景宜倍万自爱耳。忽忽留此纸令子处。更不重封。不罪不罪。轼顿首。梦得秘校阁下。六月十三日。

在那点画线条间随意无羁的笔法，已如入无人之境，达到藐视一切障碍的纯熟境界。它"布满人生的沧桑，散发出灵魂彻悟的灵光"[12]，是苏东坡晚年法书的代表之作。黄庭坚看到这幅字时，不禁赞叹："沉着痛快，乃似李北海。"这件珍贵的尺牍历经宋元明清，流入清宫内府，被著录于《石渠宝笈续编》，现在是台北故宫博物院《宋四家小品》卷之一。

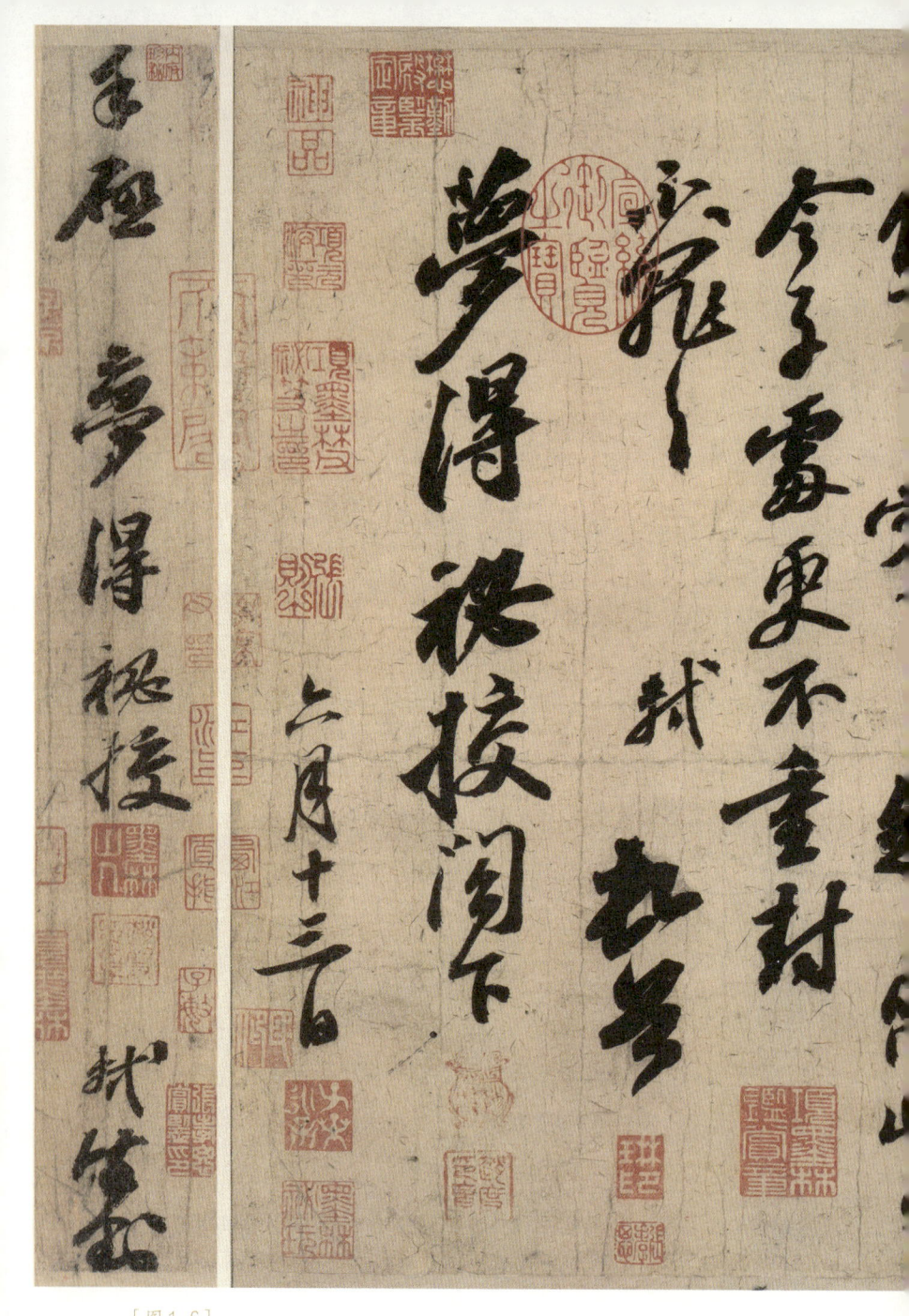

[图1-6]

《渡海帖》册页，北宋，苏轼

台北故宫博物院 藏

轼将渡海宿澄迈承
令子见访知
澄迈者来归又云恐不到桂府
苏果尔康发浮於海康
相遇不尔则未知
後会之期也区区无他祷惟
晚景宜

写《渡海帖》，是在元符三年（公元 1100 年），宋徽宗即位，苏东坡遇赦，告别儋州。临行前，黎族父老携酒相送，执手泣涕，苏东坡于是写下一首《别海南黎民表》，与海南百姓深情相别：

> 我本儋耳人，
> 寄生西蜀州。
> 忽然跨海去，
> 譬如事远游。
> 平生生死梦，
> 三者无劣优。
> 知君不再见，
> 欲去且少留。

诗里，他已经把自己当成儋耳人（儋州古称"儋耳"，是海南最早设置行政建制的地区），把异乡当作故乡，而对于出生之地蜀州，他却成了一个过客。

苏东坡后来说"问汝平生功业，黄州惠州儋州"，把三个贬谪之地，当作生命中最值得纪念的地方，有调侃，也有满足。

原本，苏东坡已经准备终老儋州了。他亲手在儋州城南盖了茅屋五间，重新建起自己的家，尽管那个家里，没有父亲，没有母亲,没有王弗,没有王闰之,没有朝云,只有他,和他的儿子苏过,两个人面面相觑。但两个人的家也是家,因为这两个人的家,同样看得见血缘的纵深。

他们爷儿俩一起看书,一起下棋,一起开玩笑。那个家,像所有的家一样有了生活的气息。那个家的四周长着许多桄榔树,苏东坡就给新居起了个名字:"桄榔庵"。

苏过把妻儿留在惠州,随父跨海,抵达海南这"六无"(食无肉,出无舆,居无屋,病无医,冬无炭,夏无泉)之地,日子虽然清苦,但他有史上最牛家教,因为他的老师,是北宋第三代文坛领袖苏东坡[13]。在海南的三年,他在父亲的指导下,读书作文,吟咏唱和,没有一天间断。因此在兄弟三人中,苏过的文学成就最高,留下《飓风赋》《思子台赋》等名篇,著有《斜川集》二十卷。

他像父亲一样善画枯木竹石,苏东坡曾表扬他"时出新意作山水";他的法书,也遗传了父亲的强大基因,留到今日的《疏奉言论帖》《赠远夫诗帖》《试后四诗帖》(皆为清宫旧藏,刻入《三希堂法帖》,现为台北故宫博物院藏),乍一看去,还以为是苏东坡写的。

他在笔墨流动间,延续着眉州苏家的文化香火。

第二年正月,不知从哪里飞来许多五色鸟,纷纷落在他家的庭前。五色鸟为体型壮硕之鸟类，头颈间有黄、蓝、红、黑、绿等色彩，只有中国的海南、台湾才有，据说"有贵人入山乃出"。苏东坡看见满庭五色鸟，举起酒杯说："若为吾来者，当再集也。"群鸟飞走，又飞回来，苏东坡大喜，作《五色雀》诗。

他把自己当作儋州人，五色鸟把他当作儋州的贵人。

一句"我本儋耳人"，至今仍让儋州人民感到自豪。

七

说起来神奇，就在五色鸟群栖落在"桄榔庵"的正月，宋哲宗驾崩，宋徽宗即位，苏东坡时来运转，即将入相的传闻不胫而走，连章惇的儿子章援都代表父亲紧急公关，给苏东坡写信，拍马屁说："士大夫日夜望尚书（指苏东坡）进陪国论……"还说："尚书奉尺一，还朝廷，登廊庙，地亲责重。"只可惜，苏东坡奉命北返，走到常州[14]，就溘然长逝了。

生命的最后岁月，苏东坡最想见的人，应该就是亲弟弟苏辙了。嘉祐二年，二人成为同科进士。三年后，二人在故乡眉州为母亲服丧期满，重返汴京，准备制科考试（皇帝为选拔人才而特设的一种考试），二人同居一室，在一个风雨之夕读到韦应物"宁知风雨夜，复此对床眠"诗句，心有所感，相约将来早日退休，同回故乡，再对床同卧，共度风雨寒夜。这就是他们"风雨对床"的约定。此后四十余年,他们兄弟都同守着这份约定,只是官身不由己,这年轻时的约定,他们一生未能实现。

自从兄弟二人步入仕途,见面的机会就越来越少。当年苏东坡被排挤出都,在杭州做通判期满,得知弟弟在济州[15]任职,就主动要求到距离济州不远的密州任太守。"明月几时有,把酒问青天"(《水调歌头》);"老夫聊发少年狂,左牵黄,右擎苍,锦帽貂裘,千骑卷平冈"(《江城子·密州出猎》)。这些名句,都是在密州写的。宋神宗驾崩,宋哲宗即位后,苏东坡奉命回京,迁翰林学士,知制诰,就是为皇帝起草诏书,官至三品,达到他一生宦途的巅峰,苏辙也回到汴京,他们一起度过了宦途中最愉快的时光。后来苏东坡从惠州出发,准备渡海时,苏辙也刚好被贬至大陆最南端的雷州[16],二人在藤州[17]见面,在路边小摊匆匆吃了顿饭,粗粝的炊饼和寡淡的菜汤令苏辙难以下咽,苏东坡却吃得有滋有味,四处辗转的生活,令苏东坡对物质生活早已不那么挑剔。苏东坡自称"上可陪玉皇大帝,下可陪卑田院乞儿",体现在生活上,就是他既可以体面地参加皇帝、大臣的风雅宴会,也可以在鸡茅小店与贩夫走卒一起吃粥喝汤。

随后,兄弟二人在雷州海边分手,苏辙看着兄长孤瘦的身影在海面上一点点消失,至死没能再见。

苏东坡当年南行,走长江、入赣江、越南岭,章惇想用这条"十去九不回"的道路折磨死苏东坡。苏东坡去时安然,沿着同样的路归来时却染上瘴毒,患病而死,终年六十六岁。

应该说,章惇的目的,达到了。

只是那时,政治形势反转,章惇自己已被贬到雷州,成了一条"落水狗",笑不出来了。

八

苏东坡像一枚枯叶,飘落在北宋的大地上。他已没有力气,回到他的家乡,回到他生命的出发地,回到父母亡妻的身边。

但他死得心安,因为"此心安处,便是吾乡"。正如他在密州仰望月亮,心里惦念着弟弟苏辙时写下的句子:

> 但愿人长久,
> 千里共婵娟。

月光照得到的地方,其实都是自己的家。

第二章 世道极颓,吾心如砥柱

他的书法、开枝散叶,犹如南方的植物,在阳光雨露滋润下舒展枝蔓,锋芒毕露。

一

二十多年前,我和散文家彭程、凸凹一起开车去河北保定,先去莲池书院,再去直隶总督署。那是中国保存完整的一所清代省级衙署,它有着黑色三开间大门,坐北朝南,位于一米高的台阶上。大门上方正中悬一匾额,上书"直隶总督部院"。过仪门,一座四柱三顶的木牌坊赫然在目,正面镌刻有"公生明"三字,出自黄庭坚的手笔。那是我第一次在书册之外见到黄庭坚的笔迹,牌坊的背面(北面),黄庭坚书写的十六个字赫然在目:

尔俸尔禄

民膏民脂

下民易虐

上天难欺

那时我二十多岁，见短识浅，看见衙署里写着这样的为官警训，感到意外和震惊，心想在那样的封建时代，居然有人站在百姓的立场上说话。那时还不知道，这条语录到底是谁说的，后来读《蜀梼杌》，才知道这番话的版权所有人，是五代后蜀的末代皇帝孟昶，原文共二十四句，一般人背不下来，这里也就不引用了。宋统一中国后，宋太宗看中了其中四句"尔俸尔禄，民膏民脂；下民易虐，上天难欺"，觉得"词简理尽"[1]，有标语口号的感染力，于是作为《戒石铭》颁布天下。所以各地衙门，都镌刻下这四句话。我在直隶总督署见到的那座木牌坊，被称为"戒石坊"，想必是出自《戒石铭》。

很多年后，闲览《水浒传》，读到第八回，写林冲受高俅陷害，被押至开封府推问勘理。施耐庵对府衙威仪有一段描写：

> 当头额挂朱红，四下帘垂斑竹。官僚守正，戒石上刻御制四行；令史谨严，漆牌中书低声二字。[2]

我骤然想起，官衙里这"戒石上刻御制四行"，其实就是《戒石铭》。只是这《戒石铭》里的具体文字，第八回没有提，到第六十二回才有说明，可见作者的心思缜密，前面埋下的伏笔，在后面一定不会忘掉。

在第六十二回里，写管家李固与主母勾搭，将卢俊义告发，打入大牢，去找押牢节级蔡福，双方有段对话，道出了这"戒石"的内容：

> 李固道："奸不厮瞒，俏不厮欺。小人的事都在节级肚里。今夜晚间，只要光前绝后。无甚孝顺，五十两蒜条金在此，送与节级。厅上官吏，小人自去打点。"蔡福笑道："你不见正厅戒石上刻着'下民易虐，上苍难欺'？你的那瞒心昧己勾当，怕我不知？你又占了他家私，谋了他老婆，如今把五十两金子与我，结果了他性命。日后提刑官下马，我吃不的这等官司！"[3]

这证明了戒石上所刻内容正是《戒石铭》。可见《戒石铭》的十六字箴言，在英雄驰骋的水浒年代，已经是宋代各级政府（衙门）的"标配"。

二

宋太宗时代的《戒石铭》，我们已见不到实物。既没有纸本墨迹，也没有拓本、碑刻，自然也无法知道谁是它的书写者。宋太宗热爱书法，中国最早一部汇集各家书法墨迹的法帖《淳

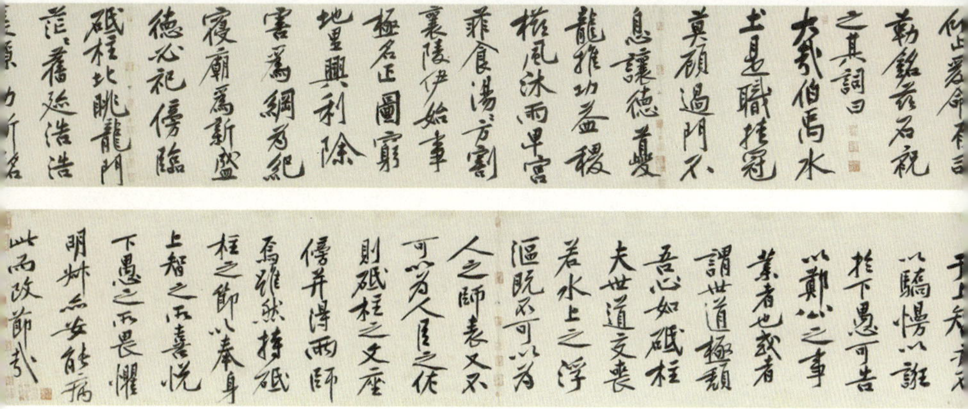

[图 2-1]

《砥柱铭》卷，北宋，黄庭坚

私人收藏

化阁帖》就是在他的倡议和领导下刻印完成的。或许，他下令颁布各地衙门的《戒石铭》，正出自他本人的手笔。到宋哲宗时，也曾"书《戒石铭》赐郡国"[4]，这事记在《贵耳集》里，只是宋哲宗的《戒石铭》真迹，今天也看不到了。今天我们能够看到的最早的《戒石铭》手迹，就是黄庭坚的手迹。

黄庭坚手书《戒石铭》，是宋神宗元丰五年（公元 1082 年）黄庭坚在太和[5]任知县时写下的。那一年，黄庭坚三十八岁。

清代徐名世删补《宋黄文节公年谱》按语中有这样的话：

> 按郡县戒石自唐以来有之，但只有石无文。公任太和，摘孟昶文内"尔俸尔禄，民膏民脂；下民易虐，上天难欺"四语，镌以自警。[6]

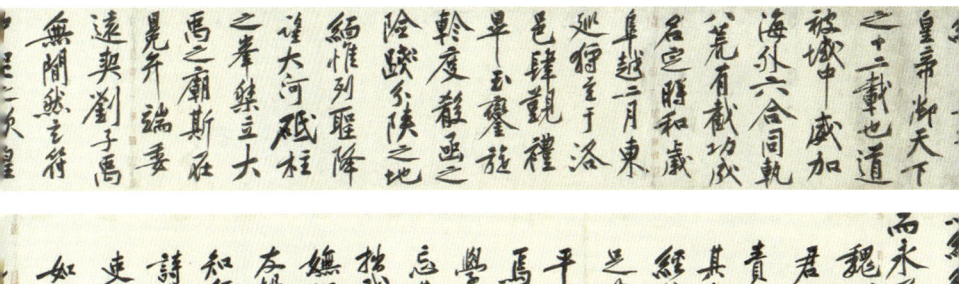

意思是，黄庭坚任太和县令，亲笔把孟昶这四句名言（《戒石铭》）写下来，勒刻于石，用来自警。按他的意思，身为太和县令，黄庭坚手书《戒石铭》，是用来自律的，是否与皇帝的旨意有关，没有说。当时的《戒石铭》刻碑被立在快阁里，但这"原版"的《戒石铭》碑，已在岁月中遗失，后世看到的，只是它的拓本。

那时的黄庭坚，用颜而近柳，用笔清劲，但字字独立，显得有些呆板，缺乏韵律感，距离他的成熟期还有一段距离，这是因为他的注意力还投放在政治上，与王朝政治比起来，书法不过是雕虫小技而已。

《戒石铭》再次流行，是南宋初年。我从《泰和县志》里查到，宋高宗绍兴二年（公元1132年），朝廷向郡县颁布黄庭坚《戒石铭》摹本，把这"十六字方针"作为各地官员的"座右铭"。据说宋高宗赵构亲自御笔勾勒了黄庭坚的《戒石铭》，再颁布各地，命

貢難之義
其智足

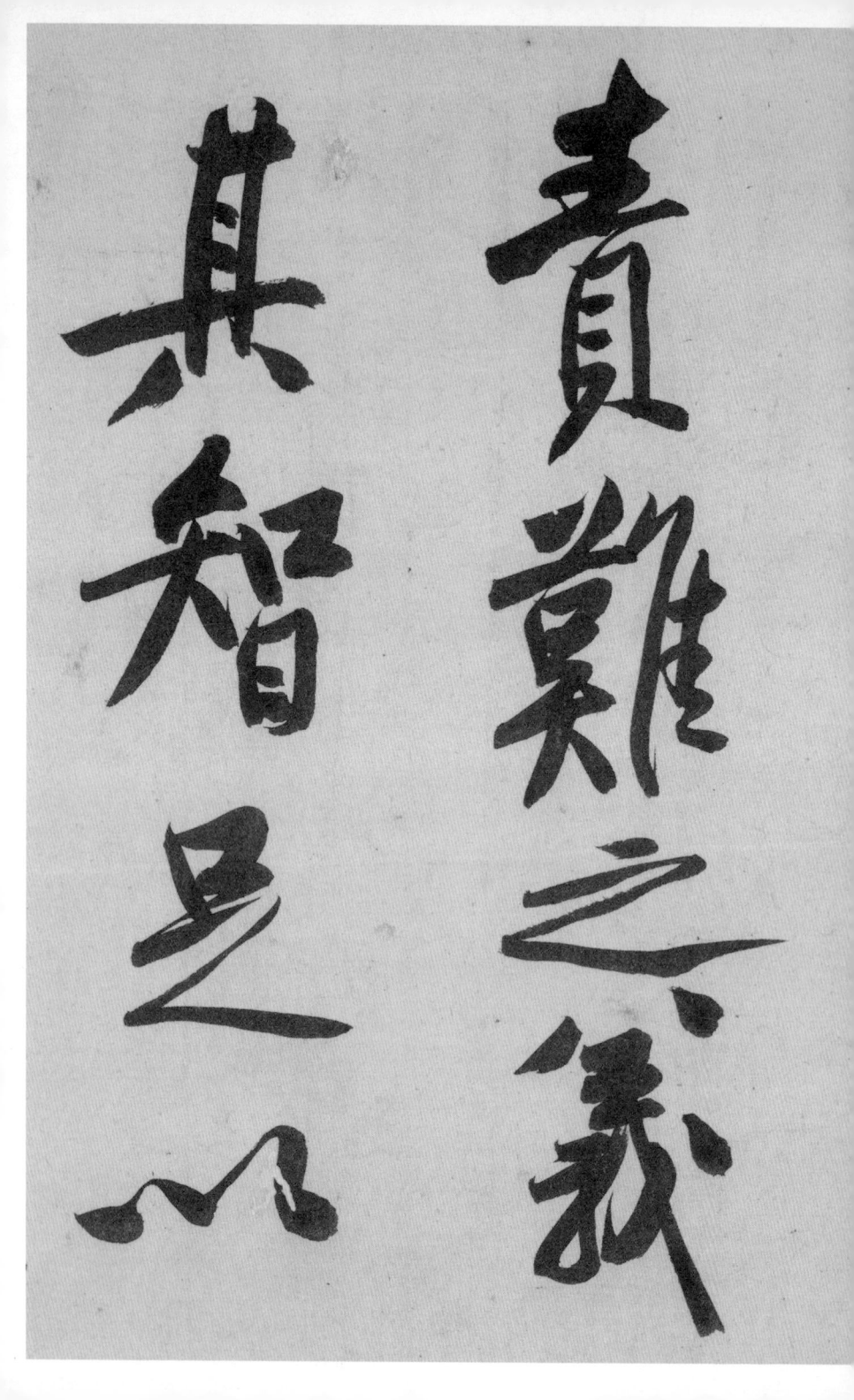

魏公有憂
君之仁有

謂世道極頹,吾心如砥柱

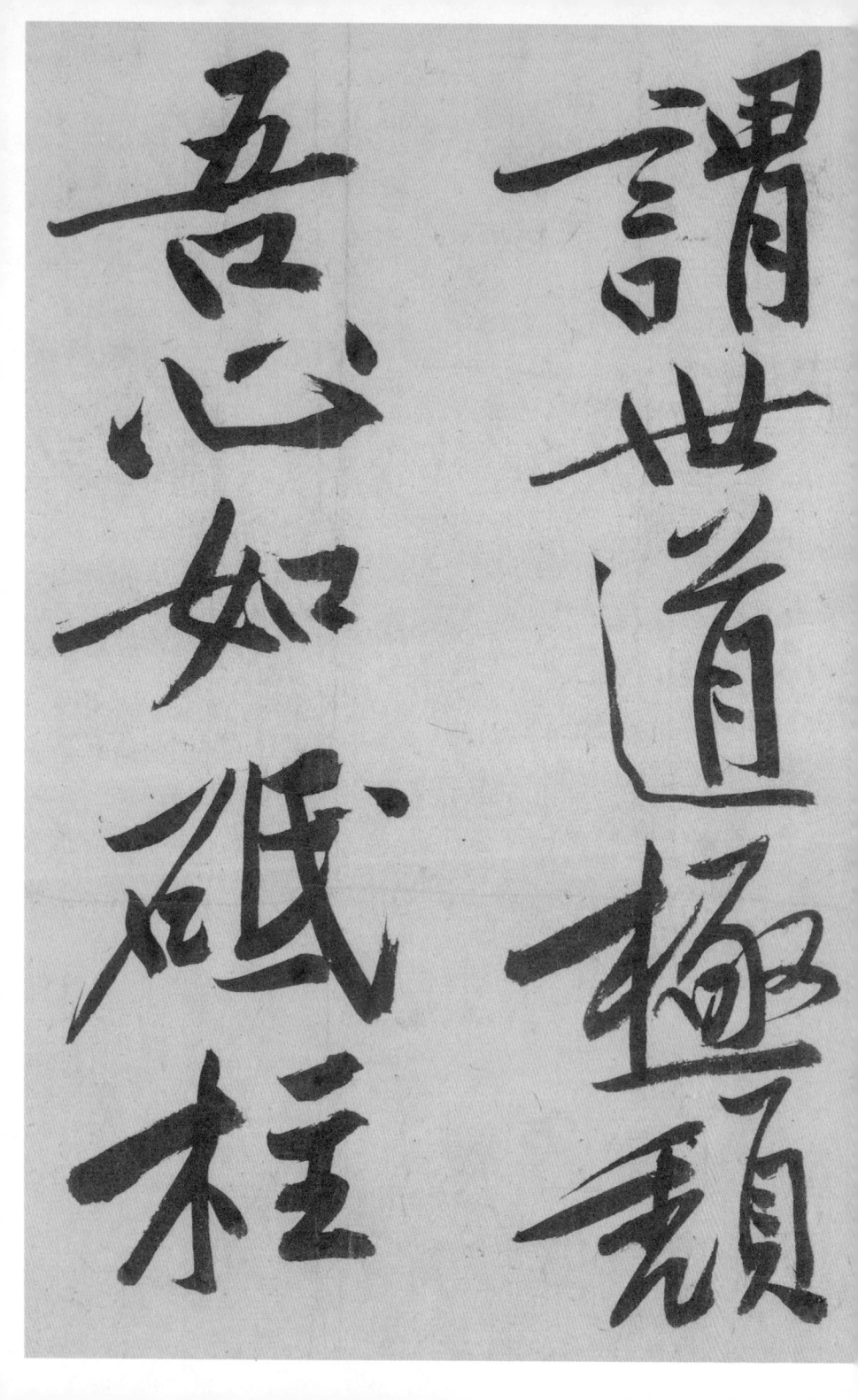

鄭心之事業者也裁者

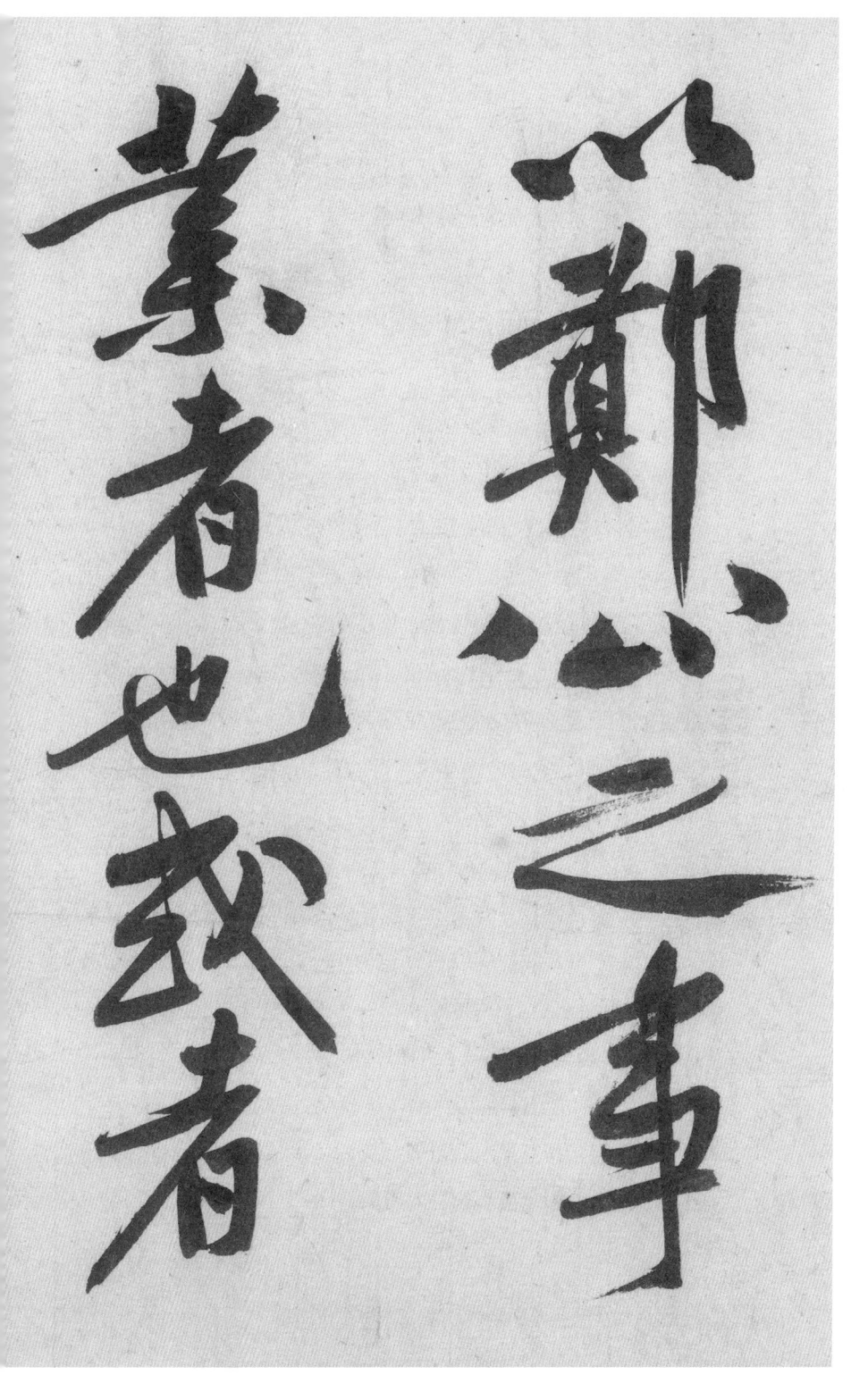

州县长吏"刻之庭石,置之座右,以为晨夕之戒"。宋高宗在诏书中郑重其事地说:

> 近得黄庭坚所书太宗皇帝御制《戒石铭》。恭味旨意,是使民于今不厌宋德也。可令摹勒庭坚所书,颁降天下。非惟刻诸庭石,且令置之座右,为晨夕之念,岂曰小补之哉!

读张岱《夜航船》,也读到过这样的话:"宋高宗绍兴二年六月,颁黄庭坚所书戒石铭牙州县,令刻石。"这些南宋时代的《戒石铭》刻石,我们今天也只能见到两件原物:一件在湖南道州,一件在广西梧州。它们应当是现在可以看到的最早的《戒石铭》碑刻了。

宋朝灭亡了,这四句颁行官场的豪言壮语却留了下来,到明代,各级政府依然"立石于府州县甬道中,作亭覆之,名曰'戒石'。镌二大字于其前,其阴刻'尔俸尔禄,民膏民脂;下民易虐,上天难欺'十六字。"[7]

到清代,翻刻《戒石铭》的传统依然延续,黄庭坚的书法作品承载着官方的意志被传达到各级政府,嘉庆皇帝甚至亲作《题戒石铭》诗予以强调。这就是我在保定的清代直隶总督署的"戒石坊"上,看到《戒石铭》的原因。

黃文獻公像

三

黄庭坚是在宋神宗元丰三年（公元1080年）到达吉州太和县的。此前八年，黄庭坚一直在北京[8]任国子监教授。根据宋制，国子监教授任满的他，本该被荐为著作郎，加上他得到老臣文彦博的赏识，他的仕途人生本该顺风顺水，却被"发配"到赣江中游的太和县。这命运的急转弯，完全因为他受到了一个人的连累，这个人，就是苏东坡。

黄庭坚是苏东坡的粉丝，一直想结识苏东坡，这一点很像杜甫之于李白。杜甫是在一个饭局上第一次见到李白的，那时李白已经名满天下，而杜甫还是寂寂无名。黄庭坚与苏东坡的名声不可同日而语，无论官位还是诗名，苏东坡都在黄庭坚之上，令黄庭坚"鞭长莫及"。黄庭坚主动与苏东坡联系，又怕有"攀附"之嫌。元丰元年（公元1078年）二月，黄庭坚终于鼓起勇气，给正知徐州的苏东坡写了一封信，诚恳地表达了对苏东坡的崇敬之情。他在信里说，"心亲则千里晤对，情异则连屋不相往来"[9]。意思是心相亲，隔千里也不算远；情相异，就是屋相连也老死不相往来。九月里，和秋风一起到来的，是苏东坡回信，及《次韵黄鲁直见赠古风二首》。

苏东坡与黄庭坚终生不渝的友谊，自这一天开始。

可以说，黄庭坚是在一个无比敏感和艰难的时刻，向苏东坡伸出橄榄枝的。此时正春风得意的，不是苏东坡这些"旧党"，而是朝廷中的"新党"。所以黄庭坚与苏东坡交好，绝不是政治投机，而是政治上的志同道合、艺术上的惺惺相惜。

我在《欧阳修的醉与醒》中讲到过宋代的"贬谪文化"，其实在宋代还存在着一种"官场文化"，或者叫"官僚文化"。有官僚，才有官僚文化。宋朝建立之初，曾经广授官职，目的是分化宰相权力，也造成了机构臃肿，冗员众多，国家财政不堪重负。此外，宋代不断扩大科举取士规模，自太宗即位至天禧三年（公元976—1019年）四十多年间所取进士比整个唐代所取进士名额还多。这让有才华的寒门子弟有了上升的机会，这种重文轻武的政策，造就了"人类群星"在仁宗一朝熠熠生辉，但也使得文官队伍达到前所未有的规模。大大小小的权力有着强大的吸引力，把相当多饱读诗书、深知春秋大义的官员吸附过来。权力的"糖衣炮弹"，一点点蚕食着他们的理想，强化着他们的利益，从而形成一个人多势众的、雷打不动的利益阶层，谁想打破他们的利益，他们都会发起集团攻击，而且有人递刀，有人杀人，有人站岗放哨，绝对是一支训练有素、配合默契的精锐部队，或者说，是一个盘根错节、纵横连动的"黑社会"。这个"社会"之"黑"，足以让所有激情的、浪漫的、理想主义的社会梦想打水漂。

当年宋仁宗任用范仲淹做谏官,范仲淹上疏的第一条就是裁抑冗滥,为官场"瘦身";他还上疏《百官图》,矛头直指任人唯亲的宰相吕夷简。他发起"庆历新政",矛头所指,就是职业型官僚。但他反而被扣上了"朋党"的帽子,他的新政也随之夭折。

宋神宗即位时虽只有十九岁,却意气风发、斗志昂扬,改革的负责感、使命感不可遏制,更何况,在他的时代,有一个王安石横空出世。熙宁元年(公元1068年),宋神宗召王安石入朝,把所有的信任给了王安石,开始了"熙宁变法",又称"王安石变法"。王安石高呼:"大有为之时,正在今日!"他一手打击腐败、整顿吏治、裁撤冗员,一手推出富国、强兵、取士之法。所谓"新党",就是以王安石为首的变法派。变法本无不好,尤其对于"天下有治平之名,而无治平之实"[10]("治平"为宋英宗的年号)的北宋王朝更是必要。然而,新法的战车隆隆开动,不仅急躁冒进,而且党同伐异,要"革命"的过来,不"革命"的滚出去。这样的荒腔走板,使得欧阳修、司马光、苏东坡这些"旧党"人物对这场改革保持了警觉,纷纷站在了王安石的对立面上。

王安石要改革吏治,反对任人唯亲,却通过任人唯亲的手段,达到反对任人唯亲的目的。王安石的偏执,对苏东坡这些"道学型""理想型"官员的力量形成了打击,却助长了吕惠卿、曾布这些"职业官僚"的势力,让那些唯唯诺诺、唯利是图的官员有了往上爬的机会。除了王安石本人,他身边那班"重臣",后来几乎全都进了《宋史》的《奸臣传》。

苏东坡敏锐地意识到,这是一个危险而黑暗的时代。"人生识字忧患始,姓名粗记可以休"[11]这样的激愤之语,就是在那样的背景下说的,意思是一个人自从有文化,他的忧患也就开始了,所以不要那么有文化,只要会写自己的名字就可以了。那时的他,纵然有宋神宗赏识,却毕竟人微言轻。他可以明哲保身,但他是个任性的人,明知是以卵击石,却仍忍不住要发声。

以卵击石,结果只能是粉身碎骨。他从徐州去湖州任知州,到达只三个月(元丰三年,公元1080年),"乌台诗案"事发,苏东坡被囚入御史台监狱,一百三十天后幸存一命,被贬为黄州团练副使——一个几乎可以忽略不计的微小官职。

黄庭坚和苏东坡一起反对王安石,他们的命运也就别无二致。因为给苏东坡的那一封信,黄庭坚被罚铜二十斤,本该被荐为著作郎的他,也失去了他的"远大前程",被贬去了山高水远的太和县。

四

黄庭坚虽只是一个小知县,七品芝麻官,和王安石的官级天差地远,但他比王安石更接地气,更知道基层社会这个神经末梢的苦乐痛痒。其实王安石变法前,也是做过基层调研的,派遣苏辙、程颢等八人至诸路,"相度农田水利、税赋科率、徭役利害"[12]。但由于王安石重用吕惠卿,来自苏辙、程颢等人的反对声音对他就起不到丝毫作用了。元丰年间,王安石已经下野,但变法的政治效应依然在发酵。比如王安石极力推行的食盐专卖,禁止民间买卖食盐,百姓必须定量购买官盐,反而肥了官府,让百姓吃不到盐。官府哄抬价格,短斤短两,掺杂施假,坑蒙拐骗,俨然成了奸商,令民众苦不堪言。意在改革弊政的王安石变法,此时已变成了最大的弊政。在太和县任上,黄庭坚一口气写了十二首纪行诗,假若王安石能够看到这些诗,一定感到无比尴尬。诗中写:

苦辞王赋迟,
户户无积藏。
民病我亦病,
呻吟达五更。[13]

诗可以怨,那时没有社会评论,没有报纸社论,诗就成了士人批判社会的工具。在这一点上,黄庭坚的确继承了杜甫的传统。黄庭坚诗歌境界很高,创江西诗派,但后人总把杜甫作为黄庭坚诗歌创作的源流,这种奇倔瘦硬的诗歌风格,也一点点贯注到他的书法笔墨中。

无独有偶,苏东坡也写过许多相同题材的诗,无情地批判官盐专卖制度:

老翁七十自腰镰,
惭愧春山笋蕨甜。
岂是闻韶解忘味,
迩来三月食无盐。[14]

诗中描述一位老翁,腰插镰刀,到山中挖笋,却为自己吃不出春笋的鲜美而深感惭愧。他可不是孔子,因为听了韶乐而三月不知肉味,只是他已经三个月无盐可吃罢了。

高举理想主义大旗的王安石,是出于为百姓争福利的目的开始变法的,而变法的反对派苏东坡、黄庭坚,同样是站在民众的立场上说话,这说明他们对民众疾苦的态度没有太大的区别,区别只在于变法的手段上。在"道学型"士大夫眼中,"士"来自"民",就理所应当成为"民"的代言人。这是因为宋代是"儒家统治的时代",而儒家追求的,就是"天下大同之道"。王安石说:

"以天下为己任";范仲淹说:"先天下之忧而忧,后天下之乐而乐"。他们所说的"天下",民众是最基本的构成元素。

如是说来,科举录取机会的不断增加,对宋代政治产生的影响也是双向的。一方面,它让更多的士人进入朝廷,"以天下为己任",为人民群众大声呐喊,成为"道学型"士大夫;另一方面,它也让"职业官僚"大量涌入政府,一步步沦为不顾百姓疾苦、只求个人利益的贪官狗官。

五

宋朝颁布《戒石铭》,还是一轮又一轮的变法,皇帝的愿望都是美好的,就是整顿吏治,缓解社会矛盾,让王朝政治得以平稳运行,但无论他们的初衷如何充满"善意",宋代的王朝政治仍一直处于巨大的不确定性中,这一点在宋仁宗之后表现得更加明显。

宋仁宗在位长达四十二年,但他性格犹疑不定,决定了他在决策上边走边看,王朝政治晃晃悠悠。宋仁宗去世后,宋英宗在位只有四年,身子骨又不好,无力发动改革。再往下是宋神宗,在位十八年,发动了轰轰烈烈的"王安石变法",却"出师未捷身先死",把接力棒传给宋哲宗。宋哲宗登基时只有十岁,屁事不懂,事事要由太皇太后决定,太皇太后不喜欢王安石，索性来了个政策大转弯，废黜了王安石提拔的吕惠卿、章惇、蔡确等人。"新党"全部被扫地出门，"旧党"分子司马光、吕公著被任命为宰相，这件事发生于宋哲宗元祐元年（公元1086年），史称"元祐更化"。司马光、吕公著向朝廷举荐，应当重用的人事名单中，苏轼和苏辙的名字赫然在列。在他们的举荐下，苏东坡结束了在黄州的贬谪生活，出知登州，继而被召入京，回到了"金翠耀目，罗绮飘香"的汴京，任中书舍人，不久又升为翰林学士，知制诰，官至正三品，开始了"华灯飞盖寓京华"的岁月。黄庭坚也结束了太和县令生涯，奉诏为秘书省校书郎，在春天的汴京城，终于见到了他心仪已久的苏东坡。

关于黄庭坚第一次拜谒苏东坡的时间，二人的诗文皆没有明确记载，黄庭坚《题东坡像》只说是"元祐之初"，苏东坡《题憩寂图并鲁直跋》说，元祐元年正月十二，苏东坡、李公麟为柳仲远作《松石图》，黄庭坚赋诗，说明二人初次见面的时间，不会晚于这一天。此时距离他写信给苏东坡，已经过去了八年。

他们的身影，被记录在李公麟《西园雅集图》中。这一水墨纸本长卷上，描绘了元祐二年（公元1087年），苏轼、苏辙、黄庭坚、秦观、米芾、晁补之等人在王诜的西园进行雅集的场景。我在《在故宫寻找苏东坡》一书中写："从《西园雅集图》中，我们可以看到那个时代不同的文艺组合，比如'三苏'中的两苏（苏轼、苏辙）、书法'宋四家'中的三家（苏轼、黄庭坚、米芾）、'苏门四学士'（黄庭坚、秦观、张耒、晁补之）……在中国的北宋，一个小小的私家花园，就成为融汇那个时代辉煌艺术的空间载体。"[15]

那是他们生命中的黄金岁月，他们终于可以面对面地畅谈艺术人生。他们互相唱和，争胜于毫厘之间。他们彼此激赏，又互相"挑刺儿"。苏东坡说黄庭坚："黄鲁直诗文，如蜻蜓、江珧柱（蟹贝类海鲜），格韵高绝，盘餐尽废；然不可多食，多食则发风动气。"黄庭坚对老师也非一味奉迎，而是认为苏东坡"文章妙一世，而诗句不逮古人"。彼此之间如此直率，说明二人的情感，已达深度默契。最经典的，莫过于他们彼此评论对方的书法，一个像"树梢挂蛇"，一个像"石压蛤蟆"。苏东坡是这样说的："鲁直近日所作字书，虽清新劲拔，但用笔过于瘦弱，就像树上挂着蛇一样。"黄庭坚不示弱，说："先生的字我固然不敢随便评论，但有些地方觉得太局促，写得太扁平，很像石头下压着的蛤蟆。"说罢，二人相对大笑。

或许这个以苏东坡为首的政治—文化"团体"，也可算作一个"党"吧。历史学家把他们称作"蜀党"[16]，只是这个"党"，没有蝇营狗苟、阴谋诡计，只有志同道合、生死不移。用欧阳修《朋党论》话说："君子与君子，以同道为朋；小人与小人，以同利为朋。"[17] 黄庭坚与苏东坡，就属于"以同道为朋"的"朋党"。

可惜，那样的光景，只是昙花一现。

元祐八年（公元1093年），太皇太后过世，宋哲宗亲政，把烙饼又翻了个个儿。太皇太后喜欢的"保守派"（以司马光为代表）被逐出朝廷，"新党"（变法派）又被请了回来，被奉若神明，王安石实施过的那一系列政策法规，像"青苗法""免役法""保甲法"等，在销声匿迹很多年后，又卷土重来。

苏东坡的死敌章惇像胡汉三一样回来了，绍圣元年（公元1094年），他被任命为宰相，苏东坡以讥刺先朝的罪名被贬知英州，八月再贬惠州，去了遥远的岭南。

作为一条绳上的蚂蚱，黄庭坚也被贬涪州别驾[18]，黔州[19]安置。

黄山谷，真的要跌到他人生的深山低谷。

接到命令时，身边人都忍不住大哭起来，唯有黄庭坚神色自若，倒头大睡，鼾声响彻屋宇。

六

既然宋代屡次变法，目的是施惠于百姓，为何始终不能成功？宋仁宗没有把改革进行到底的决心，仁宗以后皇帝又走马灯似地变更，"一朝天子一朝臣"，使王朝政治没有连续性，加上王安石在策略上的失误，这些都是显而易见的原因。

在我看来，最重要原因却不在这里，而在于变法本身就是一个悖论，因为变法的目的是为民争利，从哪里争呢？只能从各级官吏的手上争。但靠谁来争呢？也只能依靠官员来争。前面说过，宋初广授官职，加上不断扩大科举录取规模，让官场从业人员迅速膨胀。这一方面增加了"道学型"官员的数量，为王朝政治输入了更多的正能量，同时也增加了"职业官僚"的数量，使他们盘根错节，形成利益集团，为一己私利，上欺天，下虐民。变法的成败，完全取决于二者的力量对比。固然，在权力顶层，在金字塔尖上，变法派可以拉起自己的队伍（其实也成分不纯），在基层，在金字塔的塔底，却充斥着"职业官僚"，他们习惯了常规化的行政程序，习惯了多年积累出的"人脉"，所有的利益关系，都是他们长期打拼、"奋斗"的成果，有人动他们的奶酪，他们一定会拼命。

因此，历次变法中，执行改革的人，实际上就是应该被改掉的那批人。这使他们成为"双面人"，可以两面讨好，八面玲珑，更理直气壮地"欺天"，更肆无忌惮地"虐民"。变法非但不能摧毁他们，相反会助长他们的势力，让他们为所欲为，为变法买单的，只能是老百姓。从王安石变法、张居正变法到清末"新政"，封建王朝的变法几乎没有成功的，秘密就在这里。

《戒石铭》写"尔俸尔禄,民膏民脂;下民易虐,上天难欺",但没有了"民膏民脂","尔俸尔禄"又从哪里来呢?

因此,《戒石铭》非但不能对官员们起到警示作用,反而成了官场遮羞布,有它"装点门面",官员们可以更放肆地"虐",更大胆地"欺"。

到南宋,甚至有州县官员在《戒石铭》每句后面各添一句,变成这样:

尔俸尔禄——只是不足;
民膏民脂——转吃转肥;
下民易虐——来的便著;
上天难欺——他又怎知?

皇帝极力推崇的《戒石铭》,在官员嘴里成了调侃的对象。他们以戏谑的方式,向庄严正大的"十六字方针"发出挑战。

因此,无论王安石为代表的"新党",还是欧阳修、司马光、苏东坡、黄庭坚为代表的"旧党",从根本上说都是一个"党",一个知天下大义、持儒家理想的"党",与他们对立的,是"好利禄""贪财货"[20]的"党",其实就是以"职业官僚"组成的利益型"朋党"。

从实力对比看,后者明显强于前者。正因如此,"道学型"

官员（"道学朋党"）固然有理想、有才华、有品德，甚至有皇帝、太后的恩宠，看上去什么都有，却依然逃不脱悲剧性的命运。原因是在这个朝代里，官僚文化已树大根深，小人政客游刃有余，有人说"宋朝是官员的乐园"，其实是官僚的乐园，不是欧阳修、苏东坡、黄庭坚这些具有理想人格者的乐园——他们的乐园是他们自己创造的，是精神世界里的乐园。这个乐园，一般人进不来。对绝大多数官僚来说，这世上没有什么东西比头顶乌纱、腰里银子更加重要。人为利来，人为利往，利益让人变成虎狼。所以，他们身穿官袍，手把经卷，道貌岸然，内心却无比凶狠。至于"新党"还是"旧党"，已经根本不重要，在他们眼里，变法是可笑的，反变法是滑稽的，需要"新"他们就"新"，需要"旧"他们则"旧"，王安石上台，他们就巴结王安石，司马光主政，他们就讨好司马光，他们不新不旧，亦新亦旧，时新时旧，在新与旧之间闪展腾挪，如入无人之境。变法与反变法，已经不是政治立场的对垒，而早已沦为利益得失的生死搏斗。或者说，无论"新党"上台，还是"旧党"得势，他们都不会伤到皮毛，他们的利益都固若金汤。

七

世间已无《戒石铭》，世间却有《砥柱铭》[图 2-1]。《砥柱铭》

是唐代宰相魏征的一篇名作，记录了唐太宗李世民到黄河之畔祭拜大禹，在黄河中的砥柱石上铭文祝祭大禹的历史场景。铭文的内容是："大哉伯禹，水土是职。挂冠莫顾，过门不息。让德夔龙，推功益稷。栉风沐雨，卑宫菲食。汤汤方割，襄陵伊始。事极名正，图穷地里。兴利除害，为纲为纪。寝庙为新，盛德必祀。傍临砥柱，北眺龙门。茫茫旧迹，浩浩长源。勒斯铭以纪绩，与山河而永存。"

魏征《砥柱铭》，行文雄浑壮丽，不是宋儒的叽叽歪歪可以比拟的。他歌颂大禹，当然也捎带着拍了李世民的马屁，估计李世民看到这样的文章，鼻涕泡都乐出来了。

黄庭坚手书《砥柱铭》，出于对魏征的景仰，也有对圣主的渴求。魏征直言进谏，李世民从善如流，二人相得益彰，才成就了贞观盛世的壮丽图景。这样的盛世，黄庭坚一辈子没有看到。黄庭坚一生，历经仁宗、英宗、神宗、哲宗、徽宗五朝，这五朝，是新旧两党矛盾交织的五朝，是政治风向飘忽不定的五朝。黄庭坚就像一片风雨中的树叶，被时代的风雨夹带着，无法主宰自己命运的方向。对于一个"理想型""道学型"士大夫而言，那是一个看不到希望的时代，所以黄庭坚手书《砥柱铭》，在去世的前一年又手书《汉书》中的《范滂传》。他无法看到未来的希望，于是向过去，向辉煌的汉唐索取希望，希求那来自古老年代的人格正气，能够给自己带来勇气，去面对这惨淡的人生。

因此,他在《砥柱铭》跋语中写:

> 魏公有爱君之仁,有责难之义。其智足以经世,其德足以服物,平生欣慕焉。时为好学者书之,忘其文之工拙,我但见其妩媚者也。
> 吾友杨明叔,知经术,能诗,喜属文,吏干公家如己事。持身清洁,不以谀言以奉于上智;亦不以骄慢以诳于下愚。可告以郑公之事业者也。或者谓:世道极颓,吾心如砥柱……

对魏征仰慕的"爱君之仁""责难之义",他充满倾慕;对于杨明叔"不以谀言以奉于上智""不以骄慢以诳于下愚",他心有安慰。他对杨明叔说,也是对自己说:置身于荒谬的现实,"与魑魅为邻",一个心有良知的底层官员所能拿出的对策,就是"世道极颓,吾心如砥柱"。

杨明叔是四川眉州人,与苏东坡同乡,他的父亲是苏东坡的好友,所以,黄庭坚在黔州遇见杨明叔,颇有他乡遇故知之感。台北故宫博物院,收藏着黄庭坚写给杨明叔的信札二通,即《致明叔少府同年尺牍》,分别是《雪寒帖》《藏镪帖》。这些信札写于绍圣二年(公元 1095 年)左右。杨明叔就是那一年抵达黔州,担任少府监,并与黄庭坚相识。

《与明叔少府书十七》大概亦写于此时。在这封信札中，黄庭坚写道：

> 待罪穷壑，与魑魅为邻，平生学问，亦以老病昏塞，既无书史可备检寻，又无朋友相与琢磨，直一谈一笑，流俗相看耳。忽蒙赐书，存问勤恳。且承安贫乐义，不涸乡党，卖屋以为道涂之资，载书以为到官之业，想见风采，定慰人心。国有君子，何陋之有？不肖早衰，五十而无闻，使得终寿，日月馀几，得好学之士相从，尚或有所发明。望风钦叹，无以为喻，谨奉状，道愿见之意。心之精微，非笔墨所及，伏惟照察……

我特别喜欢这段文字。在这封信里，黄庭坚道出了自己"既无书史可备检寻，又无朋友相与琢磨"的窘境，几乎一无所有的他，在俗人眼中是何等的可悲、可笑。即便如此，还是有像杨明叔这样的人，赐书慰问他，向他表达敬意。在这样的人世间，还有君子在。有君子在，人们对世界就不至于绝望。

黄庭坚三十五世孙黄君先生说："黄庭坚是中国书法史上极为罕见，具有强烈自我超越意识的人。"[21] 通过黄庭坚与杨明叔的交往可以判断，黄庭坚写下《砥柱铭》的时间，是黄庭坚到达黔州以后，因为只有到黔州，黄庭坚才认识杨明叔，才能在《砥柱铭》跋语中写下"吾友杨明叔"之语。据黄君先生推测，《砥柱铭》极有可能是绍圣五年（公元1098年）三月离开黔州时写给杨明叔作临别纪念的。[22]那一年，黄庭坚已五十四岁，正是他书法艺术的自我超越期，用台北故宫博物院傅申先生的话说，这卷《砥柱铭》"是黄庭坚书风转换期的真迹"[23]。那时的他，不再模仿苏东坡，而是追求风格上的自立。他的大字行楷书，正是在黔州时期走向成熟。

黔州之于黄庭坚，正如滁州之于欧阳修，黄州之于苏东坡。他的书法，开枝散叶，犹如南方的植物，在阳光雨露滋润下舒展枝蔓，锋芒毕露。黄君先生称他晚年书风"境界超迈，雄视千古，尤其草书和大行楷书，其艺术水准远在东坡之上"，"《砥柱铭》是这一时期内第一件具有代表性的大作品，弥足珍贵，毋庸置疑"。[24]

八

宋哲宗绍圣五年、元符元年（公元1098年），黄庭坚结束了在黔州三年的贬谪流放时光，迁戎州[25]安置。他像黄州的苏东坡一样开荒种地，动手葺屋。他给自己建起的栖身之所，取名"死灰庵""槁木寮"，表明自己已身如槁木、心如死灰。他心里惦念的，唯有在海南岛上栉风沐雨的老师苏东坡。据学者杨庆存介绍，这一年，岁在重九，黄庭坚在戎州与诸人游无等院，突然看到了苏东坡的题字，心里顿时像被人狠狠砸了一拳，担心、思念、不平、愤懑等各种情绪袭上心头，交织、搅拌、涌动，让他心神不宁，"低回其下，久之不能去"。[26]

元符三年（公元 1100 年）五月，宋哲宗驾崩，他十九岁的弟弟赵佶登基，是为宋徽宗。向太后垂帘听政，"旧党"又吃香了，远在海南儋州的苏东坡咸鱼翻身，被召还京，一度有了入相的可能。黄庭坚被起复为宣德郎，监鄂州在城盐税，后改奉议郎。形势大好，不是小好。七月里，黄庭坚的朋友、河南永安县令张浩带上苏东坡《寒食帖》墨稿抵达眉州青神县，在那里见到了黄庭坚。黄庭坚一见《寒食帖》，恍若见到了日夜思念的老师苏东坡，立刻泪如雨下，这就是所谓的"见字如面"吧。他激动之情难以自禁，于是挥笔写下了一段题跋 [图 2-2]：

> 东坡此诗似李太白，犹恐太白有未到处。此书兼颜鲁公、杨少师、李西台笔意，试使东坡复为之，未必及此。它日东坡或见此书，应笑我于无佛处称尊也。

这段《苏轼黄州寒食诗帖卷跋》，后来被装裱在《寒食帖》

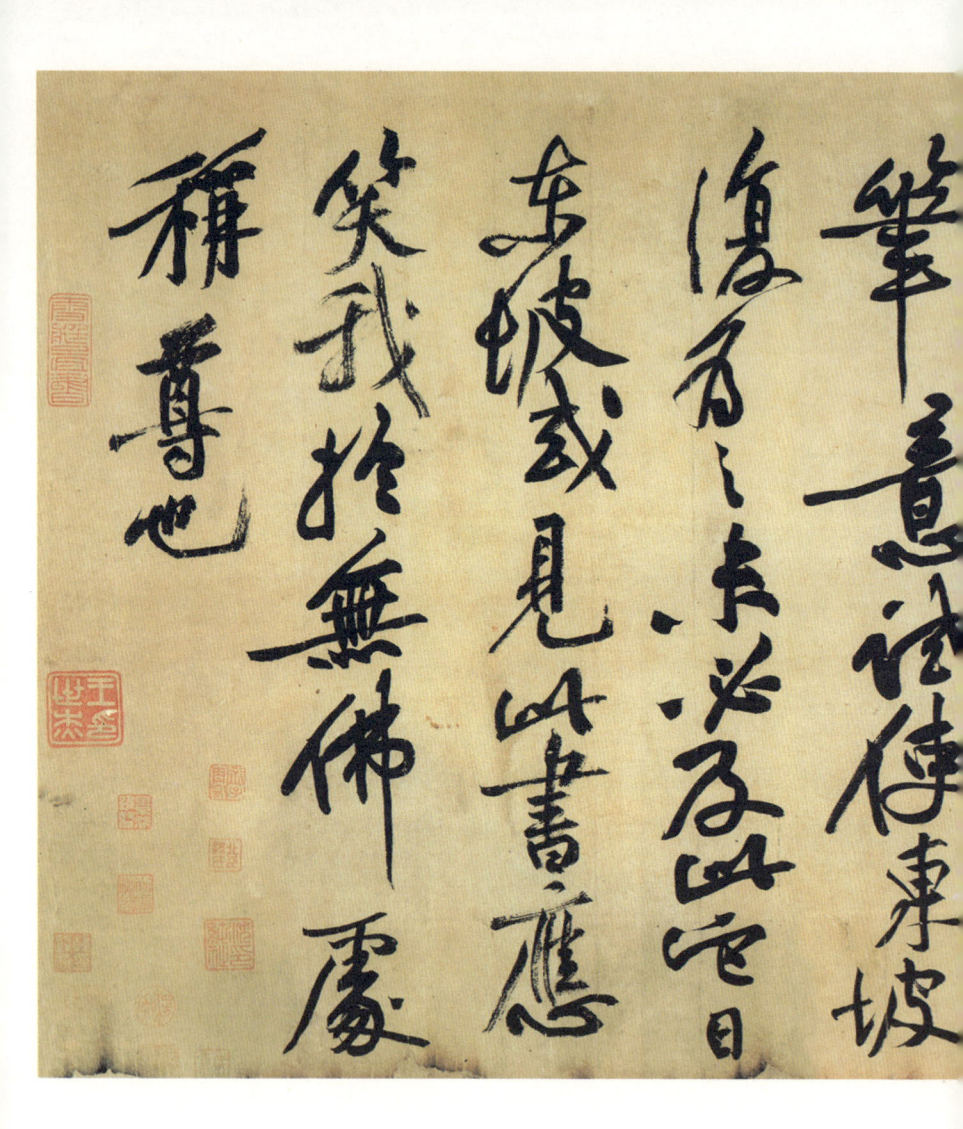

[图 2-2]

《苏轼黄州寒食诗帖卷跋》，北宋，黄庭坚

台北故宫博物院 藏

東坡此詩似李太白猶恐太白有未到處此書兼顏魯公楊少師李西臺筆意

卷后，现藏台北故宫博物院，与原帖并称"双璧"。写跋时，黄庭坚在苏东坡生命的出发地——四川眉州，苏东坡则身在北部湾边上的廉州[27]。一年后，苏东坡在北归途中病死于常州，再也不可能看见黄庭坚的跋文。

宋徽宗即位只七个月，向太后就去世了。宋徽宗亲政，起用了"新党"，"旧党"又落，朝廷形势再度翻转，只不过此时朝中已无王安石，"新党"的主角，换成了蔡京。蔡京决定痛打落水狗，让他们永世不得翻身，于是掀起了对"元祐党人"的打击浪潮。黄庭坚又遭贬谪，被发往更遥远的宜州[28]，在那里"极目送归鸿"[29]，度过了生命的最后岁月。

苏东坡、黄庭坚为代表的"蜀党"又被打倒了，有宋一代的"道学型"士大夫基本上全军覆没了，未来的官场，留给了蔡京、秦桧、韩侂胄、贾似道（讽刺的是，《砥柱铭》在南宋成了贾似道的藏品，是贾似道收藏的"黄庭坚双璧"之一）。北宋后期直至整个南宋，陷入了奸臣当道的历史怪圈，"君臣共治天下"的美好设计再一次走向了它的反面，变成了昏君与佞臣的共舞，宋朝政治终于从宽容走向了专制。这让我不禁想起韩少功在《夜行者梦语》中说过的话："思想的龙种总是在黑压压的人群中一次次收获现实的跳蚤。或者说，我们的现实本来太多跳蚤，却被思想家们一次次说成龙种，让大家听得悦耳和体面。"[30]

其实我一直是非常喜欢《水浒传》的。在我看来,《水浒传》是一部被低估的书,因为它不是一部打打杀杀的书,而是一部描述徽宗一朝政治现实最深刻、最透彻的著作。它固然是一部造反之书,但从反向上看,也是一部官场之书,它从草莽的视角写官场,好汉替天行道,是因为天下无道。像宋江、鲁智深、林冲,都处在宋代权力金字塔的底层,是不起眼的小吏。宋江是押司,鲁智深是提辖,林冲虽为八十万禁军教头,其实只是一个军事教练,并没有军事指挥之权,说白了就是一个"屌丝",所以像高衙内这样的高干子弟看不起他,不仅侵占他的老婆,而且要陷害他。但林冲绝无造反之心,豹子头林冲,那时还没吃熊心豹子胆,即使他知道自己误入白虎堂,受了不白之冤,被发配草料场,依然梦想着能好好改造自己,有朝一日能重返社会,好好过自己的小日子。直到在那个月黑风高的夜晚,他听见门外陆虞候和富安、差拨的谈话,知道高太尉、高衙内原来是要自己的命,才提枪戳死三人,雪夜上梁山。但凡林冲有一条活路,他都能忍。像林冲这样能忍的人都造反了,可见当时的官场政治黑暗到了什么地步。《水浒传》是一部黑暗之书,表面上写造反,实际上写官场,写被各级官员所笼罩的那种伸手不见五指的黑,写无处伸张的正义。《水浒传》里那个大雪封门、无路可走的宋朝,如今业已成为无数"小资"们追捧的对象。

假若真有一台时光机，宋朝会成为许多"历史粉"投奔的目的地，这与宋朝士人的地位（所谓"君臣共治天下"）、宋代文化的非凡品质有关，宋徽宗也摆脱了《水浒传》里的形象，在艺术史里实现了"华丽转身"，但我还是希望大家别忘了《水浒传》，这样才不会从一个极端滑向另一个极端，才能构建一个更加立体的宋代形象。

1127 年，徽钦二宗被金人俘虏，连推带搡，押往北国。

瑟瑟寒风中，他们仰望苍天，不知是否懂得了"上天难欺"的深意。

九

崇宁四年（公元 1105 年），黄庭坚在宜州度过了人生的最后一年。九月里，酷热的宜州突然来了一场小雨。那一天，黄庭坚喝了点酒，坐在胡床上，微醺中，把两脚伸出栏杆，以接受从天而降的清凉，而后，安详地辞世。

2010 年，黄庭坚逝世九百多年后，他的《砥柱铭》以将近 4.4 亿人民币的成交价拍卖成功，成为中国艺术史上的"最贵艺术品"之一。

不过，这些都与黄庭坚没有关系了。暑热中的一点儿微雨，是世界留给黄庭坚的最后的快乐。

第三章 他的世界里没有边境

在运动中建立秩序,这是书法的最难处,也是书法的至高境界。

苏东坡书法，代表了宋代写意书法的最高峰，在中国书法史上有里程碑意义，但在当时，很多人对苏东坡的书法不以为然，他们认为苏东坡压根儿就不会写字，尤其他书法中的"偃笔"，更为当时书家诟病。

所谓"偃笔"，也叫"单钩"，就是用大拇指和食指捏住笔管，把手腕放在案上，而不是"悬腕"的书写方式。"双钩"是以食指与中指上节、中节之间相叠，勾住笔管，实指虚掌进行书写，今天学生学写毛笔字，"双钩"是标准的执笔方法。"偃笔"（"单钩"）写字时，"以手抵案，使腕不动"，这样就不能中锋用笔，而只能笔走"偏锋"，也就是侧锋用笔，说白了，就是像我们今天拿钢笔那样拿毛笔，以类似写钢笔字的方法写毛笔字。

这样写字，会给行笔增加限制，尤其向右出锋不易发力，"力不足而无神气"，一点儿也不像正宗的"书法家"那样手指转动，威风八面。但对别人的不以为然,苏东坡很是不以为然。在他眼里,把字写好才是"书法家",不论看上去像不像"书法家"。他说"把笔无定法,要使虚而宽",意思是握笔之法没有绝对固定的模式,书写便利才是王道。他用诸葛笔写字,笔锋外露,反而使线条产生爽利峻拔的魅力,所以黄庭坚说:

或云:东坡作戈多成病笔,又腕著而笔卧,故左秀而右枯。此又管中窥豹,不识大体,殊不知西施效颦,虽其病处,乃自成妍。[1]

正是因为苏东坡执笔、书写的姿势与前人不同,才成就了他"左秀而右枯"的书法特点,字形肥扁,风格深厚朴茂。"虽其病处,乃自成妍",就像"西施捧心而颦"一样。别人眼中的"缺点",其实正是苏东坡书法的"优点"。

黄庭坚还说:

今俗子喜讥东坡,彼盖用翰林侍书之绳墨尺度,是岂知法之意哉!余谓东坡书,学问文章之气郁郁芊芊,发于笔墨之间矣,所以他人终莫能及尔。[2]

那些讥笑苏东坡的人，其实都是凡夫俗子，用写字小吏的标准来衡量大艺术家。他眼里的苏东坡，学问渊厚，文章苍郁，表露在笔墨间，不是一般人可以望其项背的。

黄庭坚如是说，不仅是为了捍卫老师的尊严，还有一个原因——其实黄庭坚自己也是这么写的。陈师道《后山丛谈》说："苏、黄两公皆善书，皆不能悬手。"

到米芾那里，依然是用侧锋写字，不仅把"偃笔"进行到底，而且干脆声言自己是在"刷字"。有一次，宋徽宗与书画学博士米芾一起谈书论文，米芾逐一品评"当代"书家："蔡京不得笔，蔡卞得笔而乏逸韵，蔡襄勒字，沈辽排字，黄庭坚描字，苏轼画字。"

宋徽宗听他说得这么热闹，忍不住反问一句："卿书如何？"

米芾回答："臣书刷字。"[3]

米芾说这话的时候，蔡京是当朝的宰相，他的弟弟蔡卞是枢密使，兄弟二人把持了朝廷的政、军大权，米芾直言不讳地说蔡京"不得笔"，蔡卞虽"得笔"也不咋样，因为他"乏逸韵"，他面前的宋徽宗又是大书法家，可见他是多么的志得意满、气壮胆肥。

说蔡京"不得笔"，说蔡卞"乏逸韵"，言外之意，他自己是"得笔"的，而且不缺"逸韵"。怎样才算"得笔"？米芾后来说，"筋骨、皮肉、脂泽、风神俱全,犹一佳士也",如此才能算是"得笔"。当然他没好意思说自己是"得笔"的,只说"臣书刷字",可见,他对"刷字"这件事充满自豪。

由此说来,以毛笔写字者,大可不必因不会悬腕而感到自卑,"宋四家"中的苏、黄、米,其实都是不会(或者说不屑)悬腕的。

二

我喜欢米芾,正在于他的"刷字"。米芾写字,执笔灵活机动,可以中锋运笔(双钩),也可以侧锋"刷字"(单钩)。侧锋"刷字",丰富了米芾的笔法,如白袍小生飞身舞剑,让米芾的书法在秀丽飘逸中,平添了神逸拓放、恣肆超凡之气。

启功先生诗曰:

> 臣书刷字墨淋漓,
> 舒卷烟云势最奇。
> 更有神通知不尽,
> 蜀缣游戏到乌丝。[4]

"臣书刷字",这是米芾在宋徽宗面前的自我标榜;"卷舒烟云",这是米友仁对父亲米芾临右军七帖的评价:"此字有云烟卷舒翔动之气，非善双钩者所能得其妙，精刻石者所能形容其一二也。"

"更有神通知不尽"，语出苏东坡曾评价米芾："清雄绝俗之文，超妙入神之字。"米芾答曰："尚有知不尽处。"意思是，我的本领，你还没有完全见识到呢。

"蜀缣游戏到乌丝"，是说米芾曾经在珍贵的蜀缣上挥洒笔墨。蜀缣是蜀地产的一种素绢，上面织有乌丝格，是专供书写用的，但丝绸制品滞涩难写，一般人没胆在上面写字。北宋元祐三年（公元1088年），米芾从淮南幕府去职，住在苏州，与故旧宴饮游乐，赏阅法帖名画，除了偶尔生病，那段日子过得还算舒坦。八月八日，米芾写下《苕溪诗》卷［图3-1］，卷中有注，描述他当时的生活："余居半岁，诸公载酒不辍，而余以疾，每约置膳，清话而已。"九月九日重阳节，米芾与湖州[5]郡守林希结伴，游览太湖近郊的苕溪。林希取出珍藏二十余年的蜀素卷请米芾书写。自从一个名叫邵子中的人将这段蜀素装裱成卷，已经传了三代，还等不来敢在上面写字的人。这卷珍贵的蜀素，最终落到了林希的手里。

米芾这个写字狂，见了这段蜀素，自然两眼放光，立刻笔蘸浓墨，在上面连写八首诗，从此有了被称为"中华第一美帖""天下行书第八"的《蜀素帖》［图3-2］。这卷蜀素，等来了书法成熟期的米芾，这是这卷蜀素之幸，也是米芾之幸。这一年，米

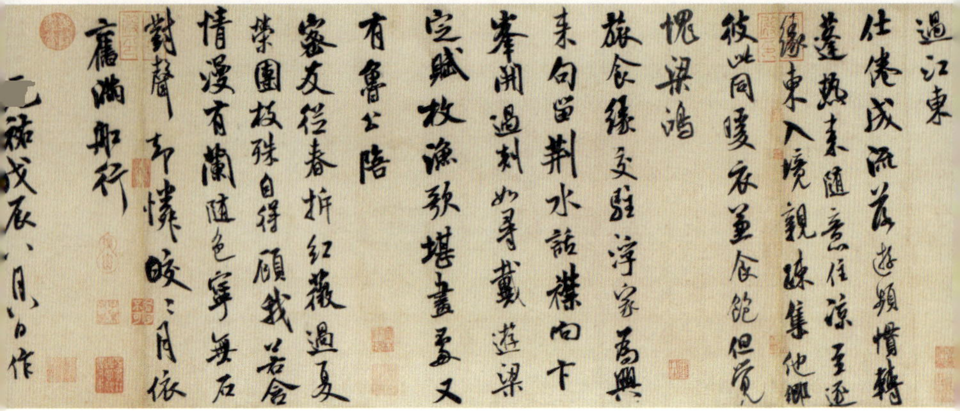

[图 3-1]

《苕溪诗》卷,北宋,米芾

北京故宫博物院 藏

　　芾三十八岁,刚刚写过著名的《苕溪诗》卷,章法布局已趋于完善,行气通畅,如行云流水,用笔遒劲,纵横恣逸,成为米芾成熟的行书代表作品之一。最美的物,在最美的年代,遇见了最美的人。人得其物,物也得其人,这才是相得益彰。

　　写在蜀素之上的《蜀素帖》,纵 27.8 厘米,横 270.8 厘米,与《苕溪诗》卷并称米书"双璧"。这两卷书法,书写时间只隔四十多天,却各有不同。《苕溪诗》是纸本,《蜀素帖》是绢本,这是材料不同。《苕溪诗》卷行笔多用中锋,《蜀素帖》则多用偏锋、侧锋,这是笔法不同。以上这两个不同,带来的是第三个不同,即书法面貌的不同——侧锋书写,使后者更加不拘一法,更加收放自如,翻云覆雨,极尽变化之能事,甚至连相同字都有不同的写法。而在蜀素上落笔,材料不容易受墨,行笔中于是出现了许多自然的枯笔,就像帖中诗句所言,"泛泛五湖

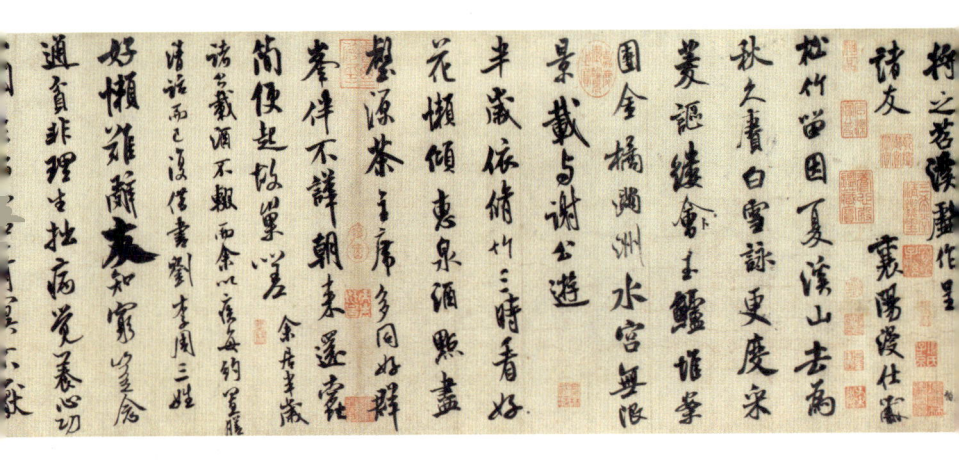

霜气清，漫漫不辨水天形"，让墨色呈现出丰富的浓淡变化，有了很强的呼吸感、层次感，让我不禁想起米友仁的绘画名作《潇湘云烟图》卷里的那份水汽氤氲的效果，想到米氏父子在绘画史上共同缔造的"米氏云烟"。

三

在我看来，"刷字"刷得最痛快、最彻底、最不管不顾的，是《盛制帖》[图3-3]。米芾四十一岁在润州教授任时把"米黻"改为"米芾"，《盛制帖》的署款仍为"黻"，因此应是元祐六年（公元1091年）改名之前所作，与作《苕溪诗》《蜀素帖》的时间，早晚相差应在几年之内。

《盛制帖》是写给蔡肇（字天启）的尺牍，内容如下：

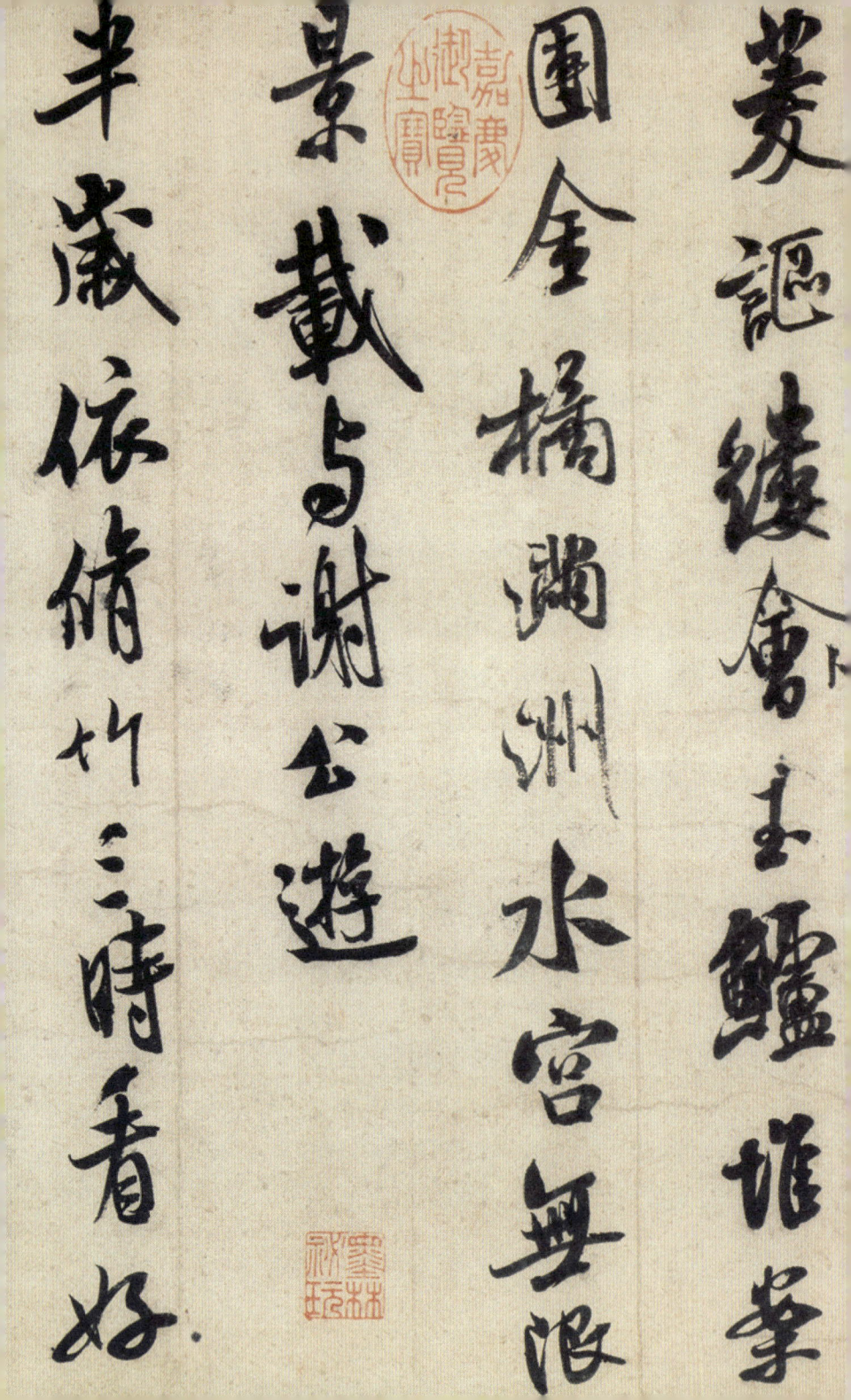

菱謌綾會幸鱸堆案園金橘滿洲水宮無波景載與謝公遊半歲依偕竹三時看好

盛制珍藏荣感。日夕为相识拉出，遂未得前。见寒光之作，固所愿也。一两日面纳次。黻顿首。天启亲。

收信人蔡肇（蔡天启）是米芾的朋友、北宋画家，能画山水人物木石，善诗文，曾师从王安石、苏东坡。后来苏东坡回到汴京，被任命为礼部尚书，和他的朋友们在驸马王诜的西园里雅集，参加者有苏辙、黄庭坚、米芾、李公麟、晁补之、张耒、秦观等，文人们挥毫用墨，吟诗赋词，抚琴唱和，打坐问禅，成就了北宋文坛的不朽盛事。李公麟一高兴，画了一卷《西园雅集图》[6]，米芾为此图作记（即《西园雅集图记》），曰："水石潺湲，风竹相吞，炉烟方袅，草木自馨；人间清旷之乐，不过如此。"这历史的场面，蔡肇也在其中。

米芾写下此帖时，蔡肇正在王安石门下做学生。米芾死后，蔡肇为他写墓志铭，也证明了他们相识的时候，蔡肇正在王安石帐下，跟随他读书。

最大的可能是，《盛制帖》是元丰五年（公元1082年）所作，那一年，米芾（那时还写作"米黻"）先去黄州，慕名拜访了在"东坡"上"劳动改造"的苏东坡，得到苏东坡青睐与指导，称他的书法"风樯阵马，沉着痛快"，建议他多学晋人。之后，米芾赴金陵投奔刘庠做幕僚，没想到刘庠被贬，离开金陵，米芾便携上自己的诗稿,前往半山园谒见王安石。

我在《在故宫寻找苏东坡》一书里写道:"那时的王安石,已经从国家领导人岗位上退下来,没有警卫,没有任何排场,只在金陵城东与钟山的半途筑起几间瓦舍,起名半山园,连篱笆也没有。所以年轻狂妄的米芾比我们今天所有人都幸运。当他小心恭敬地打开那扇门,坐在面前的,是每日'细数落花因坐久'的王安石。"

王安石拿出自己的书法给米芾看,米芾立刻说,是受了杨凝式的影响,王安石闻后大惊,说从来没有人看出这一点("人鲜知之")[7]。那一年,米芾三十二岁。

米芾的许多书帖,都是行草夹杂之作,可以说,行草夹杂是米芾书法的特点之一,像《箧中帖》《临沂使君帖》,皆以行书始而以草书终,可见米芾是以"加速度"来运笔的,即开始时慢,越写越快,到结尾处,已经快飞起来,笔画的抛物线要抛到纸页外面去。其中《箧中帖》的署款("芾顿首再拜")、《临沂使君帖》的后两行字("如何?芾顿首。临沂使君麾下"),完全是一笔到底的,明代傅山、董其昌、张瑞图、王铎、黄道周、倪元璐等迷恋的"连绵草",在米芾手中已入成熟之境,只不过米芾书帖并不是通篇连绵,而只是局部(通常是结尾部分)一笔写成,连绵不断,给人意犹未尽的感觉。

《盛制帖》也是如此，开始时是用行书写的，写着写着就飞舞起来，到第二行开始变成草书，而且越来越草，到第四行署款的"黻顿首"三字，已经是"连绵草"了。这种连续书写，线条不断，形成米芾所追求的"莼丝"般的质感。前四行字，都是中锋运笔的，起收转折，活泼跳跃，如粉蝶戏花、蜻蜓拂水，那么轻灵，那么敏捷。到"黻顿首"三字，笔墨将干，却宛若游丝，藕断丝连。最妙的是写"天启亲"时，他又蘸了一次墨，连刷了数笔，笔墨立即粗重起来，饱满起来，酣畅起来，与上一行的"莼丝"，形成了强大的视觉反差，也让整幅作品有了戏剧性的反转，米芾写字的飞扬跋扈、霸道纵横显露无遗。

明代，董其昌见到《盛制帖》，在裱边上毕恭毕敬写下一行小字："老米此尺牍似为蔡天启作。笔墨、字形之妙，尽见于此。"

四

任性不是胡来，胆大不是妄为。宋代书家，不论蔡襄、苏东坡、黄庭坚，还是米芾，都是有着深厚的书学渊薮的。苏东坡建议米芾多学晋人，米芾也是深爱晋人书法的，米芾任无为知军时给自己的书房起名"宝晋斋"，内藏谢安《八月五日帖》、王羲之《初月帖》《王略帖》、王献之《中秋帖》（又名《十二月帖》）等晋代名帖。他的"宝晋帖"，让他深以为傲，米友仁说他父亲："所

[图 3-2]
《蜀素帖》卷（局部），北宋，米芾
台北故宫博物院 藏

藏晋唐真迹，无日不展于几上，手不释笔临学之，夜必收于小箧，置枕边乃眠。"甚至乘舟出行，船上也要高挂匾额，上写"宝晋斋舫"，说明他与晋人书画须臾不可分离。黄庭坚写诗调侃米芾：

> 万里风帆水著天，
> 麝煤鼠尾过年年。
> 沧江静夜虹贯月，
> 定是米家书画船。[8]

为了得到晋人法帖，米芾撒泼打滚耍赖发癔症，什么事都做得出来。反正世人皆以"米颠（癫）"称之，他干脆就"颠"到底吧。叶梦得《石林燕语》里说，"宝晋斋"里的《王略帖》，米芾就是从蔡京之子蔡攸手里巧取豪夺来的。宋徽宗建中靖国元年（1101年），也就是苏东坡去世那一年，位居翰林学士的蔡京被弹劾夺职，正逢落魄的时分，米芾跑到真州，去看望蔡京。米芾跑到蔡京的舟中，蔡京的儿子蔡攸把王羲之《王略帖》拿出来给米芾看，没想到这一"嘚瑟"，"嘚瑟"出毛病了。米芾一见《王略帖》就爱不释手，非要夺人之美，用他收藏的绘画跟蔡攸换，蔡攸不换，米芾就威胁说：不换就跳水自尽，还大喊大叫，做跳水状。他动作很大，船体剧烈摇晃起来，蔡攸吓

吳江垂虹亭作

斷雲一片洞庭帆玉破鱸

魚霜破柑好作新詩繼

芦垂虹秋色滿東南

溪五湖霜氣清漫不

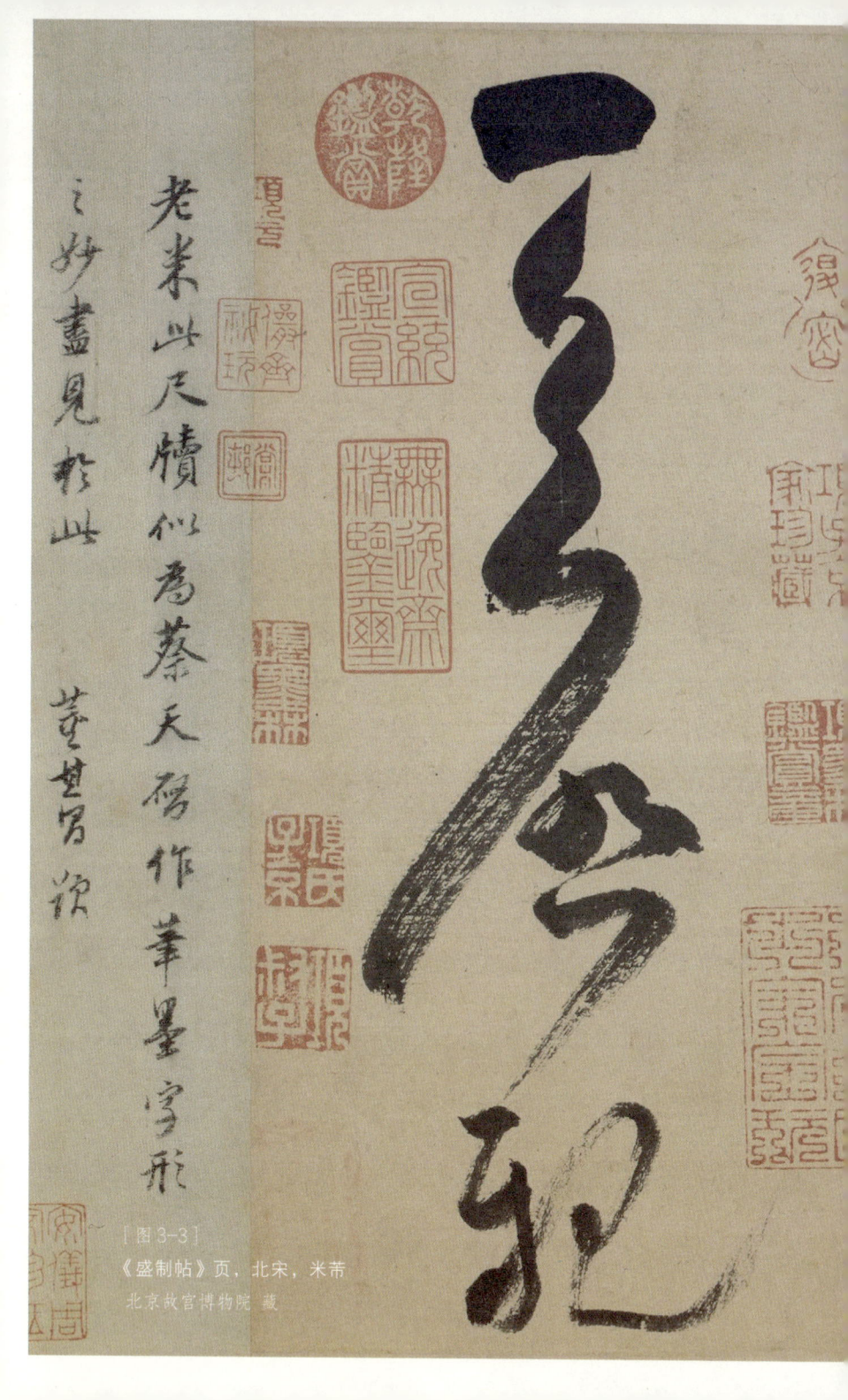

老米此尺牍似為蔡天啓作筆墨字形
之妙盡見於此
董其昌跋

[图3-3]
《盛制帖》页，北宋，米芾
北京故宫博物院 藏

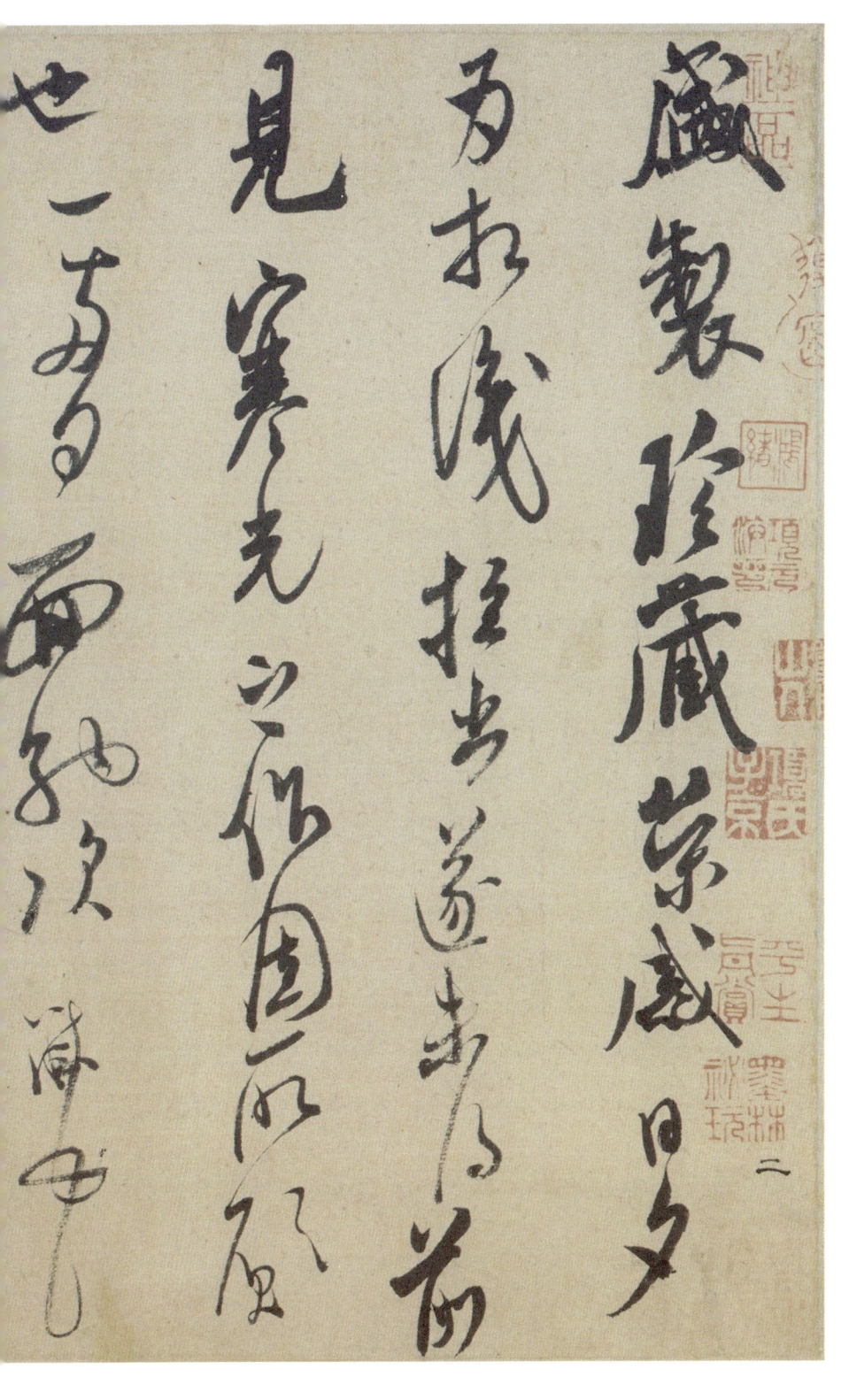

盛製珍藏榮感日夕
為幸劣撰䓁尚未
見寳光之作因以
也一兩日面納次惶恐

得脸色骤变，只好把《王略帖》给了米芾。[9]

据曹宝麟先生考证，这个夺人所爱的事件不是发生于米芾与蔡攸之间，而是发生于米芾与蔡京之间，所夺之爱，也不是《王略帖》，而是《晋贤十四帖》中的谢安一帖，有可能是《八月五日帖》。

故宫博物院藏王献之《中秋帖》[图3-4]，应当是米芾根据自己收藏的《中秋帖》真迹摹写的。米芾学习晋人书法的"寻根之旅"，寻到了王献之，这是他独辟蹊径的地方。王献之书法，"笔迹流怿，宛转妍媚"[10]，而且出现多字连绵的写法。米芾学王献之，到了惟妙惟肖的地步，既形似又神似，但仔细端详，又依稀可以看出他的个性。比如我们今天可见的《中秋帖》，用墨浓重，起笔或藏锋或侧锋，提按自然，线条富于弹性，尤其笔画的回环起伏，翻转勾连，有如体操运动员的空中翻转，惊心动魄，又美不胜收。在米芾书帖中，我们不难找出这样的证据，比如《张季明帖》中，第三行"气力复何如也"六字，就与《中秋帖》的写法异曲同工。这样的艺高人胆大，这样天机四放的生命力，是独属于米芾的。所以，我们在故宫博物院见到的这件《中秋帖》，少了一份晋人的飘逸流美，多了一份雄迈飞动、酣畅淋漓，让人在王献之的背后，隐约看见米芾这个"替身"的影子。

后世留传的"二王"(王羲之、王献之)法帖,不知有多少是米芾摹写、鱼目混珠的。明代沈周在《蜀素帖》后跋曰:

> 襄阳公(指米芾——引者注)在当代,爱积晋唐法书,种种必自临拓,务求逼真,时以真迹溷出,眩惑人目,或被指摘,相与发笑。然亦自试其艺之精,抑试人之知,如此。

还有一个段子,是米芾自己写在《书史》里的,就是米芾曾经临过王献之法帖一卷,后来这个摹本到了沈括手里。有一天,几个朋友相会在甘露寺,有林希、章惇、张询、沈括、米芾等,把各自收藏的书画拿出来晒晒,结果沈括拿出来的竟然是米芾摹王献之法帖,米芾见后,吃惊地说:"这是我写的!"沈括很不高兴,说"我家中收藏这幅作品已经很久了,怎么可能是你写的?"米芾笑着说:"难道变了主人,我就不认识我自己的字了吗?"

搞鉴定是不能说实话的,米芾显然是意气用事了。

南宋词人葛立方也记录过另一个故事,说米芾从别人那里借到古本临摹,等他摹完,要完璧归赵,他把摹本和真本一起送回去,请对方自己选择,以至于原帖的主人都分不清楚,哪一个是自己的真本,哪一个是米芾的临本。

晉王獻之中秋帖

中秋不復不得相還爲即甚省如何然勝人何慶等大軍

神韻獨超天

[图 3-4]
《中秋帖》卷（局部），东晋，王献之（传）
北京故宫博物院 藏

米芾去世时（公元 1107 年），不知出于什么心态，把自己收藏的书画珍品一把火烧了。王献之《中秋帖》说不定就在其中，真的变成了冬日火炉里的灰烬，像米芾形容晋代陆机《平复帖》（北京故宫博物院藏）里的线条一样，成为"火箸画灰"。好在有米芾版《中秋帖》留下来，像时间中的接力跑，后面的选手撞线时，爆发出的能量更大。

五

在米芾心里，宋徽宗赵佶与其说是一位皇帝，不如说是一位翰墨文友。米芾对政治毫无兴趣，只对书法情有独钟。他在《淳化阁帖跋》中写："余无富贵愿，独好古人笔札，每涤一研、展一轴，不知疾雷之在旁，而味可忘。"碰巧，宋徽宗也是无意当皇帝的，蔡绦《铁围山丛谈》说："国朝诸王弟多嗜富贵，独祐陵（指宋徽宗赵佶——引者注）在藩时玩好不凡。所事者惟笔研、丹青、图史、射御而已。"因此说，赵佶是出身皇家的艺者，有种富贵之外的洒脱。

在文艺战线上，米芾与宋徽宗称得上志同道合。米芾写《舞鹤赋》，宋徽宗作《瑞鹤图》，都以鹤为主题；米芾写《研山铭》[图 3-5]，宋徽宗作《祥龙石图》，都以石（"研山"是一块山形砚台）为主题。鹤与石，都是二者迷恋的，二人的创作，

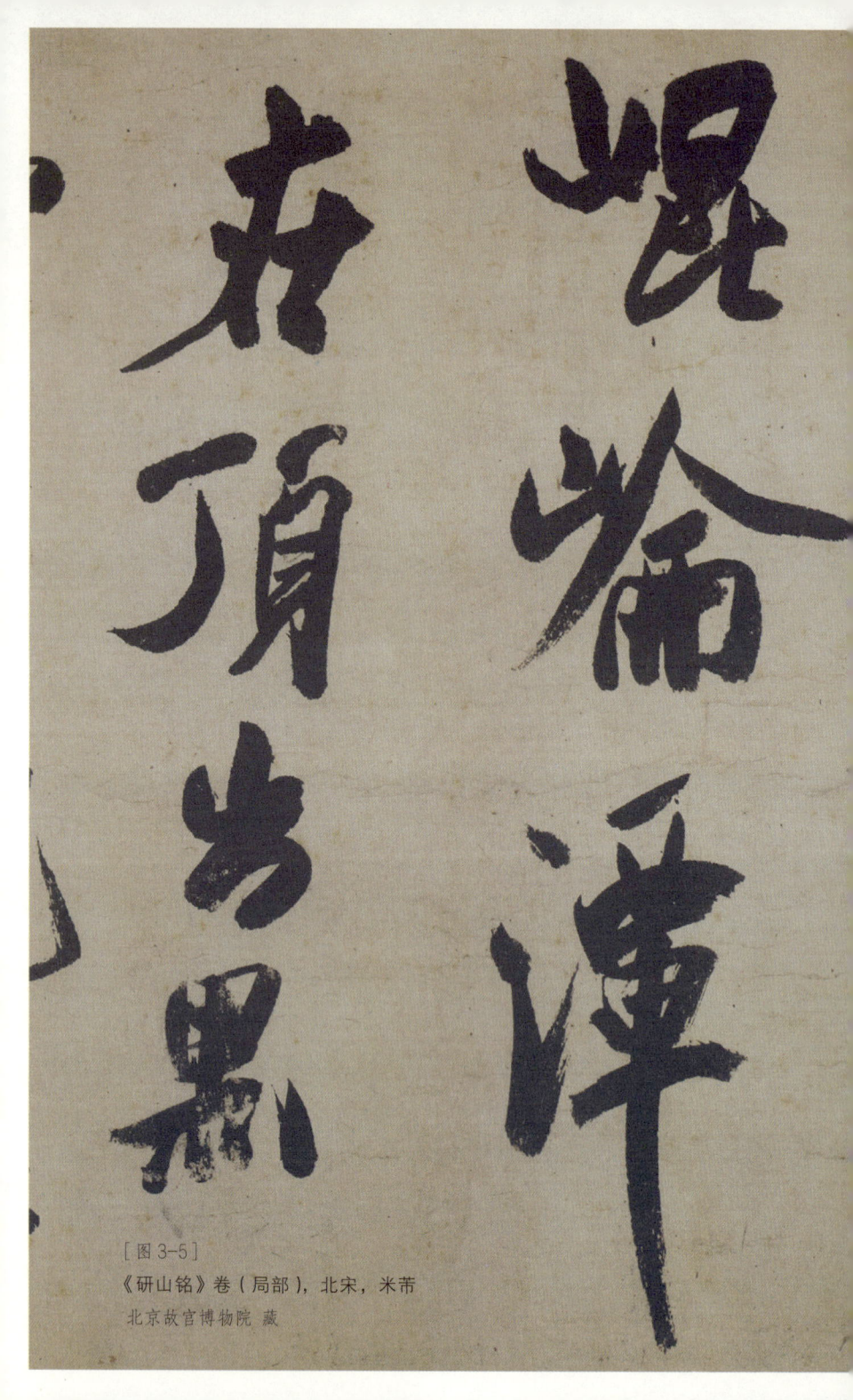

[图3-5]
《研山铭》卷(局部),北宋,米芾
北京故宫博物院 藏

研山銘

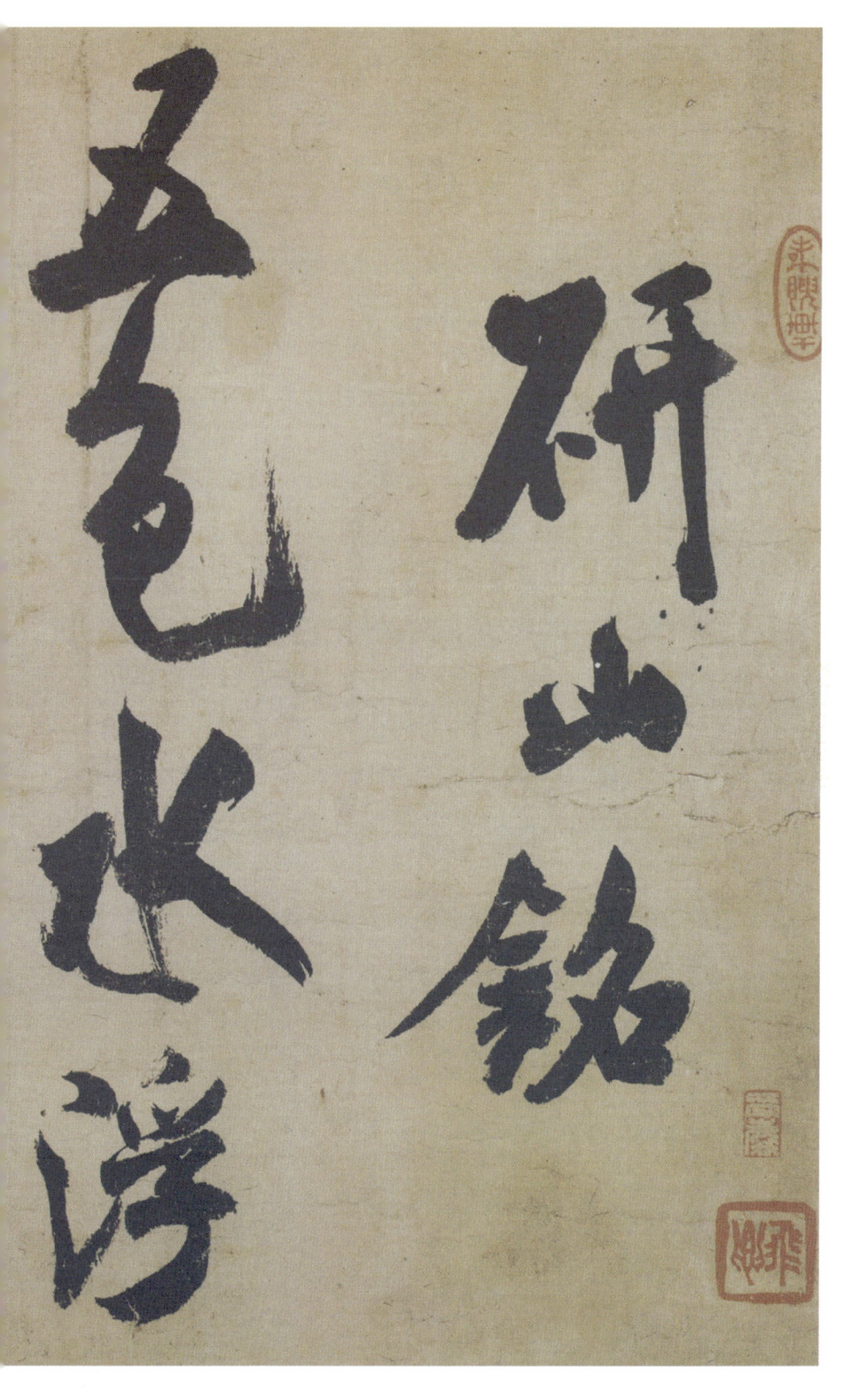

五色水浮

似乎存在着一种呼应的、"互文"的关系。米芾知道自己当不了大官，所以也就省了拍马屁的心。他写《舞鹤赋》给宋徽宗，文首书尾不见一丝唯唯诺诺，只有卷末一方"臣芾私印"，透露出他的臣子地位。

读《全宋笔记》，在《钱氏私志》里看到这样一则记载：在汴京皇宫的崇政殿，宋徽宗与大臣们共商国是，米芾提前写好一卷书札，满心欢喜地想给皇帝看看，没想到皇帝很忙，没工夫搭理他，就随手把他的札子放到椅子上。米芾不爽了，脸耷拉好长，故意在皇帝说话时打岔，说："我要吐痰，请陛下叫内侍，要唾壶。"所幸皇帝知道他装疯卖傻，没有怪罪他，只说"俊逸之士，不可以用宫廷礼法来拘束他"。

大观元年（公元1107年），宋徽宗和蔡京在一起讨论书法，把书画学博士米芾召来，请他在一面大屏上写字。米芾左顾右盼，寻找中意的笔研（砚），结果看中了宋徽宗御案上的端砚。宋徽宗恩准他使用，米芾写完，得寸进尺，捧着御用的端砚，跪请皇帝把砚台赐给他。他的理由是："此砚已被臣濡染使用过了，不宜再交还给皇帝使用了，所以请您恩赐给我。"宋徽宗只能"呵呵"，同意了他的请求。米芾把御砚揣到怀里，撒腿就往外跑，好像慢一步，那砚就不是他的了。砚上的墨汁洒了他一身，他也全然不顾。宋徽宗见此情状，与蔡京面面相觑，说："颠名不虚得也。"[11]

米芾的洁癖是出名的,他洗手从来不用手盆,因为他嫌盆里的水不干净,所以他无论去哪都带上一只壶,命人从壶里倒水来洗。他也从来不用毛巾擦手,理由与不用水盆一样,所以他洗完手,会把手放在空气中自然晾干。

我不禁猜想,他洗澡以后,该怎么办呢?

米芾选女婿,唯一的标准就是讲卫生。后来他果然选到了乘龙快婿,米芾一听名字就觉得好:此人姓段名拂,字去尘。

段去尘真的一尘不染,不仅肉身清洁,而且有精神洁癖。他当到参知政事,因不与秦桧同流合污,被贬落职。

米芾一生好石、好砚、好书画、好洁、好奇冠异服。我这样排序,根据就是《春渚纪闻》里的这则记载。他对皇帝所赐端砚如获至宝,墨染衣袍也全然不顾,说明他对洁净和奇冠异服的热爱是假的,对石、砚、书画的喜好才是真的。

六

"宋四家"中,蔡襄是奠基者,也是过渡型人物,苏、黄、米才称得上真正的创造者。假如在足球场上,蔡襄就是后卫,把好了根基,守住了退路,苏、黄、米就一路往前冲。后三人中,苏、黄是左、右边前卫,是给米芾送炮弹的,米芾是前锋,冲在最前面,唯一的任务就是射门得分。

在政治上，苏、黄、米一个比一个失意。苏东坡职业最巅峰做过翰林学士、侍读学士、礼部尚书，黄庭坚担任过秘书省校书郎，参加过《资治通鉴》的校订，是《神宗实录》的主要撰稿人，但苏东坡晚年流落孤岛，在贬谪中度过余生，虽被大赦，却在北归途中死于常州，黄庭坚亦被革除官籍，流放宜州，最后死于宜州贬所。相比于苏东坡、黄庭坚、蔡襄等人，米芾离政治更远了，一辈子没当过大官，只在地方当过一些小官，五十六岁才被调入汴京，当上书画学博士——一个安慰性的职务，成了一个没有实权的文化干部。第二年（大观元年，公元1107年），米芾在蔡京提携下，升任礼部员外郎，这是一个"实职"，没想到一下子炸了锅，朝廷官员纷纷上疏弹劾，毫不留情地进行抨击，原因即在于米芾使气任侠、疯疯癫癫、行为放荡，一点儿也不稳重，没有一点儿官员的样子，放到如此严肃的岗位上，是会耽误事的。其实他们一点儿没冤枉米芾，米芾压根儿就不是当官的料，连当朝的宰相蔡京、枢密使蔡卞，他都敢出言不逊，说他们不懂书法，又如何在朝廷上立足呢。事已至此，蔡京也帮不了米芾，反正米芾也不算蔡京的亲信、死党，就把他打发到淮阳军[12]去了。

不久之后，米芾头上长了毒疮，知道自己死期将近，就造好楠木棺材，更衣沐浴，不吃荤食，七天后就去世了，终年五十八岁。

他们就像雨伞上的水滴，被高速旋转的王朝政治甩出去，越甩越远，远到了他们的存在，完全可以被忽略不计。这反而赋予他们艺术上的自由度，使他们的诗词、书法，超越了王朝政治的拘束，甚至具有"反政治、非政治、去政治"的特质，更加自由、自我、自如。这体现在运笔上，就是"偃笔""刷字"粉墨登场；体现在字形上，就是石川九扬先生说的"字形扭歪、结构倾倒、排列倾斜"[13]。

苏东坡书法，字形肥扁，所以黄庭坚笑苏东坡的字像"石压蛤蟆"，但有时候又抻得很长，像《寒食帖》里"但见乌衔纸"的"纸（帋）"字，那一竖就拉得很长，一个字占了好几个字的位置；黄庭坚打破了唐楷的均衡美，横画向左伸出很长，撇捺都长得很夸张，一副长枪大戟的样子，所以苏东坡笑黄庭坚的字像"死蛇挂树"；苏东坡的字迹略向左斜，米芾的字迹略向右斜，把裹与藏、肥与瘦、疏与密、简与繁等许多因素放在一起，既彼此矛盾，又完美统一。

如今这些书法已成经典，这样大大小小、七扭八歪的字迹，我们都习惯，并且"马后炮"似的接受了，但我们可以想象，苏、黄、米的墨迹刚刚问世的时候，当时人们的感受还是蛮怪异的。

在人们心里，只有王羲之《兰亭序》、颜真卿《祭侄文稿》称得上书法标杆。这些法帖，无论怎样意兴勃发，怎样酣畅淋漓，都是中锋书写的，都是字正腔圆的，他们的光芒，照耀着一代代的书写者，在他们的指引下奋勇前进。榜样的力量是无穷的，但榜样是很难学的，因为每个人都有自己的处境、自己的情感，与榜样并不见得如出一辙。因此实事求是、一切从实际出发、依托于个人的经验去创造美才是最重要的。苏、黄、米的书法，都接受过它们的引领，又金蝉脱壳，挣脱了它们的束缚，像勇猛的狼，像飞奔的豹，回到生命的荒原上。他们的书法超越了"纪念碑式"的中轴对称，笔画也不再像初唐那样是一比一均等结构，而会突出某些局部的笔画，呈现一比二、一比三的不均等结构，并通过这样的不均等结构，创造出一种意想不到的美。因为生命本身就是复杂的，宋代文人的心绪更加复杂，飘落在纸上，自然是杂芜蓬勃。他们把书法从庙堂带回人间，带着最原始、最朴实的生命感，即使过了千年，我们面对它们，仍会为之哭，为之笑，这正是宋代文人书法最有魅力的地方。

"宋四家"中，米芾是最勇敢的一位，被称为宋代书坛上的"第一弄险手"。他一方面继承了"二王"的传统，另一方面又突破了"二王"完美得令人窒息的美学框架。他的字，从不老老实实坐在字格里，而是像一个顽童，想哭就哭想闹就闹，想要就耍、想疯就疯。"稳,不俗;险,不怪;老,不枯;润,不肥"[14],这是他的追求。或许,只有米芾这样的"颠"者,才能不计后果地挑战王羲之、颜真卿代表的晋唐经典,不怕暴露"不完美",因为任何一个活生生的人都是有弱点的,那弱点本身就是生命力的体现,而"不完美"本身也可以化成另一种完美。他胆大妄为,这就是每逢书法的变动期,人们(比如傅山、王铎)都要把米芾拉出来说事儿的原因。

七

假如我们能够目睹米芾写字,他笔法的变化莫测一定会让我们深深陶醉,中锋、侧锋、逆锋、拖锋皆成书法,就像一个渊博的文人,嬉笑怒骂皆成文章,又如一个潇洒的武者,抬胳膊蹬腿儿皆是功夫。写于崇宁二年(公元1103年)的《值雨帖》,就是他涂出来、抹出来、刷出来、拖出来的;晚年所作《珊瑚帖》[图3-6],且书且画,喜形于色,像一个偷渡者,他的世界里没有边境,中国书法史和绘画史,都避不开《珊瑚帖》。他的"糊涂乱抹",每一笔都是"书法",那样的恣意,那样的飞扬,那么的任性,那么的嚣张,好像没有什么技法,也不见章法。他的技法是"超技法",他的章法是"无章法"。"米元章"(米芾字元章),就是"米无章"。表面上"无章",实际上"有章"。

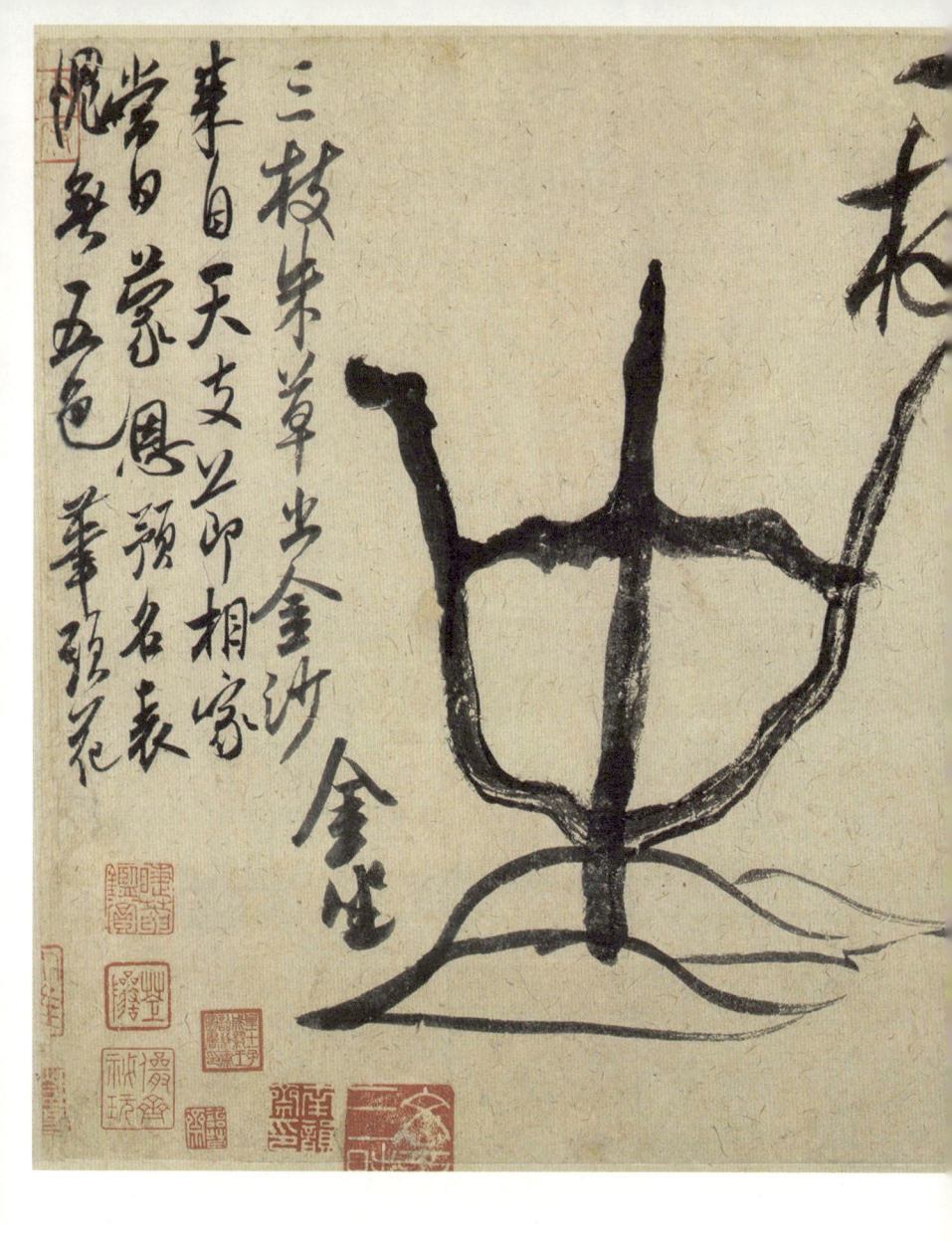

三枝朱草出金沙
来自天支二卯相家
尝蒙恩顾预名表
恍惚兰玉色华颠花

[图 3-6]

《珊瑚帖》页，北宋，米芾

北京故宫博物院 藏

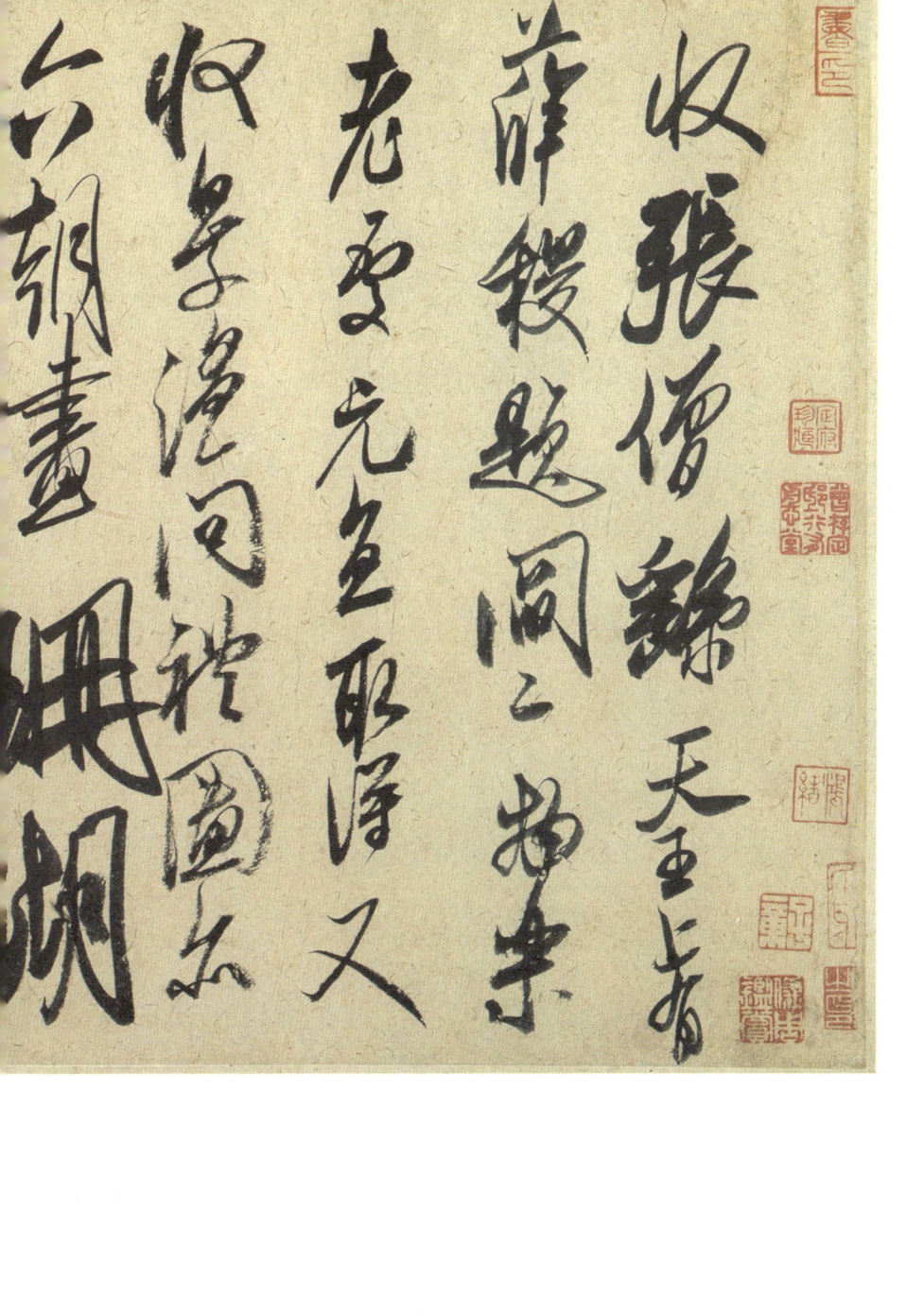

收張僧繇天王上有
薛稷題閻二物樂
老更不足取浮丘
收畢濬同祕圖書
古朝畫冊湖

那所有的"章"、所有的"法",都不是外在的教条,而是内在的和谐。

在运动中建立秩序,这是书法的最难处,也是书法的至高境界。真正的和谐,不是立正稍息齐步走,而是建立在缭乱、纷乱、混乱、杂乱之上,是"横看成岭侧成峰",是"万类霜天竞自由"。宇宙星辰、水色山光、人间万物,莫不如是。

第四章 待从头，收拾旧山河

这些"岳飞书法",已经超出了书法史的意义,而成为一个民族的精神标识。

一

南宋绍兴七年（公元1137年）秋，长江的一条船上，坐着三十五岁的岳飞。七年前（公元1130年），岳家军经过浴血奋战，从金军手里夺回了长江下游重镇、六朝时的古都——建康府[1]。三年前（公元1134年），岳家军又收复了襄汉六郡，从而使南宋王朝取得了对长江流域的控制权，稳定了宋高宗赵构在临安[2]的统治。南宋政权虽然建立已有十年，但"到绍兴五年（公元1135年）的秋后，南宋政权的统治局势才算逐渐出现了一个比较稳定的状态"[3]。

此时，长江又恢复了它的平静，像一幅风景画，横亘在岳飞的眼前。除了流水的声音，以及岸边苇丛里偶尔传来的野鸭的叫声，四周安静得什么声音都听不见。岳飞这些年南征北战，已经习惯了惨烈的厮杀声、叫喊声、兵戈相撞声、擂鼓助威声，岳飞的世界里充满了声音，对于眼下的寂静，却感到几分陌生。

但岳飞的内心并不安静,在他心里,"靖康耻,犹未雪",十年前被金国俘虏的徽、钦二帝,还在北国的冰天雪地间痛苦挣扎,苟延残喘。那时岳飞或许并不知道,宋徽宗已于两年前死在了五国城,他"迎回二圣",洗雪靖康之耻的梦想,正离他越来越远。那时的岳飞,还在思忖着一件"大事"。他对赶到九江与他会合的随军转运使薛弼说:"我这次到朝廷上,还将奏陈一桩有关国本的大计。"

于是,船上的岳飞,写了一份奏章。他笔锋沉静,抗拒着船体的摇晃,优美的小楷字体,无声地落在纸页上。

当薛弼看见岳飞写下的文字,脸上陡然变色,说:"身为大将,似不应干预此事。"

岳飞说:"臣子一体,也不当顾虑形迹。"

这些对话,都被记录下来,所以我们今天依然能够知晓。唯一不知的,是这份奏章的内容。这份奏章没有保留下来,我们无法再看到它的原初的样子。

薛弼认为岳飞不应干预的,是什么事呢?

岳飞正在写的,竟是一份请求将建国公赵伯琮正式立为皇太子的奏章。

那一年,宋高宗赵构才三十岁,除了因惊吓导致的性功能障碍,其他什么毛病都没有。急急切切地要求立太子,岳飞你这是什么意思呢?

岳飞所做的,当然是为了社稷国家。但这的确超出了一员武将的职权范围。

所以,当岳飞带着他的奏章,在建康府的宫殿上朝见高宗的时候,他的内心突然犹疑起来,不像他在船上写奏章时那样自信满满,以致他宣读奏章的声音都有些颤抖,几乎读不成句。文献记载,那时恰好有一阵风吹过来,吹得岳飞手里的奏章起伏不定,看上去好像他的手在发抖。他的声音在抖,手也在抖,他的手随着声音在抖,声音也随着手在抖,让整个觐见过程变得颇为难堪,对双方来说,都成了一场煎熬。

终于,他耳边传来了皇帝的声音:

"卿言虽忠,然握重兵于外,这类事体并不是你所应当参与的。"

听到皇帝的话,岳飞立刻面如死灰。

他脸色的变化,连宋高宗都看得清清楚楚。

薛弼登殿时,宋高宗对他说:

"岳飞听了我的话,似乎很不高兴……"

第二天,宋高宗见宰相赵鼎,又提到昨天的事:"岳飞昨日奏乞立建国公为皇子,这事情不是他所应当参与的。"

赵鼎答曰:"想不到岳飞竟这样地不守本分!"

退朝后,赵鼎又把薛弼找来,对他说:"岳飞是大将,现时正领兵在外,岂可干预朝廷上的大事?怎么竟不知道避免嫌疑?"[4]

从宰相的口气听得出来,岳飞这件事,挺出格的。

岳飞在觐见皇帝后,就灰溜溜地赶回江州军营,但他的心里,却蒙上一层阴影,爽快不起来。他意识到了自己的"多嘴",他一定想尽快忘记这件事。他或许不会想到,这次建康之行,将成为他一生命运的拐点。

二

立太子这件在岳飞看来完全正当的请求,为什么被赵构、赵鼎定义为"不守本分""干预朝廷"?

朝廷为什么不愿意被岳飞"干预"?

宋高宗到底怕什么呢?

一切似乎还应从王朝初建时说起。

我们都知道,宋太祖原本是后周的节度使。在后周显德六年(公元959年),奉旨抗击契丹和北汉联军时,在开封东北二十公里的陈桥驿[5],被手下将一件事先备好的黄袍披在身上、假装醉酒刚醒的赵匡胤(其实是赵匡胤的弟弟赵匡义[6]和一些亲信提前做了准备),"糊里糊涂"地当上了皇帝,于公元960年建立大宋王朝,史称"北宋",从此南征北战,于公元975年平定南唐李煜政权，一年后，赵匡胤在"斧声烛影"的历史谜团中神秘驾崩，又过三年，宋太宗平定北汉刘继元政权，基本上一统了天下[7]，使北宋成为中国历史上继夏、商、周、秦、汉、西晋、隋、唐之后，第九个统一中国的王朝。

这九个大一统王朝中，唯有宋朝是以兵不血刃的方式"夺权"建立的，这得益于赵匡胤的军事实力。军队强而朝廷弱的格局，成就了赵匡胤。

赵匡胤自建立大宋的那一天起，就对武将怀有一种深度的不信任。因为他的位置已经转换——从前他是武将，以军事实力推翻了皇帝，而今他是皇帝，要提防被手下的武将推翻。

因此，立国之初，削弱武将对朝廷政治的控制就成为宋太祖改革的重要目标。他最大手笔，就是"杯酒释兵权"了。

在《续资治通鉴·卷二·宋纪二》中，毕沅对"杯酒释兵权"的过程有精彩的记载：建隆二年（公元961年）七月初九，晚朝时分，宋太祖把石守信等禁军高级将领留下喝酒。"酒酣，屏左右谓曰：'我非尔曹力，不及此。然天子亦大艰难，殊不若为节度使之乐，吾终夕未尝高枕卧也。'"

领导讲话，重点要听"但是"，这弦外之音，石守信自然听得出来，惊问其故，宋太祖说："居此位者，谁不欲为之？"

石守信等人似有所悟，叩头说："陛下何出此言？今天下已定,谁敢复有异心!"

宋太祖说:"卿等固然,设麾下有欲富贵者,一旦以黄袍加汝身,汝虽欲不为,其可得乎?"

这一席话让大家失色,他们惊恐地哭了起来,恳请宋太祖给他们指明一条生路。

宋太祖早已准备好了"预案",对他们说:"人生如白驹过隙,所为好富贵者,不过欲多积金钱,厚自娱乐,使子孙无贫乏耳。卿等何不释去兵权,出守大藩,择便好田宅市之,为子孙立永远之业,多致歌儿舞女,日饮酒相欢,以终其天年!朕且与卿等约为婚姻,君臣之间,两无猜疑,上下相安,不亦善乎!"

"大哥"发了话,弟兄们就应该"懂事"。第二天,石守信一干人等就纷纷上表,称病辞官,要求解除兵权。宋太祖欣然同意,令罢去禁军职务,到地方任节度使,废除了殿前都点检和侍卫亲军马步军都指挥司。

禁军就是"中央军",是直辖于皇帝,担任护卫帝王或皇宫、首都警备任务的军队,《水浒传》里的"豹子头"林冲,就是八十万禁军教头。改革后的禁军,分别由殿前都指挥司、侍卫亲军马军都指挥司和侍卫亲军步军都指挥司,即所谓"三衙"统领。

这是一次伟大的饭局、一次双赢的饭局、一次载入史册的饭局,各个王朝费出吃奶的劲儿都摆不平的军权分配问题,在赵匡胤的谈笑间,灰飞烟灭了。

这是宋代第一次大规模地削减兵权。两百多年后,到了南宋时代,皇帝赵构削减兵权,也是宋朝历史上第二次削减兵权,就不像第一次削兵权那样,以"请客吃饭"的方式进行。它不再那样"文质彬彬,那样温良恭俭让",而是毫不掩饰地露出了权力的"枪杆子",岳飞,则刚好"撞"到了这个枪口上,不幸沦为赵构"开刀祭旗"的牺牲品。

三

赵匡胤是从五代的乱局中走出来的,自己又是以节度使的身份得天下的,所以对军人势力,他心有余悸,他说:"五代方镇(即藩镇)残虐,民受其祸,朕今选儒臣干事者百余,分治大藩,纵皆贪浊,亦未及武臣一人也。"一语道出了对藩镇的提防之心,派文官治理藩镇,即使他们再贪腐,造成的损失也比不上武将一个人的危害。

赵匡胤曾与宰相赵普谈论后晋的贪财宰相桑维翰,说:"措大眼也小,赐与十万贯,则塞破屋子矣!"[8]

在他看来,文官贪财,反倒容易控制,就像一头猪,喂饱了就无欲无求了,武将则是猛虎,桀骜不驯,尾大不掉,说不定什么时候就会咬人，使天下大乱，使天地翻覆。

"杯酒释兵权"以后，那些功高爵显的中央大员们，被宋太祖好言相劝，打发到地方上当节度使去了，但节度使同样不让皇帝省心。节度使是唐代开始设立的地方军政长官，唐朝"安史之乱"，就是由身兼范阳、平卢、河东三镇节度使的安禄山发动的，叛军一度攻入唐都长安，几乎灭亡了大唐，赵匡胤自己，也是以节度使的身份夺权的，因此，对于"节度使"这个职位，他格外敏感。

赵匡胤对付节度使的方针有二：

一是将节度使手下最勇猛的士兵调至禁军，同时指派文臣担任转运使，从而剥夺了节度使的军权与财权。

二是任命朝臣到各州担任"通判"，作为州级行政事务的监督者，在通判的制衡下，刺史不能独断专行。苏东坡曾在熙宁四年（公元1071年）到杭州担任通判，欧阳修的另一位弟子曾巩则被贬至越州担任通判。

赵匡胤驾崩后，赵光义在"斧声烛影"的悬疑中当上了大宋王朝第二任皇帝，是为宋太宗。2012年，我与中央电视台导演余乐合作，拍摄八集历史纪录片《案藏玄机》（中央电视台2014年播出），专门讲到"斧声烛影"。"斧声烛影"这一谜案，玄机很大，以至于一千多年后，我们都看不清赵光义的皇位是怎么取得的。由于赵光义的权力来路可疑,让他始终处于权力正当性的焦虑中,对于掌握军权的人,就更不放心。于是他继承赵匡胤的遗志,继续削减节度使的兵权,在他即位的第一年,就免去了七位节度使的职位,除了"生活待遇"不变,其他一切都变。显然,这是一次小规模的"杯酒释兵权"。宋太宗还向各地派遣"知州",以大幅削减武人刺史的权力。

据吴启雷介绍:宋人开创了"文官典兵"的制度。文官典兵,从根本上扼制住了武将的权力。这样的一种制度,现代很多文明国家仍在使用。"加之宋代帝王对于文化事业、科举人才的推崇,这就使得北宋发展到了宋真宗、宋仁宗时期,社会风气崇文抑武。"[9]

一切好像又回到了大唐王朝"十八学士登瀛洲"的时代。大宋王朝政权的合法性,不再只依赖赤裸裸的武力来维持,而更依靠文化的力量,知识、思想与信仰成为崇拜的对象。仅在11世纪一百年内,就"突然"出现了一大批政治家、思想家、文学家、艺术家,如同文艺复兴时期的意大利,在短时间内释放出强劲的文化能量,他们是:柳永、范仲淹、晏殊、欧阳修、苏洵、邵雍、周敦颐、司马光、王安石、沈括、程颢、程颐、苏轼、苏辙、黄庭坚、李清照、张择端等,把儒家文化推向一个新的高峰,对中国后一千年的文明走向产生至为深远的影响。

宋太祖谆谆教导他的武臣："今之武臣欲尽令读书，贵知为治之道。"据吴启雷介绍："即使是宋代的武举考试，前来赶考的武考生，也要考核文化成绩。武将从文，一方面是考试选拔人才社会大环境所逼迫，而另一方面，也是为了自己日后的升迁考虑——一个目不识丁的武将，在宋代官僚体制中，将永远被人轻视，若要升迁，难度很大。于是，那些五大三粗的武人，纷纷开始努力学习文化知识。至于写一手好字，这当然也是必须的。"[10]

淳化三年（公元992年），宋太宗召集禁军的高级将领到秘阁饮宴观书，教导"武将知文儒之盛也"。在这种时代风气下，连武将都要附庸风雅，表示自己的"与时俱进"。《青箱杂记》里记录过这样一件事：有一次，宋太宗在宫中宴请群臣，却只要求文臣赋诗庆贺。武将曹翰有点不服，说:我也是幼年学诗啊。宋太宗笑曰：卿是武人，就以刀字为韵吧。曹翰于是挥笔写道：

> 三十年前学六韬，
> 英名常得预时髦。
> 曾因国难披金甲，
> 不为家贫卖宝刀。
> 臂健尚嫌弓力软，

眼明犹识阵云高。
庭前昨夜秋风起,
羞睹盘花旧战袍。[11]

诗中说,自己学习兵法三十年,当年披甲从军,不是因为家贫卖刀,而是保家卫国,如今自己臂力尚可拉开硬弓,眼力尚可辨识阵云,却什么事都做不了,只能站在秋风扫过的庭前回想旧日的荣光,没脸再去面对自己昨日的战袍了。

宋人对书法艺术怀有深深的崇拜,宋太宗曾于淳化三年敕刻一部《淳化阁帖》,将古代著名书法家的墨迹经双钩描摹后,刻在石板或木板上,再拓印装订成帖。

《淳化阁帖》是中国最早的一部汇集各家书法墨迹的法帖,总共十卷,收录了中国先秦至隋唐一千多年的书法墨迹,被称为"法帖之祖"。其中王羲之、王献之父子二人就占了五卷。故宫博物院出版的大八开套装十八卷《王羲之王献之全集》,很大程度上仰仗着《淳化阁帖》。

《淳化阁帖》摹刻后,全国各地很快掀起了传刻的热潮,让这部"法帖之祖"生出了许多"孩子",形成了以《淳化阁帖》为"祖帖"的刻本系统。只是这些"孩子"出生以后,一代一代的繁衍,支系众多,祖本却在北宋就已损佚,至今未见可信

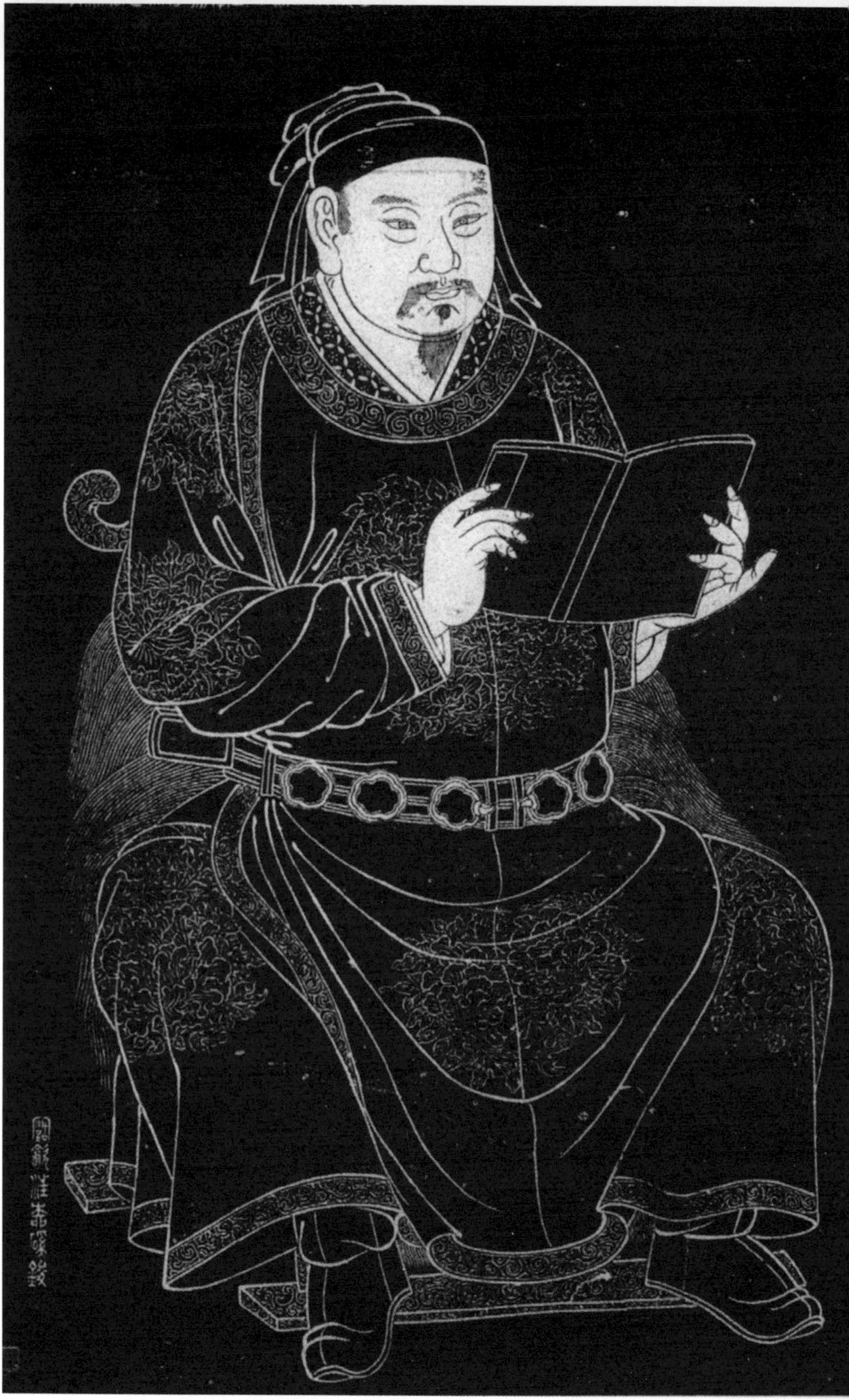

[图 4-1]
《岳飞像》石刻线画（局部），清

的祖本传世。北京故宫博物院藏《淳化阁帖》多达六十三种，其中十卷全者达五十种，清朝时大多存于懋勤殿，最著名的，是懋勤殿藏宋拓《淳化阁帖》十卷（文物号：故字 4678 号），纸墨皆为宋代，底、面包天华锦，封面有驼色皮纸题签，每卷末皆有"淳化三年壬辰岁十一月六日奉旨摹勒上石"篆书刻款，为《淳化阁帖》罕见珍品，20 世纪 70 年代被定为国家一级文物。2020 年，北京故宫博物院举办《故宫博物院藏〈淳化阁帖〉版本展》虚拟展览，让《淳化阁帖》的子子孙孙有了一次跨越朝代的聚会。

四

如此我们就可以理解，"起于白屋""擢自布衣"[12]，又出入杀场的岳飞［图 4-1］，为什么兼资文武，能诗善词，还写得一手漂亮的书法，文采风流，丝毫不让文人雅士，几乎是全能冠军了。

读岳飞孙子岳珂的《宝真斋法书赞》，书中讲岳飞的书法："先王（指岳飞）笔法源于苏"，还说岳飞"景仰苏氏，笔法纵逸"。从岳珂记载里我们知道，岳飞写字，是以苏东坡为楷模的。苏东坡的字，是公认的"蛤蟆体"，扁而斜，他的学生黄庭坚开玩笑说，像"石压蛤蟆"。

[图 4-2]
《致通判学士帖》(局部),南宋,岳飞(南宋拓)
上海图书馆 藏

2013年,我在上海图书馆看"一纸飞鸿——上海图书馆藏尺牍文献精品展",终于在南宋《凤墅帖》里,看到了岳飞亲笔书写的三通尺牍,称"岳飞三札"。

在宋代,除了皇家法帖,许多私人藏家也纷纷刻帖。他们有财力,可以收藏名人手迹,但他们都很大公无私,不愿专美于己,而要天下共美,所以在宋代,收藏家刻帖成风,甚至形成了一门独特的学问——帖学。米芾晚年就曾将他收藏的晋人墨迹两次刻帖。《凤墅帖》是南宋曾宏父所刻,共四十四卷。只不过这部刻帖的全帙早已失传,现在我们能够见到的,是它的宋拓本残卷,全世界只有这么一帙,它的珍贵,就无须多言了。

《凤墅帖》是南宋人集刻的宋朝人的墨迹,被称为"中国首部断代帖"。它让我们领教了宋代艺术的那个璀璨而强大的"当代"。那是中国艺术史上绝无仅有的"当代",我在《在故宫寻找苏东坡》一书里称之为"中国的文艺复兴"。宋朝的"当代"那么的富有,就连这一私家刻帖的《凤墅帖》里,都汇集了晏殊、范仲淹、黄庭坚、苏舜钦、辛弃疾、范成大等近百位"大咖"的法书手迹。其中的大多数帖子,都是曾宏父根据自己家藏和借来的真迹原本上石刻出来的,刻工十分精细,所以比起那些经过了反复翻刻的刻帖,它的可信度要高出许多。

"岳飞三札",收录在《凤墅帖》"续帖卷第四"里,这三札

岳武穆王

飛白目瞪

通利尝毛民見伏惟

趙居注滕家

惠翰壁感当祖

加書风候

寵渥見万切荣

兔力

分别是《致通判学士帖》[图4-2]《已至洪井帖》和《平虏亭记帖》,是由岳飞书法真迹摹刻的。[13]

假若我们把"岳飞三札"与苏东坡的法书(如北京故宫博物院藏《新岁展庆帖》、台北故宫博物院藏《渡海帖》等)放在一起比照,我们很容易发现岳飞的书法,就是苏东坡书法这个"妈"生下的"亲儿子",由此可以看到苏东坡书法"遗传"基因的强大,尤其在宋代,他和他的学生黄庭坚,在书法领域完全形成了一种垄断性的统治力。

黄裳先生说:"在北宋末,苏轼的书风是怎样地风靡了一世。岳飞也曾写得一笔好苏字,也是受了这风气的影响。岳飞的孙子岳珂就曾对此作过说明,可证今传岳飞书帖确是真迹无疑。"[14]北京故宫博物院前辈学者徐森玉先生曾说:"当看到《凤墅帖》中岳飞的笔迹是道地的苏东坡体后,我们就能断定像'还我河山'之类的墨迹是不可靠了。"[15]

感谢《凤墅帖》的辑刻者曾宏父,感谢《凤墅帖》在后世的所有收藏者(包括清代梁蕉林、叶志诜、姚觐元、民国张伯英,等等),感谢天,感谢地,感谢岁月未曾吝啬地收回它的所有遗物,我们才在八个多世纪的世道巨变、风雨沧桑之后,依旧保留着重睹岳飞真实墨迹的可能,哪怕那不是岳飞书法的原件,而只是一帧刻印本,我们也可以心满意足。

五

大宋的皇权传到宋高宗赵构手里，防范武人依旧是王朝政治的主旋律。"宋人家法造成了文臣优越的地位与心理，赋予文臣猜忌武臣的权力。"[16]只不过因为宋金的战争，暂缓了皇帝削弱武将兵权的行动，一旦风平浪静，和议达成，武人的地位必岌岌可危。在这样的大历史背景下（至少放在唐宋政治延续性的大框架下），而不只是在"抗战派"与"投降派"的二元对立中看待岳飞的命运，才可能看得更加清楚。

中国历史发展到宋代，大唐气象早已是明日黄花。用许倬云话说，宋朝时的东亚世界已是一个"列国共存的国际社会"[17]。大宋不再像唐朝那样，以唐太宗成为"天可汗"为标志，建立了一个跨民族、跨文化的共同体，也就是许倬云所说的"普世帝国"，在宋代，这一理想秩序已然崩溃。"宋代的中国本部已不再有普世帝国的格局，中国其他部分的辽、金、元，都是由部族国家进入中国。"[18]

看南宋地图我们可以知道，南宋王朝丢失了黄河中下游，版图被压缩到淮河以南，面积只有金国的一半左右。在它的北方，是金；西北有蒙古、西夏，西有西辽、吐蕃，西南有大理国。群强环伺中，这个江南王朝面临空前的生存压力。

更重要的是，北宋"澶渊之盟"、南宋"绍兴和议"，宋朝两次与北方的金国缔结和约，以土地换和平，而且宋要向金称臣纳贡，使中原王朝与边疆草原帝国的君臣关系发生了倒置，加之金国第八位皇帝宣宗完颜珣于 1214 年迁都南京（今河南开封），真正实现了问鼎中原，成为"黄河边的中国"，使宋朝（尤其是南宋）作为传统"中国"的正统地位受到了空前的挑战。

绍兴八年（公元 1138 年），宋金商谈和约，金国使节抵达南宋，按规定，宋高宗赵构必须在大金使节面前下跪，奉表称臣。赵构也认怂，表示为了百姓安生，自己的脸面可以暂时不要了。但天下百姓不干，满朝文武不干，因为这脸面不是他赵构的，而是大宋王朝的，是天下百姓的，官员、百姓并没有授权他去丢这个脸。临安街上甚至贴出了"秦相公是细作（秦桧是奸细——引者注）"[19]的标语，李纲、岳飞、韩世忠等文臣武将也纷纷给皇帝上疏，强烈反对这种苟且的做法，枢密院编修官胡铨甚至上疏指责皇帝"忘国大仇而不报"，表示与秦桧不共戴天，要杀秦桧以谢天下。

僵持之际，有大臣"急中生智"，提出一个颇具精神胜利效果的解决办法，就是在赵构下跪时，把列祖列宗的"御容"（画像）都陈列出来，把金人的"诏书"放在祖宗画像中间，这样就可以对外讲，皇上是在跪拜祖宗画像，"面子上庶几可以过得去"[20]。

这场大戏最终以一个变通的方式收了场,赵构借口正在为宋徽宗守丧(宋徽宗于绍兴五年去世,此时未满三年),由宰相秦桧代他下跪,接受大金的诏书与议和条件,即宋室南渡后的第一次宋金和约,史称"戊午和议"。

这是一份充满了傲慢与偏见的"诏书",它不再把南宋视为对等的国家,而是把南宋当作藩属,对南宋皇帝赵构也是直呼其名。南宋赵甡(shēn)之在《遗史》中对此愤愤不平地写道:"其辞不逊,上皆容忍之!"

岳飞写下壮怀激烈的《满江红》[21],词中写:

靖康耻,

犹未雪;

臣子恨,

何时灭?

在岳飞看来,"戊午和议"不仅没有雪靖康之耻,而且,这耻还在继续。

六

按说,南宋王朝能在杭州落脚,岳飞功莫大焉。

靖康之变之际，作为赵宋皇室唯一的漏网之鱼，赵构充分展现了自己逃跑的功力。靖康二年（公元1127年）初，身为河北兵马大元帅的赵构身在汴京北边不远的相州[22]，手中掌握着劲旅，汴京告急时，他接到宋钦宗赵桓的蜡丸密诏，却不敢按照皇帝的旨意，星夜赶往汴京增援，而是先到大名府与诸路人马会合，只让宗泽带领五军奔赴开德府（即澶州）[23]救援，自己一路逃到东平府[24]。汴京城破，赵构又逃往济州[25]。直到四月里，金军带着他们的战利品北返，他才惊魂未定地奔向大宋王朝的南京——应天府[26]，在那里登上了帝位，改元建炎，成为宋高宗。

大宋政权被重建了，但他并没打算就此结束他逃亡的旅程。在应天，他无数次被噩梦惊醒，在深夜的风中他仿佛能够随时听见金人的马蹄声。老将宗泽再三上疏请求还都汴京，以鼓舞全国军民抗金的斗志。那岂不是要他的命？对宗泽的呼吁，他置之不理。此时他的人生理想只有一个，那就是他继续跑，离金人越远越好。敌人的紧追不舍，大大地激发了赵构在长跑方面的潜质。他用事实向敌人证明，自己在逃跑方面是具有天赋的，而且，有着坚不可摧的意志，只要金军不放弃对他的追击，他就一定要把逃跑进行到底。

十月里，赵构一行急不可耐地抵达了灯火繁华的扬州城，作为前往建康府的中转站,把河北、河东的土地与人民慷慨地丢给了金军,果然诱使金军再一次南下。金军围攻三十三天之后,攻下澶州城,杀光了城中百姓,连婴儿也不放过。接着又攻陷濮州,吞噬了中原的大片土地。

"十年一觉扬州梦",赵构温暖、性感的梦只维持了一年多,建炎三年(公元1129年)正月里,金军在取得泗州[27]之后,金戈直指赵构的安乐窝——扬州。

"人生只合扬州死",但赵构还不想死,于是急忙奔赴了新的旅程。在逃跑方面,赵构绝对是身先士卒的,让我想起一句笑言:我军以迅雷不及掩耳之势逃离,敌军连追赶都来不及了。但由于慌乱,他登船的样子极为难看,本已封装妥当的几十条船只,竟然深陷泥淖而不能行进,上面装载的朝廷文书档案,以及金银宝物,一部分没来得及驶离河岸就化为灰烬,其余全部成为金军的战利品。

在赵构的身后,扬州这座"淮左名都"陷入一片混乱。我从《建炎淮扬遗录》里看到了那座被皇帝放弃的城,人潮如一条黏稠的河流向江边奔涌。人们知道,皇帝走了,朝廷离开了,他们都将沦为刀俎上的鱼肉。为了避免鱼肉的命运,他们拼命在跑。他们跟在皇帝、大臣,甚至军人们的身后,向着他们奔跑的方向跑。皇帝的奔跑,为他们指明了方向。生的希望就在前方，慢一步就意味着死亡。只是他们没有皇帝跑得快，还是皇帝身手敏捷，皇帝有马、有轿辇，还有运输大队，但他们没有。他们挈妇将雏，带着不忍抛弃的家产，在狭窄的巷子里纷纷夺路，彼此拥挤践踏，许多亲人被冲散，母亲找不到自己的孩子在哪里，孩子也找不到母亲在哪里，更有许多人被活活踩死。跑才能生，但正因为跑，他们才死。邓广铭在《岳飞传》中这样描述当时的悲惨景象："街上躺满了被践踏而死的尸体，到处的墙壁和树木上贴满了找人的帖子。拥挤在大江北岸，争欲南渡而找不到船只的，还有十多万人口。因奔迸踩践而死，以及争渡坠江而死的，成千累万。"[28]

情急之下，赵构连前往建康的计划也放弃了，而是去了镇江，又从镇江沿运河逃到常州，由常州逃向苏州，二月十三日，抵达杭州。

建炎三年七月，赵构升杭州为临安府，但即使在"山外青山楼外楼"的临安，赵构依然"安"不下来，哪怕临时安顿一下都成了奢望。南下的金军突破了长江防线，逼得赵构还得跑。那时的赵构，心里一定会涌起李白一句诗："何处是归程？长亭更短亭。"问苍茫大地，哪里是这场超级马拉松的终点呢？他的命，似乎就是"永远在路上"。宰相吕颐浩提议："金人既渡江，必分遣轻骑追袭，今若车驾海舟以避敌，既登海舟之后，敌骑必不能袭我。江、浙地热，敌亦不能久留。俟其退去，复还二浙。彼入我出，彼出我入，此正兵家之奇也。"[29]看来这陆地上没有安全的地方了，只有大海是安全的，金军铁骑再强悍，也没有办法在大海上驰骋吧。

这真是一个好主意，赵构如醍醐灌顶，突然感到他的生活充满阳光。方针已定，就时不我待，他立即经越州[30]转往明州[31]，命人紧急募集海船二十艘，在腊月中旬，终于在定海县[32]登船，像孔子说的那样，"乘桴浮于海"了。

这汪洋中的一条船，在坐满朝廷官员和"百司禁卫"、装满文书档案、生活用品的另外十九艘船的陪伴下，组成了一支浩荡而奇特的船队，仿佛华灿的海市蜃楼，出现在台州到温州一带的海域中，让金军鞭长莫及。什么叫望洋兴叹？金兀术此时的感觉就是望洋兴叹。望着茫茫无际的海洋，金兀术一定在心里叫苦：小构子，你可太能跑了，算你狠，都跑到海上了，这一局，你赢了！

第二年（公元 1130 年）四月，金兀术率领他的军队，心犹不甘地从长江边撤离，沿着来时路，奔回北方的千里沃野。直到这时，赵构才长吁一口气，在越州舍舟登岸。但他心有余悸，等到绍兴二年（公元 1132 年）春天，才又回到他的醉梦之乡——临安。

岳飞，就是在这个历史节点上出现的。

他一出现，就带有"救世主"的色彩。

岳飞二十二岁从军，靖康之变那年（公元1127年），他刚二十五岁，因在开德府[33]、曹州府[34]击败金军而升任武翼郎。他在战斗里成长，受到宗泽赏识，到建炎四年（公元1130年），金军从长江沿岸撤退时，岳飞在建康城南三十里的清水亭，没有等张俊的命令就下令自己的部队拦腰截击金军。仓皇中，金军死伤无数，在长达十几里的战线上，留下了无数尸体，才向北方遁去。

岳飞乘胜收复了建康，将金军彻底逐出江南，宋金战争从此进入相持阶段。收复建康四年后，也就是赵构从海上回到临安两年后的绍兴四年（公元1134年），岳飞又进军长江中游，接连收复了襄汉六郡，在抗金战场上威风八面，连金兀术都仰天长叹"过江艰危"了。那一年，岳飞虚岁才三十二岁。

宋史研究大家邓广铭先生说："岳家军这次出师，竟是每战必胜，每攻必克"，"这是自南宋建国以来还不曾有人建立过的功勋。"[35]所以当捷报传到临安，赵构都感到很不习惯。他对签书枢密院事胡松年说："岳飞行军极有纪律，这是我早就知道的，却没有料想到他能这样地破敌立功。"[36]

远在临安的宋高宗喜闻捷报后，非常高兴，授予岳飞清远军节度使,成为与韩世忠、刘光世、张俊并列的南宋"中兴四将"[37][图4-3],还给岳飞写了亲笔赐书,于是有了我在《故宫的古物之美2》里提到过的那份御札:

> 卿盛秋之际,提兵按边,风霜已寒,征驭良苦。如是别有事宜,可密奏来。朝廷以淮西军叛之后,每加过虑。长江上流一带,缓急之际,全藉卿军照管。可戒饬所留军马,训练整齐,常若寇至,蕲阳、江州两处水军,亦宜遣发。如卿体国,岂待多言。付岳飞。

字里行间,也隐隐地透出一丝忧虑:"如卿体国,岂待多言。"就是要岳飞体认皇帝的心思和国家的状况,要一心一意为皇帝着想,替皇帝办事。这也是向岳飞敲响了警钟,皇恩浩荡,天威不可犯!

七

国家危难之际,岳飞的"横空出世",对赵构来说,的确是喜忧参半。

喜的是,赵构终于无须再跑了,在"暖风熏得游人醉""乱花渐欲迷人眼"的都城临安,他可以舒适地"安"、放心地"迷"

[图 4-3]

《中兴四将图》卷,南宋,佚名

中国国家博物馆 藏

韓蘄王世忠

劉鄜王光世

岳鄂王飛

註濟庚裱
甲戌夏御題

張循王俊

會稽樓後小
康橫壼膝安
心事中興萬
里長城淮目
壞憑摟戈敉
築一汪天墊竟
恨因而異折鼎

了。为此他要感谢岳飞,岳飞就是他的大恩人,没有岳飞,他还不知要跑多久,跑到哪里去。正是因为岳飞这两大战役的胜利,使他的屁股能够在龙椅上坐稳。绍兴四年(公元1134年)是宋代历史的一个转折点,此后的大宋已经不再像靖康之变时那样弱不禁风,此时的南宋已经有了岳家军,岳家军凯歌高奏,不仅使南宋有了与大金抗衡的能力,甚至已经拥有了反击的资本。

为了表彰岳飞的功勋,他将岳飞晋升为清远军节度使、湖北路荆襄潭州制置使。绍兴六年(公元1136年),又任命岳飞为湖北、京西路宣抚副使,不设正使,用今天话说,是副职主持工作。

但另一方面,军队犹如双刃剑,可以克敌,也可以伤己。假若武将不听使唤,任性起来,以他的实力,岂不够朝廷喝一壶的?

因此,宋代的武将,本身就处于一个巨大的悖论之中。大敌当前,保家卫国,他们责无旁贷,但另一方面,功劳太大也不行,否则"拥重兵,挟战功,凌驾君权之上,势所难免,这也是绝不能容忍的"[38]。以赵构、秦桧之力,掌控一只猫、一条狗还绰绰有余,要控制一只虎、一头豹,绝对费劲。

越是需要军队,越是要提防军队。于是,宋朝历史上的第二次削兵权在所难免了。这次削兵权的主导者不再是赵匡胤,而是宋朝的第十位皇帝——赵构。

这次削兵权,一开始的重点不是岳飞,而是刘光世。

从某种意义上说,岳飞还成了受益者。

绍兴七年(公元1137年)三月,也就是岳飞坐在长江的船上,写下请求朝廷立太子的那份奏章之前半年,南宋"中兴四将"之一的刘光世因骄惰怯敌被罢军职,刘光世原有的部队,将划归岳飞。

这事令岳飞感到来自朝廷莫大的关怀、莫大的信任、莫大的温暖,他感到自己的军力将得到扩充,收复中原更多了一份希望,激动之余,写了一份《乞出师札子》,详细阐述了他要统兵十万,收复中原的详细计划。

但或许正是这份《札子》,让朝廷改变了计划。

因为从这《札子》里,让朝廷意识到,岳飞的军力可能从此"膨胀",一发而不可收。

赵构马上收回了成命,让岳飞空欢喜一场。岳飞被忽悠了,他很生气。愤怒之下,他做出了一个十分不理智的举动:自行解除兵权,撂挑子不干了。

当然,岳飞撂挑子,是要找借口的。恰巧前一年(绍兴六年,公元1136年),岳母在庐山去世,岳飞哭红了双眼,从鄂州奔赴庐山为母亲下葬。处理完母亲的丧事以后,岳飞就待在庐山名刹东林寺不下来了,准备从此为母亲守孝三年。

这明摆着是发泄不满,而且,赵构闻到了被要挟的味道,像赵构这样内心敏感的人,对此一定会感到十分不爽。但大敌当前,赵构还不敢动岳飞,这口气,他暂时忍了,向山上的岳飞连发了两道《起复诏》,要求他"移孝为忠",重掌军职。没想到岳飞不给面子,一而再、再而三地否决了皇帝的命令,坚持要完成三年丁忧。直到赵构发出第三道《起复诏》,向岳飞发出最严厉的最后通牒,岳飞才心不甘情不愿地勉强下山。

或许,岳飞的这一次"任性",使他引火烧身,将皇帝削兵权的注意力引到自己的身上。而接下来岳飞上奏皇帝立储之事,又让赵构感到岳飞的手伸得太长,让赵构感到不寒而栗。

那一刻,赵构的耳边,一定会回响起唐朝老将郭子仪的名言:

若恃兵权之存,而轻视朝廷,有命不即禀,非特子孙不飨福,身亦有不测之祸。卿宜戒之!

四年后(公元 1141 年),秦桧密令他的党羽、殿中侍御史罗汝楫上疏弹劾岳飞,奏章里给岳飞安的罪名就是:"枢密副使岳飞不避嫌疑,而妄贪非常之功;不量彼己,而几败国之大事。"[39]

八

在赵构看来，对于岳飞这样的猛将只能"控制使用"，而不敢放任自流。绍兴九年（公元1139年），当金兀术撕毁了此前达成的"戊午和议"，分三路向南宋进攻，岳飞就不断收到来自赵构的御札，既表达了对岳飞的倚重，又催促他向陈、蔡进军。

原本，岳家军的反攻是十分顺利的。岳飞亲自率军，长驱直入，连续克复了颍昌[40]、陈州[41]、郑州、洛阳，直指汴京。岳飞将司令部设在颍昌府的郾城县，金兀术选了一万五千骑兵，准备偷袭岳飞的司令部。岳飞命令将士，每人手执麻扎刀、提刀和大斧三种兵器应战，上砍敌人，下砍马足，"手拽厮劈"，鏖战数十回合，一直到天色完全黑下来，金军才支撑不住，向临颍县逃去。[42]

七月十四日清晨，金兀术率骑兵三万余人攻打颍昌府，双方血战几十回合，"人为血人，马为血马，无一人肯回顾"[43]，终于以斩金军五千余人、俘士卒两千余人、将官七十八人、获马三千余匹的傲人战绩结束了战斗，金兀术的女婿夏金吾当场阵亡。

金兀术退还到从前的汴京，接连的失利使他哀叹："我起北方以来，未有如今日屡见挫衄！"金军大将韩常也不愿再战，派密使向岳飞请降。岳飞为大河南北频传的捷报所鼓舞,他对部属说:"直到黄龙府[44],与诸君痛饮耳!"[45]

岳家军迅速完成了对汴京的包围,岳飞要夺回汴京,再由汴京北渡黄河,去"收拾旧山河"。金兀术将十万大军驻扎在汴京西南四十五里的朱仙镇,双方在朱仙镇进行了一场较量,金军全军溃败。金兀术最后只剩下一条路,那就是放弃汴京,渡河北遁。

经过十余年的拉锯战之后,大宋王朝北定中原、直取金朝老巢的历史契机赫然出现。八百多年后,有历史学家指出,"倘若宋高宗与秦桧不是贯彻其一味屈膝求和的既定决策,而是抓住绍兴十年岳飞北伐屡败敌军的大好形势,动用朝廷的既有权威,协调韩世忠等大将协同作战,宋金战争就有可能出现南宋占有绝对优势的结局,将宋金边境北推至黄河为界也是完全可能的。"[46]

当时岳飞也清晰地看到,他和他的军队,在经过了"三十功名尘与土,八千里路云和月"之后,"驾长车,踏破贺兰山缺"[47]并不只是梦想,"从头收拾旧山河,朝天阙"也不再是奢望。

但他忘了问,如此远大的志向,"天阙"(指朝廷)答不答应。

就是在朱仙镇,岳飞准备发起绝地反击,一举攻下汴京、收复中原的时候,收到了朝廷要求他立刻撤军的"十二道金牌"。

岳飞距离收复汴京，只差四十五里，而且，永远相差四十五里。

应当说，岳飞一生的命运冲突，都凝聚在他收到金牌的那一刻了。他要战，因为他已清晰地看到，"天时人事，强弱已见，功及垂成，时不再来，机难再失！"赵构、秦桧却要他撤，因为更让他们倾心的，是正在进行的和议，也是靖康之变、宋室南渡之后的宋金第二次和议（即绍兴十一年达成的"绍兴和议"），金兀术已经明确表示，"必杀岳飞，而和议可成！"

手握金牌的岳飞，陷入他一生中最纠结，也最痛苦的境地，进亦难，退亦难，他的手就像电影中的定格一样停在半空中，不知所措。北风凛冽，吹得战旗猎猎作响，在旷野中发出的声音，犹如野兽的吼声。风打在他的脸上，他毫无知觉，良久，一滴热泪顺着他粗糙的面庞飘落下来，一股悲情终于从胸腔中喷薄而出，所有人都听见了他痛苦的呐喊：

十年之功，废于一旦！
所得州郡，一朝全休！
社稷江山，难以中兴。
乾坤世界，无由再复！[48]

远方,一团团的黑影正向岳家军涌来。是当地的百姓,听说岳家军要撤,急匆匆地赶来,拦在岳飞的马前,齐刷刷地跪倒,乞求岳家军不要撤离,把这一片土地,重新交给金军。

岳飞只能取出诏书,示给众人,说:"吾不得擅留。"

史书对当时景象的描述是:"哭声震野"。[49]

九

绍兴十一年(公元1141年),宋高宗终于实现了他人生的最高理想——宋金之间的"绍兴和议"达成,削减武将兵权的时机,终于成熟了。

削兵权是朝廷大事,也是要讲策略的,主要分三步进行:

第一步,这一年四月,朝廷逼迫岳飞、韩世忠、张俊交出了各自的兵权,调到临安枢密院供职,张俊和韩世忠任枢密使,岳飞任枢密副使。他们都升了官,变成了"中央领导",但他们原来的部队,也都不再是"张家军""韩家军""岳家军",而是划归中央统一指挥,改称"统制御前诸军",实际上,变成了"赵家军"。

岳飞多年辛苦,打造了"岳家军"这支铁军,把这支军队交出来,他的内心一定是痛苦的,但圣命难违,他也只能做出一副"豁达"的样子。岳飞脱去戎装,换上文官的官袍到枢密院上班,故作悠闲之状,与人闲谈,也常表露出向往闲云野鹤的生活,对国事,不想闻,也不想问,或许,那是他自我保护的一种方法。

只有张俊交出兵权是兴高采烈的,因为他与秦桧事先达成了默契,就是大家把兵权都交出来以后,兵权交给张俊一人掌控。当然,这是赵构、秦桧制定的分化瓦解政策,否则,三个人铁板一块,朝廷也无可奈何。

所以就有了第二步:在岳飞、韩世忠、张俊的兵权交出之后,再对岳飞、韩世忠各个击破,先是罢免岳飞和韩世忠的枢密使、枢密副使职务,朝廷遵照之前的"约定",把枢府本兵之权全部交给张俊,此后张俊就跟在秦桧的屁股后面,心甘情愿地充当"打手",先是诬陷韩世忠不甘心交兵权,企图重掌兵权,韩世忠到赵构面前哭号喊冤,赵构对他也并没有杀心,才终于放过了他,接下来又私设公堂,捏造张宪口供"为收岳飞处文字谋反",将岳飞打入大理寺监狱,最终杀掉了岳飞。

不知道张俊是否会想到,自己野心实现之日,也是末日来临之时。当韩世忠、岳飞先后被皇帝"摆平",怎么会独独留下他一个张俊呢?他最终得到的,只能是一纸弹劾。这是赵构、秦桧设计好的第三步。张俊害韩世忠、害岳飞,走上同室操戈的不归路,自己也只能是竹篮打水一场空。当然,赵构知道他贪婪好财,就没有杀他,而是用了"杯酒释兵权"的老套路,把他打发回家,当成猪养起来。

绍兴十一年,天底下最得意的人是赵构,因为他不只是完成了和谈,与金国达成了"绍兴和议",并将于第二年派使节迎回父亲宋徽宗的棺椁,同时接回在北国忍辱求生的生母韦氏(详见《故宫的古物之美2》中《繁花与朽木》一文),而且通过一个漂亮的"三部曲",完成了自己权力生涯中的华丽转身,将天下兵权尽归朝廷。连赵构自己,都忍不住得意洋洋地说:"今兵权归朝廷,朕要易将帅,承命奉行,与差文臣无异也。"

对宋朝第二次削兵权,宋史学家虞云国先生总结说:"(它)始于绍兴七年三月罢刘光世兵柄,终于绍兴十二年十一月罢张俊枢密使,前后将近六年。""第二次削兵权的完成,使得建炎至绍兴初年武将骄悍跋扈、拥兵自重的局面一去不复返了,祖宗家法大体恢复,南宋政权的格局重新回到重文轻武,以文抑武的旧轨。"[50]

十

绍兴十二年(公元1142年),腊月二十九日,秦桧独坐在书房里,他很"苦闷",即使第二天就是大年三十了,但他心中依然没有一丝喜色。岳飞的案子一直拖着没有"进展",万万俟卨（mò qí xiè）办事不力，一直审问不出岳飞"谋反"的证据，这让秦桧很不痛快。他闷闷地吃着柑子，下意识地把手里的柑子皮捏来捏去，用手指尖来回划着，若有所思。

秦桧的老婆王氏知道老公在考虑什么，见他如此优柔，就插言道："老汉竟这般缺乏果断吗？要知道捉虎容易放虎难呀！"

秦桧听了老婆的话，似有所悟，抓过一片纸，在上面匆匆写下几个字，派人送到大理寺监狱。[51]

其实，皇帝已决定让岳飞死了，为什么死，还有那么重要吗？

岳飞是在上一年受到万俟卨弹劾后，下大理寺监狱的。万俟卨看过秦桧送来的纸条，最后一次提审了岳飞，逼迫他在供状上画押。岳飞意识到，最后的时刻到来了，他望了一眼头上的天空，明净如处子的眼神。我猜他会闭上眼，享受一下最后的阳光，任阳光像雨丝一样洒落下来，抚摸着他的脸。顷刻后，他睁开眼睛，抓过毛笔，在供状上飞快地写了八个字：

天日昭昭！天日昭昭！[52]

我据此猜测那一天是有太阳的，但老天瞎了眼，看不到岳飞的赤胆忠心。

就在这一天，岳飞被毒死，终年三十九岁。

十一

在我看来，岳飞有"九死"。

一死于皇帝与武将之间久已存在的矛盾，藩镇势力坐大，势必对皇帝"家天下"的制度产生冲突。这一矛盾是结构性的、永久性的、不以个人的意志为转移的。汉代"七国之乱"，唐代"安史之乱"，到清代"三藩之乱"，这一结构性矛盾一直困扰着历代皇帝，如同一个难以根除的病灶，在王朝历史中周期性发作，令许多王朝饱受藩镇武人割据造反的危害，以至于那些效忠于朝廷的武将也要受到猜忌，甚至蒙受不白之冤，岳飞就是其中之一。这样的悲剧，已经成为历史的保留剧目，一而再再而三地上演。一直到清代，像年羹尧这样的封疆大吏，纵然曾经是皇帝的"铁哥们儿"，被雍正称为"大恩人"，要与年羹尧做"千古君臣知遇榜样"，都照样难逃一死。

二死于宋朝"家法"，就是赵匡胤夺位之始就树立的政治原则，其中就包括"以文驭武"的方针，也就是通过文人儒士来压制武将的政治空间。这一方针不只停留在理论上，而是付出了实践。赵匡胤"杯酒释兵权"，就是这一理论的成功实践。鉴于唐朝、五代的武人反叛给王朝带来了深深的伤害，皇帝对武将的忌惮无法消除，所以当岳家军、韩家军纷纷坐大，对他们的军事势力进行打击就不可避免。只不过与先祖赵匡胤的温文尔雅、举重若轻比起来，赵构下手更狠、更坚决。宋朝皇家是重视家法的，认为赵家的家法是有史以来最完善的家法，宋宁宗曾说："惟我皇家，列圣相承，右文尊经，以为家法。"为了贯彻这一家法，赵构不惜开了杀戒，破了有宋一朝"不杀言事臣僚"的家法。

三死于岳飞与赵构、秦桧集团的"路线之争"，即：岳飞的理想是向北发展，恢复中原，还都汴京，带领整个王朝回归到北宋时代；而赵构最怕的就是去北方，因为对他来说，北方代表着王朝的噩梦，汴京更是国破家亡之地，徽钦二帝、宫人三千，就是在那里成为阶下囚，被押解到北国去的，赵构只要想起来就浑身发颤，假如像岳飞说的还都汴京，说不定哪一天，金军就会突然出现在他的面前，徽钦二帝的厄运就会落到自己身上。更重要的是，赵构是南宋王朝的建立者，南方才是他的"主场"，只有在那里，他才能缔造属于自己的"丰功伟绩"，而北方唤起的，永远是关于北宋的记忆，像孟元老《东京梦华录》所写的那样，赵构很难成为历史的主角。何况南方的杏花春雨、舞榭歌台、美女风月，他都是须臾不舍得离开的，那就干脆在这扎根吧。于是，赵构制定的总路线，就是在南方立国，离金人越远越好，再也不捅金国这个马蜂窝，即使催促岳飞打仗，也是为了以打促和，最终实现和谈。

因此，赵构与岳飞的分歧，是两条路线的斗争。在岳飞看来，皇帝赵构是犯了"逃跑主义"的错误；而在赵构看来，岳飞是犯了"冒险主义"的错误，是从"单纯的军事观点"出发，不够讲"政治"。问题是，谁是国家战略的制定者？当然是皇帝，皇帝是老板、董事长，武将充其量只是伙计，在制定国家战略方面是没有话语权的。岳飞的书札、诗词，却处处在坚持他的"错误路线"，死不改悔。死不改悔的结果，只能是死有余辜。

四死于岳飞不仅不服从于皇帝，还把矛头指向皇帝，甚至放言："国家了不得也，官家又不修德！"这"官家"，所指不是别人，就是他赵构。这样做，意使皇帝成为众矢之的。这不是明摆着要皇帝的难看，这不是要与朝廷分庭抗礼，这不是要造反吗？

五死于岳飞的"反动宣传"，这种有意或者无意的"舆论导向"，已经赢得了相当一部分民心。岳飞所到之处，人民群众箪食壶浆，以迎王师；岳家军驻扎之处，成为天下豪侠忠义之士的投奔之地。岳飞不仅严于治军，更严于律己，不贪财，不好色，打仗身先士卒，几成道德完人，几乎成了王朝政治道德的象征，这样的一个近乎"圣人"的形象，占据了王朝政治的道德制高点，难道不是在挑战帝王政治的伦理基础吗？

六死于岳家军是一支私家军，他姓"岳"，不姓"赵"，兵士只知统帅而不知皇上。所以它再发展壮大，再一往无前，也与皇帝无关。在赵构看来，在赵宋王朝内，私家军本身就是一个怪胎，而且越长越怪。"中兴四将"，各自拥有一支私家军，由于朝廷无力拨给军费，故而准许私家军经营一些产业，以满足他们的军费所需，于是，这些私家军除了打仗，还经营着海内外贸易、物流、酒店、田产等商业，俨然成了国中之国。私家军的日益膨胀，不只是削弱了皇帝对军事的统帅权，也削弱了皇帝对帝国经济的掌控权，让皇帝，尤其是赵构这个仅有赵宋皇室血统而手下几乎没有一兵一卒的皇帝，陷入深深的恐惧。所以，在皇帝眼里，它就是一个肿瘤，再痛也要把它割掉。

七死于岳飞收复襄汉六郡以后，将大本营设在鄂州[53]，这里控扼长江，北瞰中原，实在是朝廷军事上的命脉之地，所以历史上一直是兵家必争之地，它的历史，就是一部硝烟弥漫、尸横遍野的历史。岳家军以鄂州为坐标原点，垂直正北是帝国从前的首都开封府，水平正东是帝国现在的首都，从这里出发，北上可挺进中原，东进可威胁江南，有了这样的军事基地，岳飞进可攻，退可守，立于不败，游刃有余。但朝廷可就悬了，岳飞假如谋反，不仅舆论上有优势，组织上有准备，军事上有实力，而且在地理上有条件，对帝国的危害，比起其他诸将更

[图 4-4]
《平虏亭记帖》，南宋，岳飞（南宋拓）
上海图书馆 藏

加恐怖。

八死于岳飞的个性。朱熹说，岳飞"恃才而不自晦"，就是说他性格耿直，不善于伪装、保护自己，尽管他有时也懂得低调，注意搞好上下级关系和同事关系，比如对"中兴四将"里的另外三将，他都恭敬有加，自己缴获的战利品，也经常送给张俊、韩世忠他们分享。从《凤墅帖》里残留的岳飞手迹中，我们也可以体会到岳飞的这份小心翼翼、如履薄冰。比如"三札"中的最后一札《平虏亭记帖》[图 4-4]，是收复襄汉六郡后，有人为了庆祝而写下碑记《平虏亭记》，岳飞回信，表示悚不敢当。具体是这样写的：

《平虏亭记》甚佳，可勒志石。但过情之誉为多，岂睐拙所宜当？悚仄悚仄。飞再拜。

寥寥数语，岳飞诚惶诚恐的心情跃然纸上。官场上的岳飞，与那个立马横刀、气吞万里如虎的岳飞，判若两人。

但这样的小心都是刻意为之的，岳飞的骨子里是自负的、有担当的、舍我其谁的。他也的确有把握全局的能力，所以朱熹说"中兴将帅岳飞为第一"。因此稍不留神，他就会"原形毕露"，尤其是绍兴七年（公元 1137 年），因为皇帝在刘光世部队

平虜亭記甚佳怠勿勤法名但名情之譽為為些跡挫折宜當懷友之

岳武穆奮自行伍名震夷夏然吐辭揮染人未易及敦力王事勸僚佐以忠也侯營寨了便如長沙勤勞邦家也苔平虜亭記處已以謙也武飾以文勇守以謙猶不免讒俟之手哀哉

安排问题上的变卦，他竟然对皇帝耍脸色、撂挑子，态度恶劣。也是这一年，他又在皇位的继承权上说三道四。更有甚者，是绍兴八年（公元1138年），"戊午和议"达成，朝廷为了表示庆祝，把岳飞晋升为从一品，进升官阶的《制词》里把岳飞夸得如西汉卫青、霍去病一样伟大，没想到岳飞不仅不领情，还在"辞免"的札子里数落赵构一番，说全体岳家军都反对求和，自己升官，没脸面对三军，"态度倔强，措词激切"，让赵构充分感受到了岳飞"特立独行"的威胁。

当然，那些片刻的"冲动"，在大历史进程中都是"小事件"。人们常说性格决定命运，在很多时候，一个人的性格不只会决定他个人的命运，还会左右大历史的走向。就像赵构，为什么疏远了张浚而重用了秦桧，为什么乾隆会重用和珅，他们在个性、情感上的"心有灵犀"，或许也是原因之一，而岳飞的祸患，或许早就藏在他刚直的个性里。相比之下，韩世忠、张俊都乖顺得多，所以削兵权后，他们都活了下来。

最后，金人的态度也是重要的，赵构的人生梦想就是议和，而金兀术给议和开出的首要条件就是杀掉岳飞（"必杀岳飞，而和议可成"）。当然，那只是外因，外因只有通过内因才能起作用，内因是赵构本来就对岳飞起了杀心。过去我们夸大了金人的作用，是颠倒了外因与内因的关系。对于赵构来说，这个条件不仅不难接受，反而刚好合乎他的心意，所以这个"顺水人情"，他乐意去做。这是岳飞的"九死"。

岳飞的"罪过"，够死九次了。

有了这"九死"，在大宋王朝的第二次削兵权中，没有人比岳飞更适于用来开刀祭旗。

有了这"九死"，就不会再有岳飞的"一生"。

"亦余心之所善兮，虽九死其犹未悔"，这话是屈原说的，意思是这些都是我内心之所珍爱的，叫我死九次我也绝不后悔！

不知在生命的最后一刻，岳飞是否会痛、会悔、会悟？

"天日昭昭！天日昭昭！"他一生的命运，他对个人悲剧的态度，他所有没来得及说出的话，都凝聚在这八个字里了，好像什么都说了，又好像什么都没说。

死亡，是历史强加给岳飞的命运，他在劫难逃。

甚至于，自大宋王朝建立、赵匡胤"杯酒释兵权"那一刻起，岳飞的命运，就已经注定了。

一个人的一生，有时会被一些看不见摸不着的东西控制着，有人说那是历史，但当事者看不见"历史"，当事者只能看见别人的"历史"而看不见自己的"历史"。没有了"历史"，一个人生命中的一切看上去都像是偶然的，有了"历史"才会知道，那些原来都不是偶然，它们必将发生。而自己，不过是被历史选中的一个躯体。

我不是宿命论者，我不信"命"，但我信时代，我相信一个人无论多么强大，都很难超越他所处的那个时代。能够超越的人，就是那个时代的伟人。

岳飞的一生，是战斗的一生，他不仅和金人战斗，还和皇帝战斗，和朝廷里那些只会空谈和拍马的官僚们战斗，和自己的命运战斗，他已然是那个时代里了不起的人。

岳飞和帝王政治诉求的错位，恰恰说明了他"尽忠报国"所报的，并非只是皇帝，也不只是朝廷，而是社稷、黎民，这让他报效的对象，有了更广泛深刻的含义。"尽忠报国"不是"尽忠报皇"，这表明当时岳飞，已经具有一定的国家意识。这种国家观、天下观，并非岳飞才有，范仲淹说"先天下之忧而忧，后天下之乐而乐"，说的就是"天下"，而没有说"先皇帝之忧而忧，后皇帝之乐而乐"。岳飞的名言"国家了不得也，官家又不修德"，把"国家"与"官家"（皇帝）分得清清楚楚。岳家军虽然姓"岳"，但它归根结底是一支忠诚于国家、百姓的军队，当岳飞接到"十二道金牌"，他特地把撤军行动延迟了五日，以保护当地民众逃离家园，使他们不被卷土重来的金军"反攻倒算"，这已是岳家军的本能，也是这支军队与谋求一人、一姓之私的唐代藩镇的根本区别。

而宋高宗赵构,虽然把私家军收归中央,但那是一支不打仗的军队。不为国打仗、保护人民的军队,就算不上是一支国家军队。

历史学家说:岳飞是"南渡诸大将中唯一的进攻型将帅,由他统率大军北伐,本来是最有希望恢复中原的。岳飞一死,恢复就只能成为一种难以兑现的梦想"[54]。

消息传到金国,大臣们酌酒庆贺,说:"和议自此坚矣!"

十二

岳飞死后,这个偏安江南的王朝,在临安这座山青水碧的、名胜扎堆的、吴侬软语的、湿漉漉又甜蜜蜜的城市里,又苟活了一百三十多年[55]。

但岳飞的墓也在临安,英雄的魂在这座城市里,徘徊不去,为这座阴柔的城市,增添了几分刚性的气质。

当年,是狱卒隗顺背着岳飞的遗体逃出了临安城,一路跑到九曲丛祠,把他安葬在北山。孝宗即位后,岳飞遗体改葬于栖霞岭南麓,也就是今天岳飞墓的位置。

岳飞墓全墓自西向东分为忠烈祠区、墓园区、启忠祠区三大部分,墓园区在中间,一座宋式风格的墓阙又将墓园区分为陵园和墓地两部分。穿过墓门,有甬道通至墓前,岳飞墓在正中,墓碑刻有"宋岳鄂王墓"。左侧是岳云墓，墓碑上写着"宋继忠侯岳云墓"。墓门的下边有四个铁铸的人像，反剪双手，面墓而跪，分别是陷害岳飞的秦桧、王氏、张俊、万俟卨四人。墓门上有联，写着：

青山有幸埋忠骨
白铁无辜铸佞臣

绍兴三十二年（公元1162年），赵构真的把皇位传给了当年岳飞上疏力主成为太子的赵伯琮，自己在德寿宫当起了太上皇。赵伯琮，就是宋孝宗赵昚（"孝宗"庙号为死后追谥）。那时，岳飞已死去了整整二十年。

就在这一年，宋孝宗为岳飞平了反，追复岳飞"少保、武胜定国军节度使、武昌郡开国公、食邑六千一百户、食实封二千六百户"。又过了十六年，朝廷确定岳飞谥号为"武穆"，岳飞从此不再是王朝罪人，而是民族英雄。

有人会问：岳飞是哪个民族的英雄呢？中国是多民族国家，《剑桥中国史》称之为"多民族共同体"。中原汉族与北方女真族，都是这"共同体"的一员；《宋史》和《金史》都被列入了"二十四史"；金与宋在正史中拥有着平等的地位，即使在当时，双方互通国书，也称彼此为"南朝""北朝"，这显然是对"一个中国"的共识与默契，所以完颜亮才在诗中写道："万里车书盍混同，江南岂有别疆封？"[56] 过去我们说岳飞是民族英雄，是基于中原王朝视角，也就是汉族人的视角来看，假如站在金国女真人的视角上看，金兀术是不是也是民族英雄呢？

我想说的是，即使在大中国视野下，岳飞抗金、捍卫中原汉族王朝的努力也是不需要遮遮掩掩的，因为当时之中国，的确分成了多个政权，形成许倬云所说的"列国共存"的体制。岳飞生是宋的人，死是宋的鬼，他为捍卫大宋而厮杀，而流血，没有什么不对的。他的家国观，他的英雄气，也不只是感动南宋的王朝百姓，也为整个中华民族所认同、所折服，用开国领袖的话说，他所从事的，是"正义的事业"。完颜阿骨打当年率领女真部族树起义旗反抗大辽的欺凌压迫也是正义的，完颜阿骨打同样是民族英雄，但金国对大宋的掠夺、屠杀是不正义的。岳飞捍卫他心中的"正义"，既是超越时间（朝代），又是超越空间（不同地域、民族）的，连金章宗都承认："飞之威名战功，暴于南北。"无论哪个王朝入主中原，包括金朝，以及后来统一中国的元朝、清朝，对儒家信奉的伦理原则都坚信不疑。元灭了南宋，但他们依然不会感谢投降金国的张邦昌、迫害岳飞的秦桧和万俟卨等人对南宋亡国做出的"帮助"，元人修《宋史》，

依然会把这一干人等列入《奸臣传》,岳飞则成为永远的英雄。《宋史》说:

> 西汉而下,若韩、彭、绛、灌之将,代不乏人,求其文武全器、仁智并施如岳飞者,一代岂多见哉。[57]

无论哪个民族问鼎中原、坐拥天下,都坚守着同样的政治道德、文化伦理。英雄永远是英雄,奸佞永远是奸佞,哪朝哪代都不会变。这些共同的文化、信仰、价值观,正是中华文明在几千年历史中风雨不侵、前后相续、一以贯之、从未断流的秘密所在。

十三

《宋史》说岳飞"文武全器、仁智并施",证明了岳珂在《金佗稡编》中对岳飞书法的评价不是吹牛,也证明了无论在王朝的江山还是在文化的江山里,岳飞都有着不可撼动的位置。

这让我愈发对岳飞书法在人间蒸发感到痛惜不已。岳飞在战争中的功绩早已让我们折服,但时隔九百多年,我很想看见的,却是岳飞书写过的纸页,比如绍兴七年,在长江的那条船上,他给高宗的那封上疏。

给皇帝上疏,必然用小楷书写。岳珂在《宝真斋法书赞》中说:"先君(指岳飞——引者注)受笔法于家庭,多用苏体,尤精小楷"[58]。这些小楷应该是端庄的、谨严的、恭敬的、呼吸均匀的、有耐性的、体现功力的,就像岳飞统帅的千军万马,步调一致,听从调遣,纹丝不乱,一丝不苟,显现着体制的意志。我很想看到代表岳飞书法成就的小楷,只可惜这些奏疏文稿,早已腐烂在泥土里,消失在空气中,一页都没有保留下来。

但有《凤墅帖》在,我们至少还可以看见岳飞用行书写下的书札。它们其实就是一些短信,略近于今天的"微信"。只不过古时的"微信"是用毛笔写的,故而留下了古人生活的片段,也为中国书法史留存了实物的证据,不像我们今天在手机里发的那些微信,几秒钟之后,恐怕就烟消云散了。相比于正襟危坐的楷书,那些写给朋友的书札,更没有丝毫做作的成分,更贴近人的本性,也更有韵味,像欧阳修所说的,"逸笔余兴,淋漓挥洒,或妍或丑,百态横生"。

岳飞的法书存世极少,一个重要的原因是赵构、秦桧联手炮制的岳飞冤案,让许多收到过岳飞书札的人,在当时"白色恐怖"下不敢保留这些书札而纷纷销毁。

1922年到1924年,逊帝溥仪与他的弟弟溥杰、溥佳"合作",以"赏赐"的名义,把清宫旧藏大量书画精品盗运出宫,其中就有一卷岳飞和文天祥书法合卷，应当是纸本墨迹。如果确为纸本墨迹，当为岳飞唯一存世的书法真迹。溥仪被逐出宫后，这件真迹跟着他去了天津，又去了东北，存入了伪满洲国皇宫外的"小白楼"。日本战败后，溥仪带着"皇亲国戚"逃向临江县大栗子沟，"小白楼"里的书画文物惨遭伪满洲国"国兵"的哄抢，许多珍贵的古代书画被撕为碎片，岳飞和文天祥书法合卷被"国兵"金蕙香完整地抢走，幸免被撕碎的厄运，但躲过初一躲不过十五，"土改"时，金蕙香逃出故乡，他的妻子做贼心虚，害怕被政府查出，索性把金蕙香抢来的这批清宫旧藏书画全部塞进灶炕烧毁，其中有东晋王羲之《二谢帖》（唐摹本），有南宋马和之《诗经图》中的《郑风五篇图》，也有岳飞和文天祥书法合卷。

当年参与追查"小白楼"流散书画（实为清宫散佚书画）的杨仁恺先生痛心疾首地说："如果真是爱国英雄岳氏真本，其重大价值与《二谢帖》当等量齐观，绝非虚言。"

相比于岳飞书法遭受的厄运，岳飞收到的书札（其中包括宋高宗赵构给他的"御札"），虽然在岳飞死后被没收，却因在南宋朝廷的左藏南库被统一保管反而得到了保存，使我们今天有更多的机会看到赵构的书法。今天在两岸故宫都有收藏，也为赵构在中国书法史上的地位奠定了实物的证据。

相比于赵构，中国书法史很少提到岳飞。岳飞活跃在另外的史书里，比如政治史、军事史、民族史，但写书法史的人不太愿意把宝贵的名额分享给他。

流传较广的，反倒是岳飞的狂草。三十年前，我第一次到南阳武侯祠，看到岳飞手书的诸葛亮前后《出师表》刻石［图4-5］，看得我心潮澎湃，认定那纵横挥洒、苍劲豪放的铁画银钩，觉得那气势、那筋骨，必定是出自岳飞的手笔无疑。你看那飞扬的笔迹，先行后草，一气呵成，龙腾虎跃、气场全开，气韵之生动，意态之刚劲，教人畅快淋漓，如一匹快马在旷野间飞驰，我们几乎可以看见它的四蹄在大地上扬起的尘灰，听见它在大地上踏出的咚咚声。我不懂书法鉴定，那时对历史知识的了解亦少，我的判断，完全出自内心的直觉。出师未捷身先死的诸葛亮，与壮志难酬的岳飞，就在这冰冷的刻石上，进行了一次"亲密接触"。那一刻，他们一定是惺惺相惜、心心相印。

关于前后《出师表》是否出自岳飞的手笔，学术界至今莫衷一是[59]。如果以"三札"作标准，会发现前后《出师表》与"三札"的差别比较大，完全不像是出自一个人的手笔。但到目前，仍然没有足够的史料来证实或者证伪。

假如这些归在岳飞名下的草书（除了前后《出师表》，还有《吊古战场文》《还我河山》，等等）纯属后人伪造，那么它至少说明，

前出師表

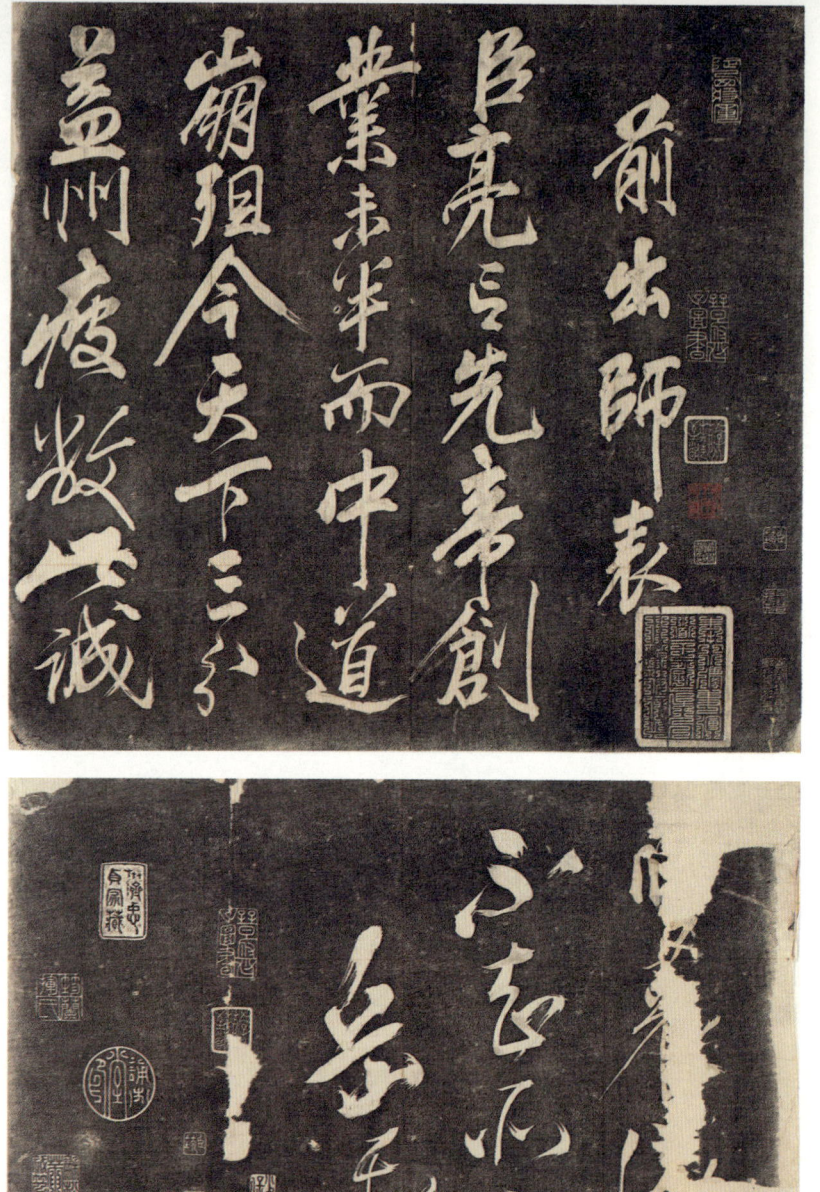

臣亮言先帝創業未半而中道崩殂今天下三分益州疲敝此誠

不吿不云 岳飛

[图 4-5]
《前出师表》(局部),南宋,岳飞(伪,清刻)
美国哈佛大学汉和图书馆 藏

《凤墅帖》的传播范围十分有限,作伪者没有见过《凤墅帖》。

我却宁愿相信它们是真迹,因为与拘谨的小楷、雅致的行书比起来,草书里的岳飞更可以放肆,可以任性地哭,放纵地笑,无拘无束地做回自己。

假若岳飞所写的不是前后《出师表》这样的狂草,也势必有另外一种狂草属于岳飞。

文天祥评价岳飞的法书"若云鹤游天,群鸿戏海"。文天祥是南宋人,他一定是见过岳飞的书法的,这九字,证明岳飞的书法,也曾如鹤如鸿,上天入海,飞舞烂漫,挥洒自由,这一定不是在说他的小楷。即使前后《出师表》这些草书是出自伪造,与风雅韵致的苏氏行书比起来,这些草书无疑更加接近于人们想象中的"岳氏风格"。人们通过对岳飞法书的伪造,构建了一个慷慨激越、鬼哭神惊的岳飞形象,在岳飞法书真迹流传极少的情况下,以它们为载体,去寄托对岳飞战斗时代的追忆,去传扬岳飞的英雄气概,去振作那日趋沉沦的国度(尤其在晚明、晚清、抗日战争这样的"生死存亡之秋")。如是,这些"岳飞书法",已经超出了书法史的意义,而成为一个民族的精神标识。

十四

岳飞的死,宣告了宋代第二次削兵权的完成。这次削兵权,固然具有巩固皇权的意义，但它并没有带来宋太祖所希望的"文治"，而是导向了以秦桧为首的皇帝宠臣的全面独裁，《建炎以来系年要录》说"渡江以来，庶事草创，皆至桧而后定"[60]，终于使秦桧集团在南宋王朝发育成为"一股具有压倒性、绝对性的政治势力"[61]。

南宋政治从此迈进了最黑暗的时期，学术界所说的"绍兴十二年体制"，其实就是和议达成后，秦桧作为宋高宗赵构的委托人进行独裁统治的体制。在这一体制下，秦桧对于所有的政治对手都进行了严厉的打击，而使其"一家残破"。其中有曾经担任过宰相的赵鼎、张俊等老对手，也有雨后春笋般成长起来的新对手。即使对于追随自己的跟班"马仔"，他也毫不留情，该出手时就出手，狠狠打压，以至于他的手下，每逢几个月就要换上一轮。紧跟秦桧害岳飞的万俟卨，虽因谋害岳飞有功而于绍兴十二年被任命为参知政事，又以报谢使的身份出使金国，但他和秦桧的"蜜月"是短暂的，不久便被罢职，贬到归州[62]去了。

秦桧举目四望，朝廷上除了自己的亲戚和自己老婆的亲戚，恐怕再也找不出其他人了。

秦桧的一生，是生命不息、害人不止的一生。绍兴二十五年（公元 1155 年），秦桧的生命到了最后时刻，他还要前宰相赵鼎之子赵汾自诬与张浚、胡寅谋反，想将他们全部下狱，受牵连者达五十三人，只不过这时，他连在案牍上签字的力气都没有了。

秦桧的字，我们在《凤墅帖》里也可以见到，就是《都骑帖》和《别纸帖》。秦桧书法作品，知名度高的有《深心帖》（又称《偈语帖》），被称为"秦桧的书法现在唯存一件作品"[63]，殊不知此帖是后人根据北宋书法家蔡卞《楞严经》拓本翻制的，许多字迹，如"寒凝笔冻，殊不能工也"，笔迹与蔡卞《楞严经》完全一致，像一个模子里刻出来的，无疑是蔡卞《楞严经》的山寨版。[64]但《凤墅帖》里的《都骑帖》和《别纸帖》是可靠的，从这二帖看，秦桧书法受黄庭坚影响，再一次证明了南宋书法基本上是在北宋苏、黄的根脉上开枝散叶，虽整体水平不低，却终难出现苏、黄那样的大师。与黄庭坚相比，秦桧的字中宫敛结、撇捺开张的特点并不明显，不像黄庭坚书法那样长枪大戟、雄强逸荡，倒显出几分从容闲适、儒雅温文。像秦桧这等阴险毒辣之人，一旦换用书法的语言，就仿佛变成了另一个人，那般潇洒，那般美妙，可见书法是另一个世界，这个世界有另外一套法则。人与书，不能简单地对号入座。

秦桧弥留之际，赵构前去看望。这是南宋两位大书法家、政治上的"亲密战友"生命中最后一次见面，那一天，他们都流了泪,"执手相看泪眼,竟无语凝噎"。秦桧害怕自己死后遭到政治清算,想安排自己的养子秦熺继任宰相。在秦桧病榻前,秦熺迫不及待地向宋高宗询问谁来继任宰相,赵构毫不客气地回答:这事不是你该管的。

第二天,宋高宗就传旨,将秦桧、秦桧的养子秦熺、孙子秦埙、秦堪一律罢官。满门被黜的消息传到秦桧病榻前,秦桧当天就咽了气。

秦桧死了,但南宋的黑暗政治并没有结束,因为它已然形成一种巨大的惯性,黑暗催生黑暗,邪恶生长邪恶。秦桧虽死,但"长江后浪推前浪",奸佞自有后来人,韩侂胄、史弥远、贾似道都继承了他的遗志,将黑暗政治进行到底。明末清初思想家王夫之(船山)将秦桧、韩侂胄、史弥远、贾似道并称为"南宋四大奸臣"。虞云国先生说:"秦桧专制的崩解绝不意味着绍兴十二年体制的终结","即便进入乾道、淳熙的南宋全盛期,太上皇宋高宗与他确立的绍兴十二年体制仿佛一张无形大网,依旧死死笼盖在宋孝宗与南宋政权的头上,并如梦魇那样一直持续到南宋的覆灭。"[65]

十五

岳飞被杀后,他的老战友韩世忠"杜门谢客,绝口不言兵,时跨驴携酒,从一二奚童,纵游西湖以自乐"[66],从此隐入历史的暗处,我们再也看不见他的面孔。

柔媚婉约的临安城,终于把一代抗金名将,改造成了停云问月的逸者隐士。

有一天,韩世忠登飞来峰,到灵隐寺前殿,看见一处古亭旧基,心里突然想到岳飞,想起他在绍兴六年驻守池州时,驻足翠微亭,见月色皎洁,山影苍郁,写下的一首诗——《池州翠微亭》。诗曰:

经年尘土满征衣,
特特寻芳上翠微。
好山好水看不足,
马蹄催趁月明归。

韩世忠悲从中来,于是命人在这旧亭基址上重建了一座亭子,取名"翠微亭",还叫自己十二岁的儿子韩彦直,用他略显稚气、却不失粗圆茁壮的颜体字,写下一篇《翠微亭题记》,刻在石亭东侧的山壁上。

如今那亭、那刻石都已不见踪影,20 世纪 50 年代,曾在北京故宫博物院任职的朱家济先生受浙江省文物管理委员会之聘,任浙江省文物管理委员会委员兼研究组组长,负责地面文物调查、保护与维修工作,曾专门到灵隐寺飞来峰寻访翠微亭石刻而未得,[67]唯有刻石的拓片保留下来,现藏于浙江省博物馆。

建翠微亭、刻《翠微亭题记》,都是在秦桧专权的时代完成的。在那个时候,没有人敢公开纪念岳飞。"翠微亭"三个字里,藏着韩世忠对岳飞的隐秘记忆,是他们的精神"密电码",别人无法破译。

对于风花雪月的韩世忠而言,"岳飞"两个字,从来不曾从他心头抹去。"经年尘土满征衣"的岁月,他从来不曾忘记。

第五章 挑灯看剑辛弃疾

一醉一梦,一醒一怜,折射出辛弃疾内心的无奈与苍凉。

一

辛弃疾词,王国维喜欢"蓦然回首,那人却在灯火阑珊处"[1]。我喜欢的,是"醉里挑灯看剑,梦回吹角连营"。

我在《待从头,收拾旧山河》里说,唐代饱受藩镇之害,宋代为防武人作乱,实行了重文轻武的政策,像岳飞、韩世忠这样出入杀场的武将,自然受到皇帝的猜忌,认为"政治上不可靠"。吊诡的是,文强武弱,使大宋饱受金国摧残,大金与大宋,形成了天生的施虐与受虐的关系,相互依存,相得益彰,犹如绝配,缺一不可。而大宋江山一次次被入侵,版图一次次缩水,又把文人逼上战场,一心想做皇帝心中忌惮的武将,辛弃疾就是其中之一。

南宋淳熙八年(公元1181年),四十二岁的辛弃疾刚刚接到两浙西路提点刑狱公事的任命,就遭到台官王蔺的弹劾,说他"用钱如泥沙,杀人如草芥"[2],被朝廷不由分说地罢了官,举家迁往信州[3]，从此闲居十年。

信州是今天的江西上饶，站在文人的立场上，那里不失为一个修身养性的好地方。何况信州这个地方，就像今天的名字一样，是一片丰饶肥沃之地，群山映带，水田晶亮，在历史战乱中屡次南迁的中原人，把曾经遥远的南方，开发成一片水草丰美之地，比一百年前（元丰三年，公元1080年）苏东坡贬谪的黄州要舒服得多。我曾经多次抵达赣南，发现那里根本不是我想象中的"瘴疠之地""老少边穷"，而是一派江南景色，于是写下了这样的文字："只要翻越那些青翠的山岭，我们就会站在山间的平地上，感受它的阔大沉静。阳光照彻，大地明亮。它浑圆的弧度，如女人凸凹有致的身体，温柔地起伏……"尤其对于报国无门的辛弃疾来说，刚好可以在这里寄情山水，疏放自我，让山野的清风，稀释自己内心的惆怅。

辛弃疾也试图这样做，在信州，他濒湖而居，湖原本无名，他取名"带湖"，又建亭筑屋，植树种田，花晨夕月，流连光景，散淡似神仙，就像他词中所说，"秋菊堪餐，春兰可佩，留待先生手自栽"[4]，有山川花木可以悦目，有醇酒佳酿可以悦心，倘是我，那一定是乐不思蜀了。天下事都是皇帝的家事，一如法国国王路易十四所说"朕即天下"，他老人家不操心，我操哪门子闲心？但范仲淹一句话，早已为宋代士人奠定了精神底色，就是"居庙堂之高则忧其民；处江湖之远则忧其君"[5]，所以他们是进亦忧，退亦忧，无论咋地都要忧。即使身在江湖，亦心向庙堂。固然"秋菊堪餐，春兰可佩"，辛弃疾接下来却写："沉吟久，怕君恩未许，此意徘徊。"其实，已成太上皇帝的赵构正忙着吃喝玩乐，接班人宋孝宗赵昚在隆兴元年（公元1163年）又惨败于金国，早已没了从前的锐气，"隆兴和议"之后又陶醉在"中外无事"、偏安一隅的升平景象中，哪里顾得上管他。"怕君恩未许"，不过是自作多情罢了，"此意徘徊"也只是一种矫情。但经过了金戈铁马、浴血厮杀的辛弃疾，终究是放松不下来的。

或许，是宋代的内部危机过于深重，来自外部的挤压过于强烈，"靖康耻"已成天下士人心中永久的伤疤，他们的危机感，他们的心头之恨，始终难以消泯。他们对江山社稷的那份责任感，正是这心头之恨激发起来的。岳飞《满江红》里的"臣子恨"，到了辛弃疾词中依然延续着："今古恨，几千般，只应离合是悲欢？""还自笑，人今老，空有恨，萦怀抱。"这种责任感，使宋代文人很男人，很有保护欲，很想冲锋陷阵，一点儿不像如今电视剧里，"小鲜肉"泛滥。他们不能过风平浪静的日子，因为国家没有风平浪静，他们看到的，是"长安父老，断亭风景，可怜依旧！"所以一时的安逸，不能让他们身心舒坦；"竹树前溪风月，鸡酒东家父老，一笑偶相逢"，也只是故作潇洒；高山流水、春花秋月,对他们早已形同虚设。

淳熙十一年(公元 1184 年),苏东坡离开黄州并与王安石会面一百年后、司马光完成《资治通鉴》一百年后、李清照出生一百年后(以上皆为公元 1084 年),辛弃疾写下了这首《破阵子》[6]。这首词是写给他的朋友、永康学派的创立者、著名词人陈亮的,因为就在那一年,陈亮被人告发"置毒害人",成了故意杀人的嫌犯,被逮捕下狱,消息传到信州,辛弃疾心念这位才气超迈、一心报国的友人,也勾起了自己壮志难酬、英雄迟暮的愤懑,于是为陈亮,也为同病相怜的自己,写下《破阵子·为陈同甫赋壮词以寄之》:

醉里挑灯看剑,
梦回吹角连营。
八百里分麾下炙,
五十弦翻塞外声,
沙场秋点兵。

马作的卢飞快,
弓如霹雳弦惊。
了却君王天下事,

赢得生前身后名，

可怜白发生！[7]

"醉里挑灯看剑"，是说在醉中把灯芯挑亮，抽出宝剑仔细打量。"梦回吹角连营"是说他在梦里听见号角声起，在军营里连绵不绝。"八百里分麾下炙，五十弦翻塞外声，沙场秋点兵"，是说把酒食分给部下，让乐器奏起军乐，这是在秋天战场上点兵列阵，准备出发。

"马作的卢飞快"，是说战马像"的卢马"样跑得飞快，"弓如霹雳弦惊"是说弓箭像霹雳一样离弦。"了却君王天下事，赢得生前身后名，可怜白发生！"意思是一心想收复失地，替君主完成大业，赢得传世的美名，可怜自己一梦醒来，竟然是满头白发！

一醉一梦，一醒一怜，折射出辛弃疾内心的无奈与苍凉。

二

"沙场秋点兵"的峥嵘岁月，辛弃疾在记忆里一次次地回放。"十步杀一人，千里不留行"，这事李白干没干过，已无从查考，但辛弃疾确实干过，而且干得漂亮。

辛弃疾出生的那一年（绍兴十年，公元 1140 年），正是金兀术撕毁"戊午和议"，分三路向南宋进攻，岳飞取得郾城、颍昌大捷，乘势占郑州、克河南[8]、围汴京，在中原战场上威风八面的年月。因此说，抗金是辛弃疾的胎教；辛弃疾的身体里，天生带有战斗的基因。一年后，"绍兴和议"达成，淮河中流成为宋金分界线，辛弃疾的老家——山东历城[9]沦为金国"领土"。又过一年，岳飞含恨而死，又为辛弃疾的成长，蒙上了一层悲怆的底色。辛弃疾出生时，他还是宋朝人，长到一周岁就成"金国人"了，或者说，是宋朝沦陷区居民，到二十多岁时返回南宋，才正式"恢复"了他宋朝人的身份。

辛弃疾是在绍兴三十二年（公元1162年）第一次回到南宋的。一年前（金正隆六年，公元1161年）金国皇帝完颜亮定都汴京之后，撕毁"绍兴和议"，进攻南宋，开始了第三次宋金大战。北方义军趁势而起，耿京、义端领导的义军，就是战斗在敌人后方的两支起义部队。辛弃疾也组织两千人，在济南南部山区起义反金。不久，他率部投奔耿京，成为耿京部队里的"掌书记"，又去劝说义端与耿京联合，以壮大声势、统一指挥，没想到义端从辛弃疾那里盗走了耿京的节度使印，奔向金营，要向金人献印。耿京一气之下要杀辛弃疾，辛弃疾说："请给我三天时间，到期如不能擒拿义端，我情愿受死。"

短短三天时间，决定着辛弃疾生死，也决定着义端的生死。辛弃疾揣测，义端一定是向金营的方向跑，就向金营的方向追去。我不知他的胯下马是否比得过三国时刘备的坐骑"的卢马",但我想象得出二十三岁的辛弃疾纵马飞奔的英姿。不管"的卢"不"的卢",他最在乎的,是义端的头颅。对那颗光溜溜的头颅(义端原是和尚),辛弃疾"心驰神往"、志在必得。终于,他远远地看见了那颗闪亮的头颅,毫不犹豫地追上去,把义端生擒活捉。义端央求道:"你的长相像青兕,你的力气能杀人,求你不要杀我。"但话音刚落,他的脑袋就搬了家。辛弃疾用自己的剑砍下了他的头,那或许是辛弃疾生命中第一次杀人,却杀得果断,杀得痛快。"上马能击贼,下马能草檄",辛弃疾做到了。在他眼里,像西晋宰相王衍那样不论政事,专事空谈,结局只能是亡国("夷甫诸人,神州沉陆,几曾回首"),平定中原,建功立业,才是儒生该干的事("算平戎万里,功名本是,真儒事"[10])。很多年后,辛弃疾"醉里挑灯看剑",看的不知是不是他当年的这把杀人剑。

辛弃疾第一次回归南宋,是与耿京义军的"二把手"贾瑞一起到达建康[11],代表耿京与朝廷谈判归附之事。耿京义军归来,对正在建康巡幸的宋高宗来说是大喜过望,"即日引见"。这也是辛弃疾与宋高宗这两位南宋书法家的第一次见面,但我想他们讨论的事情与书法无关,而与抗金有关。那一天,宋高宗授予耿京天平军节度使一职,授予辛弃疾承务郎、天平节度掌书记[12]。

辛弃疾没有想到，当他从南方返回山东，耿京却被手下张安国（原是一支小型起义部队首领，被耿京收编）暗害。耿京之死，让义军呈现溃散之势，许多人投降金国，不愿投降的士兵，许多被当作了"人质"，劫持到金国。他们归附南宋的所有努力，几乎要化为乌有。

但辛弃疾不认输，他找到了当地军将李宝、王世隆，又约集了忠义军马全福等共五十人，纵马奔向济州，趁着张安国饮酒庆贺、得意忘形之时，入帐直接绑走了张安国。张安国连"醉里挑灯看剑"都来不及，就成了辛弃疾的俘虏。等张安国的部下反应过来，辛弃疾的五十轻骑早已踪影全无。

辛弃疾马不停蹄，星夜兼程，抵达济州城，策反了张安国的一部分士兵。张安国手下（其实是原来耿京的手下），有许多士兵本来就不愿投降金国，就加入了辛弃疾的阵营。辛弃疾这支轻骑小分队，瞬间壮大成一支万人之师。辛弃疾就带着他的队伍，踏着夜晚的露水行进，渴不暇饮，饥不暇食，跨过黄河，向淮泗地区一路挺进，经建康，抵临安，把这支万人部队，还有五花大绑的张安国，一起交给南宋朝廷。高宗下令，将张安国斩首。这一行动，成为辛弃疾军旅生涯最传奇的一笔。

然而，辛弃疾或许不会想到，归附朝廷，不仅不能实现他抗金的梦想，而且从此戴上了"紧箍咒"，他越想奔赴战场，战场就离他越远,借用陆游诗句,是"报国欲死无战场"[13]。

从此,一心抗金、恢复中原的辛弃疾就被南宋朝廷"晾"了起来,他在南宋的怀抱里一共度过了四十五载,一直没有得到施展抱负的机会。

淳熙元年(公元1174年),迷蒙的秋色里,辛弃疾登建康赏心亭,不知是否会想起自己第一次到建康,面见宋高宗,谈论收复大业时的那份慷慨激昂。面对楚天千里,水随天去,无尽的惆怅袭来,写下这样沉郁顿挫的词句:

……
落日楼头,
断鸿声里,
江南游子。
把吴钩看了,
栏杆拍遍,
无人会,
登临意。

下阕写道:

……

可惜流年,

忧愁风雨,

树犹如此!

倩何人唤取,

红巾翠袖,

揾英雄泪![14]

晋朝桓温北伐,途经金城,见到当年手植的柳树已有十围之粗,不禁感慨:这时光的流转,这事业的未成,叫人情何以堪!无情未必真豪杰,还是请一位红巾翠袖的女子,去为英雄擦干脸上的泪痕吧。言外之意是,他连这样的红颜知己,都找不到。

三

绍兴三十二年(公元 1162 年),宋高宗赵构把皇位传给赵伯琮(后改名赵昚),自己住进了由秦桧旧邸改修的德寿宫,舒舒服服地当起了太上皇。

宋孝宗赵昚,开始是有着北伐之志的。隆兴元年(公元 1163 年),宋孝宗起用张浚,出征北伐。北伐之初,宋军势如破竹,很快被胜利冲昏头脑,内部又生出裂隙,宿州[15]一战,一夜惨败,仅丢下的盔甲，就有三万多件。

北伐失败，挫伤了宋孝宗的意志，用史书上的说法，是"用兵之意弗遂而终"；太上皇赵构的掣肘，更使他心灰意冷，把这个心怀大志的皇帝生生逼成了只知吟诗弄墨的风流雅士，他自己说，自己"无他嗜好，惟书字为娱"。在今天的美国大都会艺术博物馆，收藏着他的《池上诗》团扇，上书：

池上疏烟笼翡翠，
水边迟日戏蜻蜓。

一个皇帝，在水边上戏蜻蜓玩，也实在是闲到了无聊。

大都会艺术博物馆还藏着他的《渔父诗》团扇，上书：

轻舸依岸着溪沙，
两两相呼入酒家。
尽把鲈鱼供一醉，
棹歌归去卧烟霞。

团扇上的这首小诗是以渔父的口气写的，自《楚辞》以来，渔父在中国文化中业已成了避世隐身、钓鱼江滨的隐士象征，孝宗皇帝以渔父自诩，酒家买醉，棹歌而去，又希望自己像渔父那样通透，不为世事所困，"沧浪之水清兮，可以濯吾缨；沧浪之水浊兮，可以濯吾足"[16]，无论世界清浊都是一样的开心，一样的没心没肺，何其洒脱，又何其无奈。

倒是他的书法可以一观，他继承了赵构的风格，乍一看《池上诗》团扇，还以为是赵构写的，难怪《书史会要》中说"孝宗书有家庭法度"，即使是写字，也脱不掉太上皇的影响。

孝宗遗墨比较稀见，除了《渔父诗》团扇，还有《后赤壁赋》卷等。孝宗《后赤壁赋》卷，为泥金草书，书写苏东坡《后赤壁赋》全篇，共三十六行，钤朱文"御书"（大葫芦形）、"御书之宝"二印，现藏辽宁省博物馆。

宋金签订"隆兴和议"，一切又回到了原点。淳熙元年（公元 1174 年），宰相虞允文去世，更让北伐中原的希望化为泡影。当年完颜亮率金军南下时，宋金在长江边的采石之战，虞允文几乎靠一人之力，力挽狂澜，让大宋转危为安。毛泽东在读到这段历史时评道："伟哉虞公，千古一人！"

但在虞允文时代，辛弃疾并没有得到政治机会。相反，虞允文去世后，叶衡于同年十一月官拜右丞相，辛弃疾反倒有了"用武之地"。叶衡在不到十年内由地方小官升任丞相，其升迁速度十分罕见。叶衡也是抗战派，更是辛弃疾的旧友，对辛弃疾了解而且赏识。叶衡主持朝政,又点燃了辛弃疾北定中原的渴望。

这一段时间,辛弃疾心情是欢畅的,这一点可以从《洞仙歌·寿叶丞相》中看出来。在这首词中,辛弃疾写:"相公是,旧日中朝司马。遥知宣劝处,东阁华灯。"他把叶衡比作司马光,把自己当成是"东阁贤士"。

辛弃疾没有想到,自己的"用武之地",竟然是镇压起义、平息内乱。淳熙二年(公元1175年),茶商赖文政率茶商四百多人在湖北起事,击溃了名将王炎的正规军,又转战江西,打败了老将贾和仲。两次惨败,震动朝廷。叶衡认为,试炼一下辛弃疾军事才能的机会到了,于是举荐辛弃疾,前往镇压茶商起义的战场。

辛弃疾没有辜负叶衡的期望,不出半年,他就成功地诱杀了赖文政,收编了茶商的余寇,为朝廷平了内患。《宋会要》载:"淳熙二年闰九月二十四日,上(孝宗)谓辅臣,曰:江西茶寇已剿除尽。……辛弃疾已有成功,当议优于职名,以示激劝。"[17]

但命运仿佛始终在捉弄辛弃疾,就在辛弃疾热血沸腾,准备在战场上一展身手之际,叶衡却黯然罢相了。叶衡在朝中前前后后连一年都没有待够,就在淳熙二年九月匆匆"下了课"。他去职的速度,就像他的升迁速度一样迅猛。

淳熙二、三年(公元1175、1176年)间,辛弃疾任江西提

[图 5-1]
《去国帖》册页,南宋,辛弃疾
北京故宫博物院 藏

点刑狱,经常巡回往复于湖南、江西等地。他来到造口,俯瞰不舍昼夜流逝而去的江水,思绪如江水般起伏,写下一首《菩萨蛮·书江西造口壁》,词云:

郁孤台下清江水,
中间多少行人泪?
西北望长安,
可怜无数山。

青山遮不住,
毕竟东流去。
江晚正愁余,
山深闻鹧鸪。[18]

对此,"梁启超《艺衡馆词选》评曰:'《菩萨蛮》如此大声鞺鞳(指若金鼓之声),未曾有也。'意谓以小令而作激越悲壮之音,空前未有。"[19]

四

北京故宫博物院所收藏的辛弃疾的一幅书法真迹——《去

辛疾自愧初書

國愧恵見冬

唇詠之誠朝夕不替辱緣驅馳到官即專意措捕日從事於兵車羽檄

■逕倥傯略之少暇

趨居之間缺然不講非敢懈怠當蒙

情亮此指矣會雲開未龜

合并此旌蓋向坐以神馳

右謹具

呈

宣敎郎新除秘閣修撰權江南西路提點刑獄公事辛 辛疾

国帖》[图5-1]，就是在写下这首著名的《菩萨蛮》之后写成的[20]。

《去国帖》是《宋人手简册》中的一页，纸本，行楷书，纵33.5厘米，横21.5厘米，共十行，一百一十字，是辛弃疾唯一存世的纸本书法真迹。在北京故宫博物院，有许多这样的唯一，比如王珣《伯远帖》、李白《上阳台帖》、杜牧《张好好诗》，都是这些书写者唯一的存世笔墨。辛弃疾《去国帖》，也是这样的"唯一"。

《去国帖》全文如下：

弃疾自秋初去国，倏忽见冬，詹咏之诚，朝夕不替。第缘驱驰到官，即专意督捕，日从事于兵车羽檄间，坐是倥偬，略无少暇。起居之问，缺然不讲，非敢懈怠，当蒙情亮也。指吴会云间，未龟合并。心旌所向，坐以神驰。右谨具呈。宣教郎新除秘阁修撰,权江南西路提点刑狱公事，辛弃疾札子。

这是一纸信札，全帖通篇小字，中锋用笔，清秀稳健，不同于他词风的豪迈奔腾，却表现出浓郁的书卷气。我们常说"文如其人""字如其人"，但"文"和"字"，风格有时不尽相同，这说明诗、文、书法这些艺术都有复杂性，人就更是一个多面体。

我在《待从头，收拾旧山河》中说过，很多人相信了草书前后《出师表》是岳飞手迹，是因为那文字线条里透露出的豪情符合人们对岳飞的想象，但岳飞真实的手札墨迹，透露出来的却是文人般的稳重隽秀。在辛弃疾的书法里，同样看不出"气吞万里如虎"的磅礴气象。也正因如此，书法才成为一个丰富、立体、复杂的世界，似乎总会有某种变化，超出我们的想象。幸亏他们在诗词之外，有手札墨稿留到今天，让我们从另外的角度了解他们，体会他们的内心。

《去国帖》的札封不存，收信人是谁，已成历史之谜。

根据学者吴斌对《去国帖》的分析，可知全札可分成三层意思：

第一层是说，辛弃疾勤于兵事，专心剿寇，不敢懈怠，相当于汇报剿匪工作；

第二层是，对自己到江西工作后，未对收信人有"起居之问"，表示歉意；

第三层是，遥望杭州，不知何时才能见到您，我热切地期盼着领略您的风采。[21]

最后"右谨具呈。宣教郎新除秘阁修撰，权江南西路提点刑狱公事，辛弃疾札子"。这是辛弃疾的落款。

吴斌认为，透过以上三层意思，我们可以寻找到以下五条

合葢心旌慾向坐必神馳

右謹具

呈

宣教郎新除秘閣修

辛疾自愧初書國候忽見冬唇詠之誠朝夕不替某緣驅馳到□□□悾愊略之少暇趨居之間缺然不講非敢懈怠當

线索：一、收信人是辛弃疾的上级；二、收信人在杭州；三、《去国帖》是辛弃疾七月离开杭州后，写给这位上级的第一封信；四、辛弃疾表达了"不负剿寇重任"的意思，可视为完成使命后的交代；五、辛弃疾渴望回杭，面见这位上级。[22]

辛弃疾写《去国帖》时，叶衡已然外放，贬知建宁府[23]，不在临安，不可能成为辛弃疾拜谒的对象。

纵观朝中的重要人物，有研究者推测，它最可能的收信者，是曾觌（dí）。

曾觌，字纯甫，号海野老农，汴京人，是宋孝宗赵昚的"潜邸旧人"，因善于察言观色，深得宋孝宗欢心，从此"轻儇浮浅，凭恃恩宠"，"摇唇鼓舌，变乱是非"，权势盛极一时。他在历史中的名声蛮负面的，《宋史》把他归为"佞幸"，史书中不见善评。朝臣多次上疏，指责他不学无术、见识浅薄。

然而，假如以主战与主和的立场划线，曾觌却是旗帜鲜明的主战派。曾觌和虞允文是对头，这并不意味着他与虞允文的北伐主张相左。历史，并不是非黑即白。隆兴和议后，曾觌于乾道五年（公元 1169 年）的深冬出使金国，看茫茫原野，过邯郸古道，内心涌起无尽伤悲，写下一首《忆秦娥·邯郸道上望丛台有感》：

风萧瑟,

邯郸古道伤行客。

伤行客。

繁华一瞬,

不堪思忆。

丛台歌舞无消息,

金樽玉管空陈迹。

空陈迹,

连天衰草,

暮云凝碧。[24]

人们评价,曾觌词风格柔媚,多是风花雪月之作,但这首《忆秦娥》,却是苍凉激越,透出几分男儿血性,有一点儿"风萧萧兮易水寒"的意思。"丛台歌舞无消息,金樽玉管空陈迹",它的潜台词,显然是希望"有"消息,也希望这陈迹"不空",景与物里,其实都藏着不满,对谁不满,就无须深说了。曾觌以江山破碎为主题的词还有很多。当然,曾觌只是表达一下个人情感,没有血拼金主、一去不还的意思,诗词的力度,当然与辛弃疾不在一个台面上。但他也算是南宋著名词人,留到今天

的作品,还有一百多首。林昭德、李达武这样评价曾觌:

"像曾觌这样的上层文人,不管他把自己的命运同最高统治者联系得何等紧密,残破的家园、积贫积弱的国运总会要不断地叩击他的心,在光荣的历史与屈辱的现实的夹击下,又怎能不流泻出那只能属于自己的反省和呻吟呢?所以我们认为在这首词中,所谓繁华一瞬,所谓歌舞陈迹等都寄寓着对北宋灭亡的感叹,以及失地未能收复的悲伤于其中。正是作者从这种反思启示着人们:分裂和偏安是不得人心的。"[25]

叶衡拜相,曾觌是幕后的推手,可见他还是有见识、有担当的。曾觌还与韩彦古是亲家,而韩彦古的父亲不是别人,正是抗金名将韩世忠。

顺便说一句,他写得一手好词,可见他也并非不学无术。

曾觌《水龙吟》曰:"楚天千里无云,露华洗出秋容净。"这与辛弃疾《水龙吟·登建康赏心亭》首句"楚天千里清秋,水随天去秋无际"不谋而合,说不定曾觌和辛弃疾之间,也曾"互通款曲"。

对于辛弃疾来说,曾觌是神一样的存在,是朝廷里的靠山,是他后台的后台,但曾觌的词虽佳,却被辛弃疾甩出了十万八千里,辛词光耀千古,无情地遮蔽了曾觌的存在。

不幸的是,这靠山,也在淳熙七年(公元1180年)去世。终于,在曾觌去世的第二年,辛弃疾被削职为民。

从《去国帖》可以看出，辛弃疾的政治生涯，虽然无须像岳飞、韩世忠这样面对皇帝对武将的猜忌，但在宋朝完成第二次（也是最彻底的一次）收兵权之后，文官集团势力坐大又成为皇帝的心腹之患，宋孝宗频繁换相，目的就是打压、制衡文官，让他们懂得夹起尾巴做官。孝宗一朝宰相变换的频率，在宋代绝无仅有，把帝王的驾驭术发挥得淋漓尽致。叶衡外贬，伴随的是大规模的清洗，辛弃疾的许多朋友都受到牵连。辛弃疾的心情再度沉落到谷底。

叶衡贬了，曾觌死了，从北国"飞"到南方的辛弃疾彻底变成了一只孤雁，在江南的天宇下遨游飘零，他的身手，再难有施展的机会。如本文开篇所写，淳熙八年（公元1181年），辛弃疾就这样心情沉重地迁往信州，从此开始了长达十年的闲居生涯。"小舟行钓，先应种柳；疏篱护竹，莫碍观梅"[26]，像一百年前的苏东坡一样，甘心或者不甘心地做起农民，自号：稼轩。

五

淳熙十四年（公元1187年），太上皇赵构去世，走完了长达八十一年的漫长人生。两年后，对政事心生倦怠的宋孝宗把皇位禅让给儿子赵惇，是为宋光宗。

绍熙三年（公元1192年），辛弃疾终于再被起用，做太府

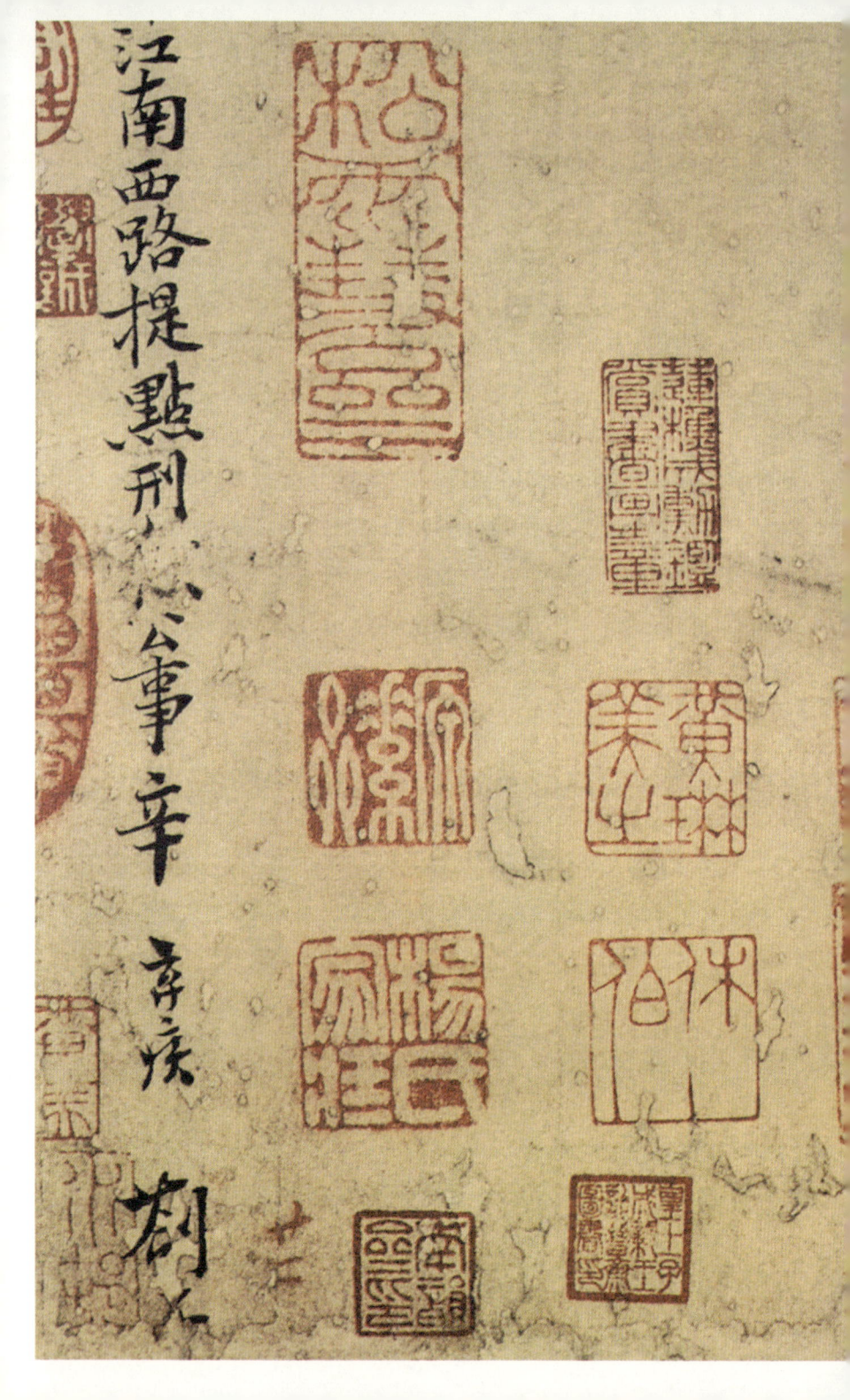

江南西路提點刑獄公事辛 章孟 劉元

少卿，后又做福州知州兼福建路安抚使。只过了两年，宋光宗就禅位于次子赵扩，成为太上皇，赵扩即宋宁宗，与辛弃疾关系甚笃的赵汝愚升任右丞相。

但韩侂（tuō）胄因拥立宋宁宗赵扩即位有功，以"翼戴之功"上位，很快把持了朝政。韩侂胄的当政，终结了宋孝宗时代相对宽松的局面，回到严酷独裁的"绍兴十二年体制"上。宋孝宗或许不会想到，他对相权的控制与打压，到了宋宁宗那里，却出现了权臣的专政（韩侂胄虽然未当过宰相，最高职位是太师，而且太师是虚衔，最高实职只是枢密都承旨，但权势已在宰相之上）。自韩侂胄之后，史弥远、贾似道这些权臣你方唱罢我登场，如王居安所说："一侂胄死，一侂胄生。"在蒙古人入侵的前夜，宋朝政治走到了最昏暗的时刻。假如说在宋高宗、秦桧的"绍兴十二年体制"下君权丝毫没有削弱，秦桧不过是宋高宗意志的执行者，那么到光宗、宁宗以后，朝廷已然变成了权臣的天堂。

像秦桧一样，韩侂胄有恃无恐地打击政治对手，右丞相赵汝愚首当其冲遭到贬逐，与赵汝愚关系密切的辛弃疾、朱熹、陈亮也在劫难逃。庆元二年（公元1196年），赵汝愚在衡州[27]暴卒（一说服药而死），辛弃疾亦被罢官。

辛弃疾平生努力，再一次被归零。只是这一次"下岗"更彻底，平生获得的所有官职，全部被撸干净了，变成了一介白丁。

他曾在信州闲居十年,这一次赋闲,又是长达八年,直到嘉泰三年(公元 1203 年),才被重新起用,知绍兴府兼浙东安抚使。那一年,辛弃疾已是六十四岁的老人,他的生命,只剩下最后四年。

嘉泰四年(公元 1204 年),人心尽失的权臣韩侂胄为了提振个人威信,怂恿宋宁宗挥师北伐,"立盖世功名以自固"。由于辛弃疾出生于北国,而且是著名的主战派,因此宋宁宗赵扩召辛弃疾去临安,请他献计献策。出发前,辛弃疾到鉴湖拜谒陆游。那时陆游已年逾八旬,住在鉴湖边上的陋室里,"皮葛其衣,巢穴其居"(《放翁自赞》)。辛弃疾一直想为他改善居住条件,陆游一直没有答应。那一次,陆游给辛弃疾写了一首诗送行,最后两句是:"深仇积愤在逆胡,不用追思灞陵夜"[28]。意思是不必像汉代李广那样,复出后追杀曾羞辱过他的灞亭尉,也就是不必纠结于曾被韩侂胄迫害的过往,而积极协助朝廷兴师北伐。

六十四岁的辛弃疾,依然怀揣着他二十四岁的梦想,穿越阴沉沉的荒野,携书仗剑,奔赴朝廷,向皇帝进呈北伐金国的策略。要说恢复北方,没有谁比辛弃疾更急迫,但在辛弃疾看来,汲取隆兴北伐失败的教训更加重要,所以他向皇帝进言,切不可像当年那样草率行事,一定要经过一二十年的准备才可行。他还向皇帝暗示,北伐大业,光靠韩侂胄身边那些只会摇舌鼓唇的小人是不行的。

这样的准备，其实辛弃疾已在暗中进行，比如任浙东安抚使时，他曾派人深入"敌后"（山东、河北一带），探听金国虚实，还亲自把侦察来的金军兵骑之数、屯戍之地、将帅之名统统绘在"方尺之绵"上。但韩侂胄急于取得"政绩"，决不会等上一二十年，也不会做这样细心的准备，更不会把深谙兵韬武略的辛弃疾派到战斗第一线。他想独揽北伐之功，担心这天大的馅饼会掉到辛弃疾头上，等辛弃疾献完了策，就让辛弃疾卷铺盖走人，把他打发到远离前线的镇江做知府。

果然不出辛弃疾所料，韩侂胄仓促出师（史称"开禧北伐"）即遭惨败。"一出涂地不可收拾。百年教养之兵一日而溃，百年葺治之器一日而散，百年公私之盖藏一日而空，百年中原之人心一日而失。"[29]

连韩侂胄自己，都被史弥远和杨皇后合谋，在韩侂胄上早朝时，提前部署军士，将他劫持到玉津园夹墙内，以铁鞭一击致命，首级作为见面礼送到金国，使两国重新达成议和，规定：两国国境如前，金尽以所侵之地还宋；改依靖康故事，世为伯侄之国，宋主称金主为伯；宋增岁币为银绢三十万两匹；宋别以犒军钱三百万贯与金。

这是继绍兴八年（公元1138年）、绍兴十一年（公元1141年）、隆兴二年（公元1164年）三次和议之后的第四次和议，也是宋金之间的最后一次和议。

六

暗弱的君上，酷烈的党禁，专擅的政治，污浊的吏风，还有轻率的战争，辛弃疾纵然心怀壮志，王朝的政治泥淖也让他寸步难行。他的所有努力，都不过是瞎子点灯罢了。他面对着"无物之阵"。"醉里挑灯看剑"，他的掌中剑，只能刺向一片虚空。

但辛弃疾还是不肯灰心，一到镇江，他就敏锐地意识到，镇江是战略险要之地，随时可能成为前线。他未雨绸缪，招募了壮丁万人，制作军服，打造武器，做好迎敌的准备。假若金军渡江，镇江就是战场。他渴望着在长江之畔，与金军"掰一下手腕"，以了却他平生之愿。

开禧元年（公元1205年），六十五岁的辛弃疾登上镇江北固山，面对大江，临风而立，一股豪情，在他胸中鼓荡，一首《永遇乐·京口北固亭怀古》，自他心中涌起：

千古江山，
英雄无觅孙仲谋处。
舞榭歌台，
风流总被雨打风吹去。

斜阳草树,
寻常巷陌,
人道寄奴曾住。
想当年,
金戈铁马,
气吞万里如虎。

元嘉草草,
封狼居胥,
赢得仓皇北顾。
四十三年,
望中犹记,
烽火扬州路。
可堪回首,
佛狸祠下,
一片神鸦社鼓。
凭谁问:
廉颇老矣,
尚能饭否?[30]

"金戈铁马,气吞万里如虎",总让我想起"醉里挑灯看剑,梦回吹角连营";最后一句"廉颇老矣,尚能饭否",又让我想起《破阵子》里的"可怜白发生"。两首词,形成了那么完美的对应关系。在这两首词里,他看到从前的自己,纵马奔驰如风,衣袖猎猎飘动,只是这一切,都成了过去时,而今的他,人已老,头已白,手无缚鸡之力,成了名副其实的糟老头儿,让他"痛切地感受着历史的宏伟壮阔"和个体生命的微渺悲凉,但他不能像苏东坡那样释然,那样一笑而过:"多情应笑我,早生华发。"他不服老,不认怂,不承认"人生如梦",不接受生命无意义的流逝。他把这份倔强、不服都融进他的字里行间:你没看见那老将廉颇,一饭斗米肉十斤,翻身上马时,看那背影,还像年轻时敏捷、潇洒……

开禧三年(公元 1207 年),也就是宋朝发动北伐的第二年,六十八岁的辛弃疾患上重病,这一次,他真的弃不了他的疾了。他辞去了朝廷给他的任命,不久,在铅(yán)山[31]去世。

去世前,他没有对家事做任何交代。

他留在世上的最后两个字是:

"杀贼!"

第六章 西线无战事

只有写字时他在说话,书法,就是一个人同自己说话,是世界上最美的独语。

一

宋孝宗淳熙五年（公元1178年），辛弃疾剿灭茶商起义三年后，陆游在二月春风里从成都启程，到临安接受孝宗的召见之后，在秋天回到了故乡山阴绍兴，准备小憩一些时日，再前往福建赴任。这一次，朝廷给他的差事，是提举福建路常平茶盐公事。这个官职很不好记，不过好记不好记都不重要，因为陆游压根儿就没有去上任。

在云乱山青的、画船听雨的、吴侬软语的江南故乡，陆游心里顾念的，还是他生活了七年的四川，特别是成都这座与山阴截然不同的城市——这是一座热腾腾、响亮亮的城市，仿佛在空气中都散发着雄性的分子。对成都的记忆就像一个锐角分明的兵刃，在山阴平静阴柔的岁月里无处安放。终于，在某一天，他把这些记忆全部提取出来，写成一首诗：

放翁五十犹豪纵,
锦城一觉繁华梦。
竹叶春醪碧玉壶,
桃花骏马青丝鞚。
斗鸡南市各分朋,
射雉西郊常命中。
壮士臂立绿绦鹰,
佳人袍画金泥凤。
椽烛那知夜漏残,
银貂不管晨霜重。
一梢红破海棠回,
数蕊香新早梅动。
酒徒诗社朝暮忙,
日月匆匆迭宾送。
浮世堪惊老已成,
虚名自笑今何用。
归来山舍万事空,
卧听糟床酒鸣瓮。
北窗风雨耿青灯,
旧游欲说无人共。

这首诗,叫《怀成都十韵诗》,陆游受朋友之托,把这首诗写在纸上送给他,这张纸一直保留到今天,使八个多世纪以后的我们仍然可以面对他当初的墨迹。这张纸,就是北京故宫博物院的一件重要藏品——陆游《怀成都十韵诗》卷[图6-1]。

可见,这诗,陆游自己是满意的,所以当朋友向他请求墨宝时,他想到了这首。这幅字,也是陆游的行书代表作。诗与书相得益彰,专家说,这叫词翰双美。

二

对于出生在烟雨江南的陆游来说,四川可称为一个战斗的前沿,在四川的七年,是陆游一生中最值得夸耀的时光。因为四川,正处于南宋与金的边界线上。

今天的四川,深处内陆,北边是秦岭,莽莽苍苍,把黄土高原的万丈尘烟隔在了外面,西部是横断山脉,雪山峡谷,大河奔流,东面是湘鄂西山地,南面是云贵高原,天高云淡,望断南飞雁,四面群山,把四川平原围成一个遗世独立的天府之国、一个现实中的桃花源,"土地平旷,屋舍俨然,有良田美池桑竹之属,阡陌交通,鸡犬相闻",怎么可能是前线呢?

只要看一下南宋的地图,我们就会明了四川在当时所处的位置非同一般。绍兴十一年(公元1141年),"绍兴和议"签订,

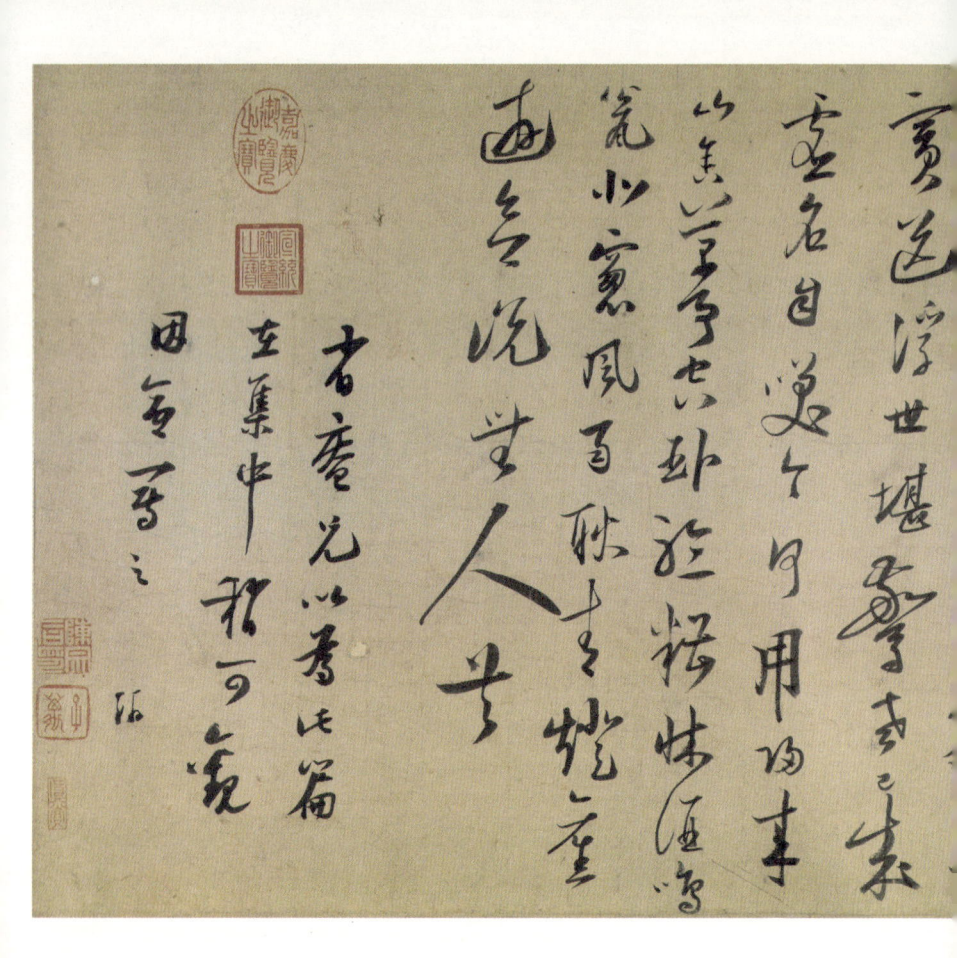

[图6-1]

《怀成都十韵诗》卷,南宋,陆游

北京故宫博物院 藏

五十年於豪縱錦堦一
覺繁華事夢竹葉春醪碧
玉壺松䕺發苕絲鞚耳
雲烏中壯士厭奉綠條
臍佳人袍盡坐泥風檣
鬧哥去黃河殘銀貂石管
長牽室一桁紅破海棠
回盆藥兼新早海小弱主

宋金划定疆界，东以淮河中流为界，西以大散关为界，以南属宋，以北属金，宋金的版图疆域固定下来。大散关，在秦岭北麓，是关中四关之一，自古为"川陕咽喉"。秦汉时期（公元前206年），刘邦"明修栈道，暗度陈仓"就在这里。陆游从夔州进入川陕，一上秦岭，目睹了大散关的地势险峻，关隘庄严，表情立刻肃穆起来，写下了他的著名诗句："楼船夜雪瓜洲渡，铁马秋风大散关"[1]。

大散关往北，是今天的陕西省宝鸡市，我曾经去过，像许多城市一样，有簇新的开发区，也有古朴的老城旧巷；往南，是陕西省汉中市。根据"绍兴和议"划定的疆界，今天的宝鸡市是金国的南部城市，而今天的汉中市则是南宋的西北边陲。

南宋乾道八年（公元1172年），四十八岁的陆游到达南郑，作参知政事（副丞相）、在四川宣抚使王炎的帐下，做左承议郎、四川宣抚司干办公事、兼检法官，他所抵达的四川宣抚司驻地南郑，就是今天的汉中市南郑县，是最接近金国版图的地方。是坚决主战的王炎，把四川宣抚司驻地，从利州[2]迁到更靠前线的南郑，以便控制秦陇。所以，到前线去，让陆游心底升起一种莫名的亢奋。用著名史学家、《陆游传》作者朱东润先生的话说，"从夔州调任南郑，是从后方调到前方，从当时的情况看，是一件光荣的任务"[3]。

陆游与辛弃疾同为南宋抗战派代表人物，但陆游与辛弃疾不同：辛弃疾出生在北国（淮河以北），曾战斗在敌人心脏里（山东、河北）；陆游则出生在江南，一辈子没出过"国"，基本上没见过北国是什么样儿，南郑是他到达过的最接近国境线的地方。其中以南郑与金国最近，在那里，双方军队呈对峙状态，而今天四川境内的蜀州[4]、成都等地，距离前线稍远，但从南宋的整个版图来看，仍属西北边疆、战略前沿。虽然在今天的行政区划上，南郑属于陕西，而蜀州、成都等地归四川省，但在当时，它们都在四川宣抚司的管辖之下，是南宋王朝的西北边疆，是与金国接壤的区域。由此我们可以理解，为什么南宋亡时，发生在大四川地区合州[5]钓鱼城的"钓鱼城保卫战"，成为南宋王朝与蒙古大军之间的生死决战，成吉思汗之孙、雄心勃勃的蒙哥大汗就在这里被炮火击伤，不久去世，钓鱼城因此被誉为"上帝折鞭处"。

在辛弃疾的观念里，北伐的主要线路是从长江下游、南宋的政治中心出发，北渡淮河、黄河，直捣河北、幽燕。岳飞当年收复襄汉六郡，从长江中游出发，直取郑州、洛阳，兵围汴京，再北上幽燕。陆游到四川，发现这里才是进攻金国、收复失土的最佳突破口。辛弃疾设想的战线在东线，岳飞设想的战线在中线,而陆游设想的战线在西线。正是从江南山阴故里前往川陕的西部之行,横向拉开了陆游的视野,让他从一个更广大的视角,看待宋金之间的战略态势。

在陆游看来,山东是燕京的屏障,金国必然在此部署重兵,南宋很难突破这里的防线。唯有以四川为战略前沿,过剑门关北上,翻过秦岭,直下长安,取得关中,然后破潼关,沿黄河而下,直捣金国老巢燕京,才是最有效的策略,用《宋史·陆游传》中的话说,是"经略中原必自长安始,取长安必自陇右始"。他的好朋友陈亮也提出过相似的论断,即派骁勇之将,"出祁山以截陇右",从而窥伺长安,取之以为恢复中心。

刚到南郑,陆游就写了一首《山南行》,回顾了古往今来的豪杰之士与这里发生的历史性关联。诗中写"将军坛上冷云低,丞相祠前春日暮"[6],是说韩信在这里拜将,率大军击败项羽;诸葛亮经营汉中,六出祁山,北伐中原。他们无不以川陕为根据地,去实现他们的宏伟大业。陆游不知道的是:五百多年后,明末起义领袖李自成就是沿着这条线路,从黄土高原纵马东进,挺进大明王朝的首都北京的。

南郑的幕府生涯,激发了陆游对驰骋沙场的无限向往。辛弃疾"醉里挑灯看剑",陆游看的不是剑,是金错刀,一种用黄金镶镀、白石嵌柄的宝刀。那刀在夜色里发出奇异的光。陆游就提着那把刀,独立在荒原上,四顾八荒,期待着冲入敌阵,在纷飞的血泊中,那口刀会如鱼得水,无比欢畅。一首《金错刀行》,在陆游这个江南小生的文字里、身体里注入了男儿匹夫的血性:

呜呼,楚虽三户能亡秦,
岂有堂堂中国空无人![7]

陆游没有像辛弃疾那样,有过杀入叛营,取上将首级的传奇经历,但在大散关下、渭河平原,陆游还是参加过一些小规模的军事行动的。因为在宋金边界,发生一些军事摩擦是家常便饭。这些小小的战事,成为陆游一生最值得夸耀的往事,直到晚年,在江南的杏花春雨中,他仍然回想起当年的戎马关山,把它写进自己的诗里。"独骑洮河马,涉渭夜衔枚"(《岁暮风雨》),"最怀清渭上,冲雪夜掠渡"(《秋夜感旧十二韵》),从《岁暮风雨》《秋夜感旧十二韵》这些诗里,我们依然可以感受到他当年纵马驰骋的速度和力度。我最喜欢的,是"白袍如雪宝刀横,醉上银鞍身更轻"[8]。这刀,是他的金错刀吗?

这首《猎罢夜饮示独孤生》的最后四句是:

关河可使成南北?

豪杰谁堪共死生。

欲疏万言投魏阙,

灯前揽笔涕先倾。[9]

一片大好山河,怎能分出南北?陆游寻找着能与他生死与共的豪杰。他决定投书朝廷,阐述他的北伐战略,但在灯下刚刚落笔,就已然涕泪奔流了。

陆游的"战略构想",最终没有得到宋孝宗的认可。因为隆兴北伐的惨败(公元1163年),让宋孝宗彻底丧失了他从前的锐气,"隆兴和议"之后,又陶醉在"中外无事"、偏安一隅的升平景象中,因此对宋孝宗来说,不是从哪里北伐的问题,是他根本就不打算北伐。北伐只是一个伪命题,陆游、辛弃疾、陈亮所提出的北伐战略,在皇帝眼里都是瞎操心。对赵家王朝来说,陆游毕生执着的命题(他至死还惦记着"王师北定中原日"),都是伪命题。

三

乾道八年十一月,陆游"细雨骑驴过剑门"[10],正式进入今天的四川境内。岁暮时分,在萧瑟的寒风里,他到达成都,在安抚使衙门里作参议官。此后,他的职务在蜀州、嘉州[11]、荣州[12]、成都之间徘徊不定,直到宋孝宗淳熙二年(公元1175年),他的好朋友、著名词人范成大帅蜀那一年,他才回到成都,任朝议郎成都府路安抚司参议官,在成都安定下来。

在四川,他的诗里刮起了一股强劲的"西北风",变得不再轻似飞花,而是沉雄似铁,这铁,是"铁骑无声望秋水",是"铁马冰河入梦来"。今天的川北、陕南是南宋的西北边塞,陆游此时所写的诗,就是南宋的"边塞诗",等同于高适、岑参的唐代边塞诗。很多年后,陆游将自己的两千五百多首诗编辑成集,他为诗集起的名字是:"剑南诗稿"。

对陆游来说,四川不仅是反攻金国、收复国土的战略前沿,也是完成他的汉唐想象的地方。成都平原与渭河平原之间,只隔着一个秦岭,在四川,他觉得自己离长安很近,离汉唐很近。近水楼台先得月,在四川,他能明确地感受到汉唐的光芒。在南郑时,他站立在高兴亭上,与朋友们且歌且饮,远望长安,挥笔写下一首《秋波媚》:

秋到边城角声哀,
烽火照高台。
悲歌击筑,

> 凭高酹酒,
> 此兴悠哉。
>
> 多情谁似南山月,
> 特地暮云开。
> 灞桥烟柳,
> 曲江池馆,
> 应待人来。[13]

"灞桥烟柳,曲江池馆",等待着来人。这人,不是别人,是写这词的陆游,也是收复失地的战士。

对陆游来说,长安不只是一个地理概念,更是一个文化象征。长安城、潼关道、青海月、黄河冰,他在自己的诗词里不断与这些熟悉的地名重逢,以此来表达他对汉唐疆域的深情。破碎的国土,借助他的汉唐想象,重新复原。

在丢失了整个黄河流域的南宋,以黄河文明为中心的华夏文明并没有中断,这与陆游等南宋文人的艺术世界里的上下求索有很大关系。他们的艺术创造,核心是儒家文明中的家国理想。唐代安史之乱后,以韩愈为代表的士人开始重估本土文明的价值,提出了"原道"的理论,到南宋,江山只剩下半壁,儒家文明的"价值"反而得到了凸显。朝代可以改变，但儒家文明所包含的制度、理念、文化却有着长久的价值，不会消泯。儒家思想，让王朝变换的中国，获得了历史的连续性。

现实中的中原丢失以后，陆游和他的同时代诗人、词人，像辛弃疾、范成大、张孝祥、陈亮、朱熹等，在文学世界里重塑了一个南宋版图。这是一个与王朝政治版图迥然不同的精神版图，在这个版图中，有"三万里河东入海"，有"五千仞岳上摩天"[14]，也有"渔阳女儿美如花"[15]。属于华夏的一切，都从汉唐一路延续下来，安放在原处，完好无损。"绍兴和议"所规定的那条边境横亘在大地上，把山河分出南北，但它只是地理上的边境，而不是心理上的边境。陆游用自己的诗句、词句打破了地理上的边境，把它还给了心理，还给了精神，还给了文化。他用诗词把失落在北方的江山捡拾起来、拼合起来，让文化的江山重归完整。在许多南宋人的心里，江山还是江山，华夏还是华夏。

陆游的诗词，之所以具有一种强韧的力量，既来自地理的张力，也来自汉唐精神的辐射。他诗里的"西北风"，来自四川这个南宋的"西北"，更来自长安这个汉唐的"西北"。这风，从渭河平原上刮起，刮过了秦岭，刮进了成都，实际上是从汉、从唐刮起，一直刮到了南宋。西风残照，汉家陵阙，风里包含的，都是来自汉唐、来自长安、来自黄土高原的气息。那气息注入他的身体，在他的文字里分蘖、繁殖，让他脱胎换骨，让他洗心革面，也让汉唐的生命，借用他的身体、文字，得到了延续。

在四川，陆游成为那个真正的陆游。

陆游过剑门入川的一刻，大散关的战斗生活正从他身后退远，以至于他情不自禁地问自己：此生到底该做一个诗人，还是一个战士呢（"此身合是诗人未"）？我知道他最大的愿望，其实是"上马击狂胡，下马草军书"[16]，成为一名杀敌报国的战士，现实却把他逼成了一个连他自己都看不上眼的诗人。在我看来，无论军旅生涯多么让他沉醉，挥刀舞剑的他其实都是个弱者，连辛弃疾的境界都达不到，就更不用说岳飞了，只有文学世界里的他是伟大的，他让那个丧失了黄河、丧失了泰山、丧失了孔子故乡、丧失了汉唐都城、龟缩在江南半壁的王朝，与周秦汉唐、与华夏中国接通了筋脉，使她不至于成为一片枯叶，在风中急速地坠落。他用自己的诗词告诉人们，南宋还是中国，南宋就是中国，南宋当然是中国。她是地理上没有了黄河、精神上永远有黄河的中国。陆游是理直气壮的，不像放弃了中原，对金国称儿、称侄的宋高宗、宋孝宗那样心虚。文学和艺术世界里的中国永远是完整的，不因南宋在军事上的败退而损耗过半分。

四

陆游的领导、参知政事、四川宣抚使王炎已经做好了北伐中原的准备,只待朝廷一声令下,他就可以大军北进了。但就在这时,王炎被调回到临安的枢密院,左丞相虞允文接替他的四川宣抚使之职。王炎一到临安,就被晾在一边,显然,宋孝宗不愿王炎去碰触西北边境这根敏感的神经。

《宋史》上说,虞允文赴川前,宋孝宗与他约定,一年后会师汴京,但一年过去了,虞允文没有动静,说是没有准备好,让宋孝宗很不爽。

虞允文也曾是主战派,我在《挑灯看剑辛弃疾》里写过。同样一个虞允文,怎么到了四川宣抚使任上,就变得如此无能呢?实际上,《宋史》上记载的宋孝宗与虞允文的那一场约定,史料来源是杨万里所作的《虞允文神道碑》,这个碑文,其实是有潜台词的,就是皇帝的过错,大臣得出来背锅,元代张养浩把它总结为:"善则归君,过则归己。"南宋没有出师北伐,实际上是宋孝宗早已没有了北伐的动力,为此所承受的舆论压力必须有人出来背,而且是主动地背、心甘情愿地背。王炎在四川时间很长,远离朝廷,皇帝的柔情他永远不懂,所以总是一意孤行地要兴师北伐;虞允文则久在朝廷,对皇帝的心思了如指掌，他知道，北伐使不得啊，使不得，所谓的北伐只是一个神话，离现实越来越远。但这话不能让皇帝说，只能由他虞允文出来说。早在王炎时代，战争就已准备好了，到虞允文的手里，怎会准备不好呢？

虞允文到达成都的第二年（淳熙元年，公元 1174 年）就去世了，终年六十五岁。又过了一年，朝廷把利州路分成利州东路和利州西路，撤销了战时体制。

北伐的事黄了，大家洗洗睡吧。

王炎走了，虞允文死了，范成大来了。

范成大是陆游的好友，早在十二年前，他们就是编类太上皇帝圣政所的同事。淳熙二年（公元 1175 年），范成大到四川任职，他的职务是四川制置使，是掌本路诸州军事的官员，而陆游的职务是四川制置使参议官，同时兼朝奉郎成都府路安抚司参议官，范成大刚好是陆游的顶头上司。

范成大曾经作为奉使金国起居郎出使金国，为改变接纳金国诏书礼仪、索求北宋诸帝陵寝之地，慷慨抗节，不畏强暴，几近被杀，保全气节而归，写成使金日记《揽辔录》。但他对北伐并不积极。这一方面是他像虞允文一样，明白宋孝宗的心思；另一方面，是"绍兴和议"之后，宋金力量基本达到了平衡，无论完颜亮南侵，还是宋孝宗北伐，都难以打破这种平衡,也都无法取得成功。对此,出使过金国、对金国的国情有深刻了解的范成大,应该比纸上谈兵的陆游有更深刻的认识。

范成大曾在朝廷里摸爬滚打,他深知什么事都不做才是最好的选择。范成大对北伐的态度令陆游很失望。范成大约陆游喝酒,陆游看到的景象却是"琵琶弦繁腰鼓急,盘凤舞衫香雾湿;春醪凸盏烛光摇,素月中天花影立"(《锦亭》),南郑军营中"羽箭雕弓,忆呼鹰古垒,截虎平川,吹笳暮归野帐"[17]的日子已经越来越远,变得遥不可及。陆游眼里的四川,不再是厉兵秣马的战略前沿,而是一个美女簇拥、歌舞升平的温暖巢穴。陆游给范成大提意见,说:

香云不动熏笼暖,
蜡泪成堆斗帐明。
关陇宿兵胡未灭,
祝公垂意在尊生。

范成大给陆游的诗(《枕上》)则写:

久病厌闻铜鼎沸,

不眠惟望纸窗明。
摧颓岂是功名具，
烧药炉边过此生。

范成大病了，只能守在药炉边，听着铜鼎煮药的单调声音，孤枕难眠，等待天明。

在陆游看来，不是范成大病了，是朝廷病了，整个时代都病了。

陆游只能在他的诗里继续他的北伐事业。他能调遣的，只能是词语的大军，在韵律的高原上疾走，在平仄的险境中挺进。他不再指望四川制置使这样的要职，不指望四川这个战略要地，他指望的，只有自己，仗剑远行，千里屠龙，像专诸荆轲那样，去"一身独报万国仇"（《剑客行》）。

当然，这只是一个梦，一种无法实现的幻想。他只能用酒，去浇灭他心里巨大的哀愁。他和范成大一起喝酒，在他们心里，那酒，不是同一种酒。

五

陆游和范成大，都是南宋著名诗人与词人，同列南宋"中兴四大诗人"（陆游、尤袤、杨万里、范成大），也同为南宋著名书法家，在书法史上并称"南宋四家"（虞允文、陆游、范成大、朱熹）。范成大是"北宋四家"（苏、黄、米、蔡）之一蔡襄的曾外甥，天生有着优良的书法基因。他刻苦学习苏、黄的笔法，用笔信手而挥，让诗一般的意韵在笔墨间流动，具有一种劲挺飘逸、古雅恬淡的美学韵味。范成大的传世书法墨迹，北京故宫博物院藏有《中流一壶帖》[图6-2]，是范成大的一则信札，纸本，纵31.8厘米，横42.4厘米，从"成大再拜上问"开始，一直到"再拜"二字终结，全篇率意为之，行气未断，有一种绵绵不绝的气势、一气呵成之快意。

范成大的纸本墨迹，台北故宫博物院藏有《垂诲帖》，美国纽约大都会艺术博物馆藏有《西塞渔社图卷跋》。美国波士顿艺术博物馆藏有南北朝画家杨子华的《北齐校书图》卷，卷末同时有陆游和范成大的跋。

相比之下，陆游的纸本书法真迹存世较多，北京故宫博物院藏有《候问帖》《长夏帖》《苦寒帖》《拜违道义帖》《并拥寿祺帖》《怀成都十韵诗帖》等，台北故宫博物院藏有《秋清帖》《上问帖》《野处帖》《秦记帖》等，辽宁省博物馆藏有《自书诗帖》[图6-3]等，还有一些重要的拓本存世，如《姑孰帖》残石旧拓本、《与明远老友书》等。

我最喜欢的，就是行书《怀成都十韵诗帖》。

[图 6-2]
《中流一壶帖》页,南宋,范成大
北京故宫博物院 藏

二十九日献之白不奉
二嫂此八九日动静
委患駃冷气唯涩昨
鄱妹等疾患胶如今日猶
復就是痛懊憹深憂令人
邪邪存問猶未忘所患尚
爾劣劣力不具王献之問

雲潤煙梅華色風揉枯

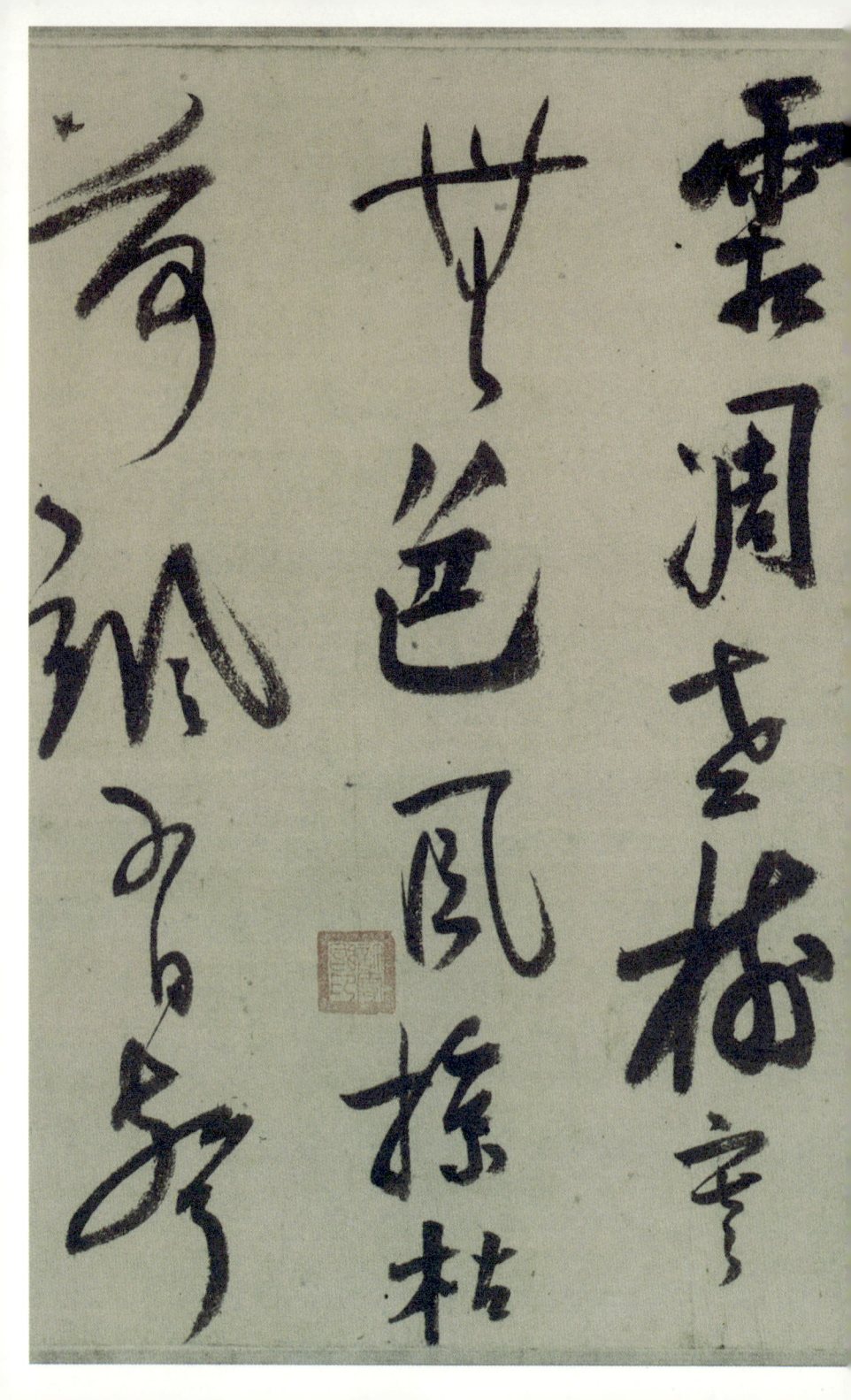

[图6-3]
《自书诗帖》卷（局部），南宋，陆游
辽宁省博物馆 藏

　　它首先是一首诗，诗名第一字是"怀"，说明写诗时，他已不在成都，所以他在离成都很远的地方怀念成都。徐邦达先生推断，陆游写此诗，应在淳熙五年秋冬之间，陆游时年五十四岁，而抄录此诗，应当是五十八岁以前。[18]淳熙五年，陆游受孝宗召见，被任命为提举福州常平茶盐公事，陆游并没有去上任，而是回到了自己的故乡山阴。

　　身处江南，四川的"山川日月，历历不忘"[19]。他记忆里的锦城（成都的别名），有着花团锦簇的繁华（竹叶春醪、桃花骏马），也有红尘滚滚的热闹（斗鸡南市，射雉西郊）。陆游心里虽然志在恢复，但成都这份热烈、洋溢的世俗生活，他并不排斥。勇士浴血沙场，不就是为了换得百姓生活的热络与安逸吗？陆游也曾经被这份世俗的欢乐所吞没，打算终老于此了，他自号放翁，就有点自我放逐的意思。然而，靖康之耻、恢复之志，对于陆游来说始终是过不去的坎儿，或者说是他的精神底色，那些纵酒之乐、声色之欢，都会被一阵风吹去，当人群散去，当酒宴已冷，最终浮现出来、自始至终伴随他的，还是他的一腔报国之情，是"王师入秦驻一月，传檄足定河南北"的那份不甘。只是写此诗时，头已白，人已老，厉兵秣马的南郑远了，繁艳动人的成都也成了一场梦［图6-4］，连当年一起歌、一起笑的老朋友范成大都已经作古，北窗风雨下，青灯古卷前，要找一个可以说说心里话的人，都已经不可能了。

陆游的一生，是无比憋屈的一生。在爱情上，他是悲剧主角，著名的《钗头凤》就是这悲剧的证明。在事业上，他的凌云壮志不断被现实磨蚀、消解，最终连这理想，都成了尴尬，成了笑话，成了执迷不悟。陆游是那个时代里的堂吉诃德，我们已经分辨不出，他的命运，到底是悲剧，还是喜剧。

当人老了，最大的困境，其实不是背弯腿瘸、眼花耳聋，而是身边不再有朋友，尤其像陆游这样的高寿者，老友的次第离去，更让他陷入孤独。陆游六十九岁时（公元1193年），范成大卒；陆游七十六岁时（公元1200年），朱熹卒；陆游八十二岁时（公元1206年），杨万里卒；陆游八十三岁时（公元1207年），辛弃疾卒。他生活中最爱的人，也都先后离他而去。陆游三十六岁时（公元1160年），唐琬去世；陆游七十三岁时（公元1197年），夫人王氏去世。

其实这些亡者都比陆游年轻，却都比陆游走得早，把陆游孤零零地留下，孤苦无援。没有人再和他书札往来、写诗唱和，甚至没有人可以说话，要说，也只能说"吃了吗？""我睡得挺好"这一类似乎很重要、实际上一点儿也不重要的话。代沟是一条沟，把他与其他人隔开，是一面墙，把他囚禁起来。他心底装着的那些人、那些事、那万般的情绪，别人的心里都没有。他即使

子瞻身閒
蜀郡一棋枰芳
筆跡餘痕

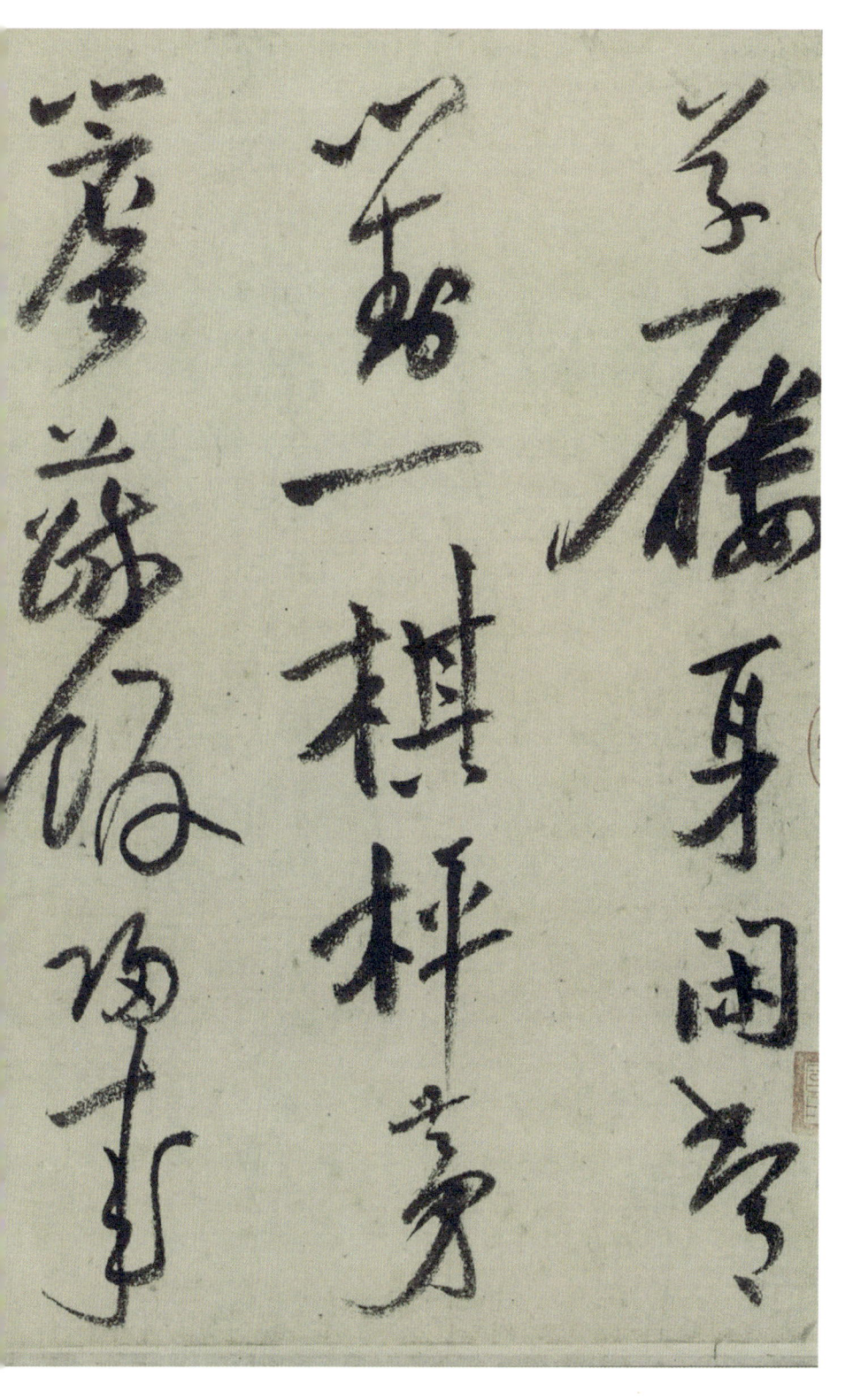

[图6-4]
《怀成都十韵诗》卷（局部），南宋，陆游
北京故宫博物院 藏

说了，别人也不明白。他只能把想说的话都藏在心底，他的心底是一个真正的暗箱，没有人知道里面都装了些什么陈芝麻烂谷子。

只有写字时他在说话，书法，就是一个人同自己说话，是世界上最美的独语。一个人心底的话，不能被听见，却能被看见，这就是书法的神奇之处。我们看到的，不应只是它表面的美，不只是它起伏顿挫的笔法，还是它们所透射出的精神与情感。所以我写这本书时，不停留在书法史、艺术史的层面上，而更多地将这一件件书法作品与历史，尤其是书写者一个人的精神史连接。

《怀成都十韵诗》就是陆游真正想说的话，那些话在他心底盘桓了很久才写下来。当他老了，回望自己的一生，最鲜明、最嘹亮、最值得一写的部分，就在成都，在四川。他用二十行诗、一百四十个字涵盖了它，算作对自己一生的总结，一部简明版的回忆录。那诗，见证了陆游南宋"诗史"的地位。那书法，也写得瘦硬，写得豪纵，既渗透着苏东坡的深刻影响，又体现出他晚年的纯熟老到、奔放自如。

他的老友朱熹说"放翁老笔尤健，在今当推第一流"（《答龚仲至》），绝不是忽悠。

陆游留在世上的最后一首诗，是《示儿》。这首诗示的，不

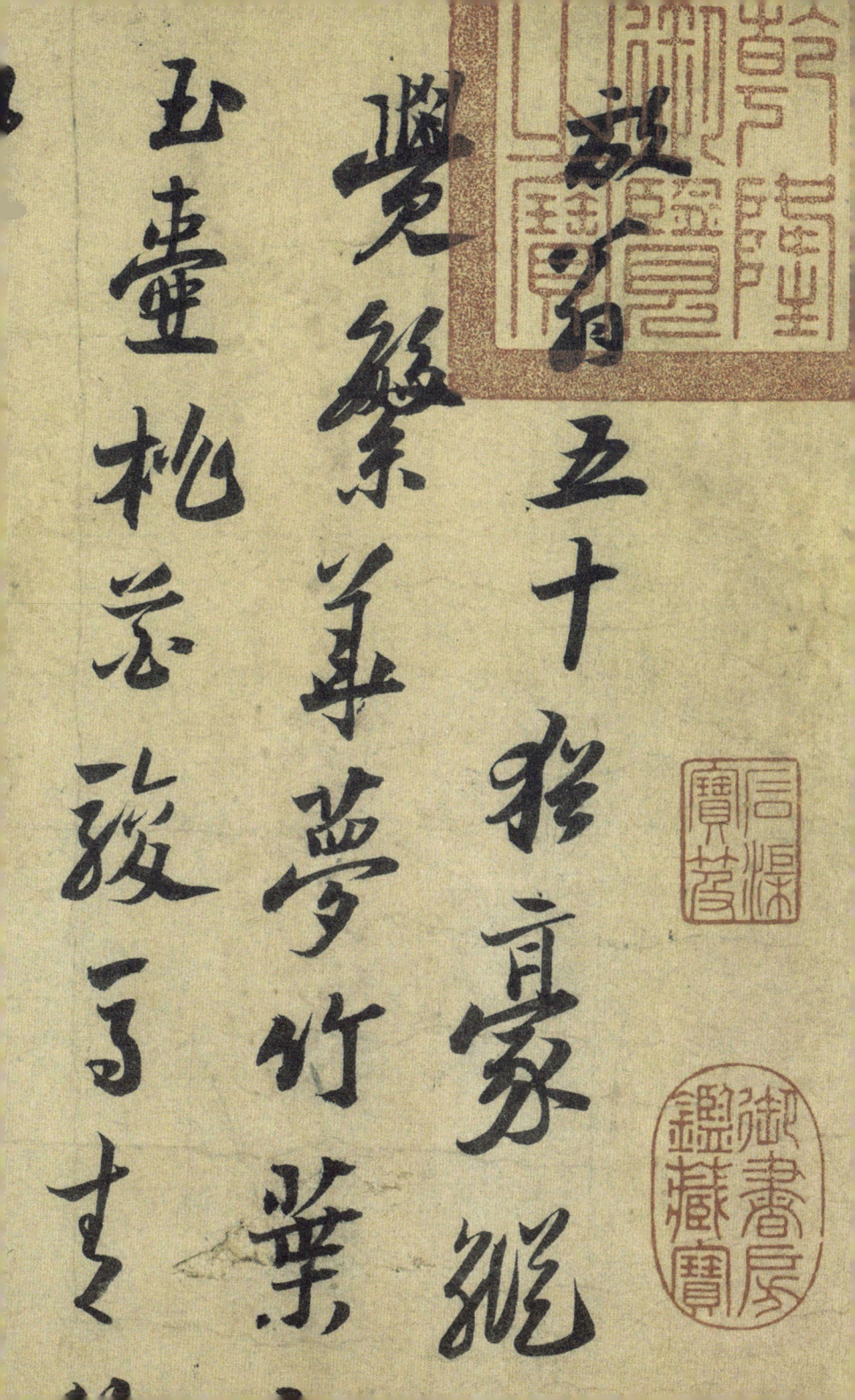

覺蠻五十狂前豪縱
玉壺枕花發寻
夢竹葉

只是陆游自家的儿,也是千秋万世无穷无尽的儿。所以这诗,中国几乎所有的黄口小儿都会背:

> 死去元知万事空,
> 但悲不见九州同。
> 王师北定中原日,
> 家祭无忘告乃翁。[20]

什么都不需要多说了,只要在"王师北定中原日",在给我这个老前辈烧纸时,把好消息告诉我就可以了。

但是,真的会有那一天吗?

第七章 崖山以后

崖山以后,中国的土地、人民、文化仍在,那就是中国。

老鼠在这里夭折,有多少条长蛇在这里毙命,但他还活着。在这七气之中,文天祥心里盘桓的,只有正气,就是孟子所说的"浩然之气"。在这些走兽游虫之中,人之所以为人,不就是因为胸中还有一缕正气吗?这一气,足以抵御其他那些乱七八糟的气。于是,在晦暗的光线里,他全凭这一口气,写下了他的"地下室手记",就是我们今天熟悉的《正气歌》。

二

我一笔一画地临写《正气歌》时还不知道,文天祥写《正气歌》时,他效忠的王朝已经不存在了。大宋王朝的千里江山,曾被一个名叫王希孟的年轻才俊画在青绿的长卷上,王希孟的老师、也是当时皇帝的宋徽宗面对着这幅画,露出心满意足的笑容。无尽江山,足够他们去疯、去耍、去败,好像他们无论怎么败,那江山都败不完。怎奈何,一代一代的宋朝皇帝,始终如一地败,锲而不舍地败,水滴石穿地败,终于还是把他们的大好山河败光了,先是被辽人、金人蚕食,后是被元人鲸吞,连《千里江山图》这纸上的江山都保不住,在靖康之难中流落到金朝[2],江山千里,转眼就化作了泡影,像一场轻梦,那么炫目,那么奇幻,又那么遥远。

文天祥是在南宋王朝第五位皇帝宋理宗时代进入朝廷的。

[图 7-1]
《夕阳秋色图》轴,南宋,马麟(绘)、赵昀(书)
日本根津美术馆 藏

尊崇"理学"的理宗(从南宋马麟绘《夕阳秋色图》上可见理宗题字[图7-1]),在位达四十年,前有宰相史弥远把持朝廷,后有宦官董宋臣等专权擅政,甚至把临安名妓唐安安引入宫中,供皇帝淫乐,有官员终于忍不住了,上疏曰:"此举坏了陛下三十年自修之操!"

开庆元年(公元1259年),文天祥上疏皇帝,要求除掉董宋臣,认为:"不斩董宋臣以谢宗庙神灵,以解中外怨怒,以明陛下悔悟之实,则中书之政必有所挠而不得行,贤者之车必有所忌而不敢至。"四年后,宋理宗又召回了被赶出京城的董宋臣,并委以重任,这让文天祥怒不可遏,又上书皇帝,怒斥董宋臣"心性残忍""势焰肆张",表示绝不与董宋臣同朝为官。

宋理宗无子,死后由侄子赵禥继位,是为宋度宗。

南宋王朝的政治生态早已败坏,奸臣权相层出不穷,有如长江后浪推前浪。董宋臣死了,贾似道"出道"了,二十五岁的宋度宗,事事依靠贾似道。贾似道以退为进,请假回了家乡绍兴,这一招吓坏了宋度宗,一连八次派人到绍兴请回贾似道,贾似道从此权倾朝野。每次贾似道上朝行臣子礼,度宗都要回拜,不敢直呼其名。苏洵说"古者相见天子,天子为之离席起立"[3](以表示天子对宰相的尊敬),宋度宗算是身体力行了。贾似道命手下上疏弹劾文天祥,文天祥被罢官,回到了故乡庐陵。

山舍秋色匝
燕渡夕陽邊

在北京故宫博物院，收藏着文天祥的行书真迹《上宏斋帖》[图7-2]，纸本，纵39.2厘米，横149.9厘米，就是文天祥在家乡当老百姓时，为自己的同乡前辈包恢晋升刑部尚书、签书枢密院事而写的祝贺信。"宏斋"，正是包恢的号。全帖共五十三行，七百四十七字，书法清疏秀劲，才华横溢，一看就是"状元书法"，或曰"文人书法"。一代宋儒的翩翩风骨跃然纸上，甚至能够感觉到笔尖飞速移动时纸页的轻微抖动，仿佛写字已如哭笑痛痒一样成为本能，成为生理的一部分，而不需要权宜谋划。那纯熟、那流畅，与黄自元楷书《正气歌》纪念碑一般的严肃沉稳截然不同。

文字里的文天祥，时而很有生气，时而很生气（一种掩饰不住的愤怒），谴责对他的所有指责（比如弹劾奏书中说他为祖母服丧时未穿重孝，是违反礼制，不守孝道），都是"是非颠倒之甚"，但他的情绪是复杂的，新皇帝新朝廷又让他燃起希望，他说：

> 兹者伏闻先生以新天子蒲轮束帛之劝，为时一出，自大司寇进长六卿，典事枢，专人政柄，使卫武公之爵之德之齿，千有馀岁之下，焕然重光，仆何幸身亲见之。天祥谨顿首为国贺，为世道贺，不独为先生贺也。

意思是此卷不光是为包恢一人祝贺，而是因为新天子——赵禥身边有了包恢这样的贤能之人，对国家、对世道，都是一件幸事。

信中所说的"蒲轮束帛"，是指新皇帝对包恢的礼遇，古时候用蒲草裹住车轮，来迎接贤能之士，是一种很高的礼节。可惜这位被文天祥看作贤能之士的包恢，在文天祥写下这封道贺的书札后两年多时间，便不幸离世，只留下了"为官清廉，政声赫然"的好名声。

新皇帝（宋度宗）在位的十年，是醉生梦死的十年。元军都打到长江了，他还沉迷酒色、夜夜笙歌，一夜竟宠幸嫔妃三十余人。依宋制，凡被皇帝临幸的嫔妃，第二天都要跪在阙门前谢恩，由主管官员记录在案，以备日后查验。此时竟然同时有三十余名嫔妃齐刷刷在阙门前跪下，我想那些记录的官员一定看傻了眼，这辈子也没见过如此壮观的景象。

三十五岁上，宋度宗活活把自己折腾死了，留下了三个未成年的儿子：七岁的赵㬎、四岁的赵㬎和三岁的赵昺。这三个学龄前儿童先后都当了皇帝，命运却一个比一个凄惨——先是老二赵㬎当皇帝，是为宋恭帝，却在两年后在临安投降，做了元军的俘虏。之后是老大赵昰，在南逃的途中在福州被立为皇帝，是为宋端宗，被张世杰带着一路逃到大海上，遇风暴落水，

[图 7-2]

《上宏斋帖》卷(局部),南宋,文天祥

北京故宫博物院 藏

吓死了。最后是老三赵昺,后来没有谥号,人称宋末帝,张世杰、陆秀夫带着他逃到崖山。

这最后的朝廷,原本还有回旋余地,去雷州半岛,甚至去海南。海南岛四面是海,元军不善水战,不是那么容易打过来的。但这种颠簸不定的生活已经让他失去了耐心,他要仗着自己的一千条船、二十万人马,与元军一决雌雄。

三

决战那一天,海上起了雾,几乎对面看不见人。元军就在大雾中冲过来,双方绞杀在一起,有一摊摊的血迹,在白雾里时起时落,就像大风天放飞的风筝,胡乱地飘着,旋即又降落下去。张世杰眼见要败了,派人去"龙舟"接小皇帝,陆秀夫害怕是元军冒充,把小皇帝紧紧抱在怀里,谁来都不交。小皇帝于是丧失了逃生的机会,张世杰只好砍断绳索,自己带着十余艘船只突围了。透过厮杀声,陆秀夫判断元军越来越近了。他知道无路可逃了,就俯下身去,对小皇帝说:"国事至此,陛下应当为国而死。德祐皇帝(指宋恭帝赵㬎)被俘,受辱已甚,陛下千万不可重蹈覆辙。"

不知赵昺是否听明白了陆秀夫的意思,他的话信息量太大,已然超出了一个孩子的理解能力。或许,在他心里,陆秀夫所

天祥皇恐言去年三月之申
持讀尚書宏齋先生
先生盤所
先生錫之書
疫之一聖賢向上之學若不祥者能州其人

闻之功漢昧扁輩此讀疑衷壬、妯孝學郡未一考被召隆卽亦字
才刑獄一項捃吉此新有稍撰又適值寇氣不靖海上三年而任大
貴童美二祥以桂為李毯第一子日報劉劭刺病祥墨聞諭百姓情
出抑庚太保只四血悦玉心尾勁竟肉未書李刑戚桂外上所忠要
咸也赣冠狷獮血江聞廣三跌十妙年于此二祥囘手用兵丁亲人教
零附討首尾三月冠程四平未戌二祥以先人本生母主喪丁觧卽
似星墨子逹特为一祥喧勁章師二祥逾因稱撝以戚雲之勤
似戚又善二祥討桷二妒又禧二祥隱漢産服又書些埭壁出其食

宋丞相文信公劉子明李時勉跋
乾隆癸卯三月敬題

天祥皇慶壬子三月初八申

仗讀尚書宏齋先生上雲間二祥左瑞陽郊出尋一个人徃候

先生盤所

先生錫之書

教之以聖賢向上之學若二祥者能不其人

说的一切都与他无关。一个孩子或许永远理解不了大人的世界里，为什么整天在阴谋算计、打打杀杀。他不明白，他自己正是那些厮杀的理由，人们为了他身上的龙袍，为了他身边的国玺，为了他手中残余的江山而打得狗血喷头、屁滚尿流。赵昺并不知道这些东西有什么意义，至少不比他的一个玩伴、一件玩具更有意义。一个八岁男孩的世界里，只装得下一些简单的快乐，还装不下那么多宏大的事情。他想像所有的八岁男孩一样活下去，有接踵而至的明天等着他，有无穷无尽的快乐等着他。"死亡"这个主题太沉重，不是一个八岁的孩子需要考虑的，他也从来没有考虑过这件事，是那个名叫陆秀夫的左丞相把这个问题突然带到船上，横在他面前的。无论那样的壮烈被赋予了怎样重大的意义，他都不想死。他的回答只有哭，一个小孩不会表达这么复杂的情感、渴望，所以他只能哭，这哭声里包含了上述所有的含义。他通过提高哭的调门来强调他的态度。所以那哭声很嘹亮，声嘶力竭的喊杀，还有刀刃相撞的声音，都不能把它湮没。

赵昺用哭来表明他不愿意死，态度很坚决，但陆秀夫更坚决，孩子的坚决终究敌不过成年人的坚决。陆秀夫不由分说，把传国玉玺系在小皇帝的身上，又用三尺白绫，把小皇帝和自己紧紧捆在一起，纵身一跃，便沉入了汹涌的大海，南宋王朝从此

先生留喜風六合僕也篆篁
太平興國
以賜臨書馳
竹神要郊无伏云
之也
左右
申县

正月

日承小剳
文

祥
劉子

化作了一堆泡沫。

文天祥目睹了陆秀夫抱着小皇帝投海的一幕。文天祥是在五坡岭[4]被俘的,攻宋元军的指挥者张弘范把他押解到崖山,让他劝降张世杰、陆秀夫。文天祥不劝,陆秀夫和张世杰也不降。这"宋末三杰"(文天祥、陆秀夫、张世杰),在生死关头依旧保持着惊人的默契。

《上宏斋帖》里流露出的那线希望,被现实消耗殆尽了。置身这样一个时代,被巨大的悲哀包围着,在文天祥的心里,那份正气依然没有受到折损。今天想来,这是多么的不可思议。崖山海战后,张弘范对文天祥说,你的国家已经亡了,你的义务已经尽了,可以像为大宋服务那样为大元服务了,你依然可以做宰相。文天祥答:国亡不能救,为人臣者死有余辜,还敢有什么二心吗?张弘范说:你的国家已亡,你要是死了,有谁把你写进史书呢?文天祥答:当年商灭时,伯夷、叔齐不食周粟而死,只是尽心罢了,能不能写进史书,并不重要。[5]

四

在王朝的末日,每一个人都面临着生与死的抉择。

改朝换代在中国历史中不止一次地发生,尤其经过了魏晋南北朝、五代十国两次大的乱世,中国人都已经习惯了。比如唐末五代的书法家杨凝式，一生穿越了六个朝代，他的一生，是从亡国走向亡国、从新朝迈向新朝的一生，但他照样活着，只是通过装疯卖傻的方式给自己贴标签、戴面具，欺骗世人，以掩盖自己内心的煎熬。

在大宋王朝这艘行将沉没的巨轮上，不乏求生方面的楷模。元军兵压临安时，时任左丞相的留梦炎就不辞而别，悄悄跑了；为了"名正言顺"，枢密院的文及翁、倪普等人还想出绝招，叫言官弹劾自己，只要脱下官袍，就无官一身轻，可以溜之大吉了，结果他们还是没等到弹劾就跑了；主管军事事务的枢密院，一下子跑了几十号人，以至于谢太皇太后悲痛欲绝，在诏书中说："我大宋朝建国三百余年来，对士大夫从来以礼相待。现在我与继位的新君遭蒙多难，你们这些大小臣子不见有一人一语号召救国，内有官僚叛离，外有郡守、县令弃印丢城，耳目之司不能为我纠击，二三执政又不能倡率群工，竟然里外合谋，接踵宵遁。平日读圣贤书，所许谓何？却于此时做此举措，生何面目对人，死何以见先帝！"

在逃跑方面，陈宜中无疑是佼佼者。当年（公元 1275 年）贾似道兵败丁家洲，太皇太后谢道清就任命陈宜中做右丞相，全面主持危局。元军前锋已达临安城外北新关，元军统帅伯颜要陈宜中去讲和，吓得陈宜中连夜逃出临安，逃向温州，一直

[图 7-3]
《谢昌元座右自警辞》卷(局部)，南宋，文天祥
中国国家博物馆 藏

逃到大海上，留下谢太皇太后和宋恭帝赵㬎这孤儿寡母，孤苦无援，谢太皇太后只能抱着五岁的宋恭帝，率领南宋皇族出城跪迎，向元军统帅伯颜投降。虽有两个兄弟赵昰和赵昺（先后为宋端宗、宋末帝）奔走于外，苟延着帝国的残喘，但史学家通常认为，自赵㬎在临安投降，享国三百一十九年的大宋王朝已经终结。

当赵昰、赵昺兄弟俩到达温州，陈宜中看到宋朝还有一口气，才重新"归队"。陆秀夫和张世杰也在此时分别赶到温州，让流亡小朝廷重新看到了希望。令人匪夷所思的是，陈宜中这个"逃跑丞相"，竟然再度被任命为左丞相兼枢密使，执掌南宋小朝廷的政治、军事大权。张世杰任枢密副使，陆秀夫为签书枢密院事，至于文天祥，陈宜中怕他对自己构成威胁，打发他去经略江西。宋端宗赵昰在珠江口落水受惊吓后，陈宜中说去占城[6]搬兵，从此一去不返，留下赵昰在海上漂泊，到死也没再见到陈宜中的身影。

王朝倾覆，有不少南宋官员的官宦生涯在元朝得以继续，一点儿没受影响。卜正民主编的《哈佛中国史》说："忽必烈于1260年成为蒙古大汗，他决计征服南宋——这个被他视为强有力的对手激发了他重新统一中国的愿望。但是他的骑兵还不习惯长江以南的宽大河湖、泥泞的稻田和潮湿炎热的气候。相较

敢苦大枕事等之陸
亨邨之止先生志仁人
此成信賀而六了吉る
翌子文无释未

于在草原地区的战斗,对南方的进攻需要不同的后勤补给,采取不一样的策略。为了确保攻宋的胜利,蒙古人需要有人辅助他们,尤其是对南宋风土人情极为熟悉的'脱宋者'。"[7]

还记得元军兵压临安时悄然逃跑的左丞相留梦炎吧,此时已然顺利进入了元朝的"体制",成为一个"成功"的"脱宋者",在元朝做过礼部尚书,迁翰林承旨,官至丞相,文天祥被押到大都时,他还出来劝降过,被文天祥骂了回去。

还有一个谢昌元,南宋淳祐四年(公元1244年)进士,长文天祥二十二岁。南宋度宗咸淳九年(公元1273年),谢昌元写了一个《座右自警辞》,批判东汉冀州(后并州)刺史苏章,置座右铭以自警。内忧外患之际,谢昌元的自警之言,让文天祥敬佩不已,于是抄录了谢昌元座右铭全文,并加写了一段评论,称道"先生真仁人哉",是为《谢昌元座右自警辞》卷 [图7-3]。那一年,文天祥三十八岁,谢昌元六十岁。

如同《上宏斋帖》一样,《谢昌元座右自警辞》卷是文天祥的法书代表作,于草书中杂糅今草和狂草,落落潇洒,风姿如鹤,像《正气歌》一般,"浩气勃勃""音节凄凄""若睹形容""纵横自然"。

但谢昌元的"仁人"没当上几年,就在文天祥写下《谢昌元座右自警辞》卷三年后,元军攻打施州,谢昌元率部战到弹尽粮绝，城破被俘，投降了。宋端宗景炎二年（元至元十四年，公元 1277 年）七月，谢昌元接受了元朝礼部尚书之职，"预议中书省事"。

这样的结局，文天祥没有想到，或许连当年在《座右自警辞》写下豪言壮语的谢昌元也没有想到。一篇《座右自警辞》，成了谢昌元的照妖镜；一纸《谢昌元座右自警辞》卷，成了文天祥的墓志铭。文天祥被俘后，谢昌元曾出面相救，要求元朝释放文天祥，让他去做道士，遭到留梦炎的反对。留梦炎说："文天祥出来，又能号召江南，将把我们这些人放在什么位置！"其实，留梦炎是否反对，已经不重要了——此时文天祥已抱必死决心，怎可能去以道士的身份苟活？

其实忽必烈是不想杀文天祥的，"宋末三杰"的死对头张弘范也对忽必烈说文天祥不能杀，杀了文天祥就说明蒙古人并没有真正地征服汉地，所以忽必烈不仅不想杀文天祥，甚至也不想让他做道士，而是直接让他做右丞相。

假如文天祥接受了，历史上就会出现神奇的一幕，就是杀得死去活来的文天祥和张弘范成为同事，甚至文天祥有可能成为张弘范的上级领导，但文天祥不接受，最终被斩于元大都柴市口。张世杰面对劝降也说："我知投降可以生，可富贵，但义不可移，我岂可为之！"他在崖山兵败后突围，收拾残部，继续在海上逃亡，结果遇到风暴，仰天长啸，最终落水而死。至于陆秀夫，前面说过了，他抱着小皇帝，跳向大海。在巨澜的深处，我们似乎还能听到赵昺的哭声。

其实并不是别无选择，是在他们自己看来，别无选择。

五

在生与死的抉择面前，他们悲壮地选择了死亡，我想有两个原因至为重要：一是在宋代，儒学取得统治地位，宋明理学的发展，提升了天下士人普遍的道德感，激发了"士当以天下为己任"的政治担当，让忠、孝、仁、义成为他们心中不灭的信仰；二是宋明二朝，皆亡于北方少数民族政权，让天下士人心中的文化优越感受到空前的打击。

儒家学说是由先秦孔子创立的，孔子周游列国、四处游说不招人待见，在那个虎狼横行的时代，他那一套以仁、恕、诚、孝为核心的价值体系被讥为笑谈，到汉代，儒术才受到独尊，上升为国家意识形态，但那也只被看作"术"，一种统治之术，是一种方法论，而不是世界观。

只有在宋代，儒家思想才成为朝廷和社会的集体信仰，儒家所推崇的那一套以仁、恕、诚、孝为核心的价值体系，也因被列入科举的必考科目而得到最大范围的推广。有才能的人可能通过科举考试而进入国家和地方的决策层,从而产生了一种"新型的精英统治制度"。孔子关于"仁"、孟子关于"义"的阐述(比如"舍生取义")得到了提升,个人的价值只有放诸家、国的体系之内才能得到肯定,人与人之间的"仁"与"义"也只有放在国家的层面上才具有不朽的价值,才能达到"真"与"善"的彼岸。在宋代,出现了一个全新的阶级——士大夫阶级,这个阶级的价值观,被张载一句话概括了,即:

为天地立心,为生民立命,为往圣继绝学,为万世开太平。

这是宋代士大夫为自己画出的一张大饼,是他们心中的理想境界,是他们生命的寄托,也是他们文化优越感的来源。

有人总结说:"宋代士人有三座精神的高峰。范仲淹是第一座精神高峰,他几经沉浮,数遭贬谪,但始终'以天下为己任','先天下之忧而忧,后天下之乐而乐',是宋代士人的精神引领者。王安石是第二座高峰,他以'天变不足畏,祖宗不足法,人言不足恤'的巨大勇气力行改革,在中国改革史上留下了宝贵的一页。文天祥则站在了宋代士人精神的最高峰,他的生命历程、人格精神,是对宋代士人精神最完美、最深刻的诠释。"[8]

六

几百年中,来自北方的少数民族政权一直是宋朝的强大对手,宋朝在这些少数民族政权的进逼下节节后退,甚至让出了洛阳、汴京所代表的传统"中国"地带,但这并未影响到大宋王朝作为中华文明继承者的地位,陆游、辛弃疾虽然在军事上没有太多作为,却在文学世界里重构了一个完整的中国。文学世界里的中国超越了国境,包含了南与北、东与西。

文强武弱的政权,没有保住这值得骄傲的江山。这种强大的文化自信,还是被蒙古军队的铁蹄踏得粉碎,最终落得"山河破碎风飘絮,身世浮沉雨打萍"的结局,宋朝士大夫心中的失落感,是不难想见的。除了失落,还有不服。这不服里,混杂了儒家的家国意识(忠孝仁义观)、文化上的优越感,像陈亮说过的,"中国不与戎狄共礼文"。

南宋绍熙五年(公元1194年),赵汝愚主持科举考试时说,一位儒生应该为他生活在这样一个时代而感到庆幸。说这话的时候,至少赵汝愚自己是无比自豪的。邵雍也说过相似的话:"我幸福,因为我是人,而不是动物;是男人,而不是女人;是中国人,而不是蛮族人;我幸福,因为我生活在全世界最美好的城市洛阳。"[9]

为了这样一个国家，他们情愿抛头颅、洒热血。那时候的士大夫，不可能像今天的人们那样，把天下视为一个"多民族共同体"。因为少数民族政权统一中国，是宋末元初的士大夫遇到的一个新课题，在以前的中国历史中从来没有出现过。他们以汉文化为中心，或许说明他们的国家视野不够雄阔，不够开放，但这与当时的历史情境有关，我们把它称为"历史局限性"。历史总是有"局限性"的，历史就是一点点突破了"局限性"才走到今天的，所以我们不能总是以马后炮式的聪明取代当时的语境。元代存在了不到一个世纪，时间太短，不足以撼动士大夫的国家观、天下观，直到清代，随着帝国疆域的扩张（版图面积仅次于元朝），一个跨民族、跨文化的"共同体"的形成，才让天下士人习惯了一个新的"中国"，并对天下中国重新做了定义。

所以说，像"宋末三杰"，还有我以前写到过的岳飞、陆游、辛弃疾，他们无疑都是爱国者。正像前面说过的，中国人视野里的"天下"是一个变量，这个视野也随着历史的演进而不断扩大。从历史看，西方世界在不断地分裂，自从古罗马帝国经历了粉碎性骨折，就一直没有痊愈，这碎裂的过程一直在持续，庞大的帝国不断分化成小国寡民，中国则不断走向统一、聚合。这聚合的动力，就是中国独特的文化，尤其是儒家文明以家国命运作为个人价值的出发点和归宿,有效地整合了家国与个人的关系,对此,少数民族政权也欣然接受,他们不断地融入、汇聚,"进于中国则中国之"[10],终于使中国文化融汇成一种多元文化,使中华民族融汇成一个超越民族的大民族。

但这不是我想说的重点,我这里想说的,不是"国"(社稷、天下),而是"爱",是他们心中对儒家价值观的提升、信仰与坚持。我信服清末民初小说家蔡东藩先生对他们的死亡给予的评价:"宋亡而纲常不亡,故胡运不及百年而又归于明,是为一代计,固足悲,而为百世计,则犹足幸也。"他们的死,是千秋百世的精神资源,不是用世俗得失的公式可以计算出来的。

七

还有一个原因,就是中国人对死亡的看重。死生亦大矣,人生的大事只有两件,一个是生,另一个是死。但一个人的出生不能自己做主,如此说来,人生的大事只剩下了一件,那就是死。今人很忌讳"死"这个字,连相似的发音,比如"四"这个数字,都受到了连累。与死有关的所有话题、词汇,甚至发音都被视为不吉利。我家明明住在四楼,但电梯里没有四楼,只有五楼;我家的门牌号里也没有四,只有五。物质世界的四楼存在着,但它在精神里、在文字表述中消失了,仿佛四楼是一层空气，我住在空中楼阁上。

古人不是这样，在死亡的问题上，他们不自欺欺人。在生的问题上，没有人征询过我们的意见，每一个人都是莫名其妙地生下来的；在死的问题上，人们一定要自己拿主意。宋代士大夫尤其看重死，他们由死的价值，倒推出生的价值。死的价值，被绑缚在儒家的道与义之上，只有舍生而取义，才死得其所，死得有价值。

翻读欧阳修《新五代史》，发现它与薛居正《旧五代史》有一个很大的不同：欧阳修把宋儒的价值观清晰地纳入他的历史叙事中，历史叙事不是中立的，而是体现出叙事者的价值观（这也是司马迁《史记》奠定的历史传统）。以《冯道传》为例吧，冯道是五代时人，比杨凝式小九岁，与杨凝式的经历差不多，历仕后唐、后晋、后汉、后周四朝，其间还向辽太宗称臣，号称五代宰相。每逢山河巨变，他都隐藏在幕后，静观时局变幻，等尘埃落定，他就出山，为新皇帝收拾旧山河。在私德上，冯道几乎无可挑剔，比如在后唐李存勖时期，手下把抢来的美女送给他，他一律不收，退不回去的，就另找一间房屋养起来，待找到她们的家人后再一一送还。他丧父还乡，正逢饥馑，他倾尽家财救民，地方官送礼，他也一律不收。"城头变幻大王旗"，冯道成了不倒翁，在乱世中活了七十三岁。他自鸣得意，写一篇《长乐老自叙》，宣称自己是"长乐老"。《旧五代史》夸羡他："道之履行，郁有古人之风；道之宇量，深得大臣之礼。"

到了欧阳修笔下，就不那么客气了。在欧阳修看来，冯道的长寿与"长乐"，不是他的光荣，相反是他的耻辱。因为他心里没有道，没有义，没有忠，没有节，换用今天话说，就是没有底线，不论谁执政，有奶便是娘，是不折不扣的实用主义者，与宋朝士大夫高悬的理想主义旗帜背道而驰。私德之美，遮掩不了他的公德之失。所以欧阳修说："予读冯道《长乐老自叙》，见其自述以为荣，其可谓无廉耻者矣，则天下国家可从而知也。"寿则多辱，冯道一人仕五朝，那就是辱的极致，这样活着，还不如死了痛快。

宋朝士大夫嗜好古物，收藏青铜礼器和碑文拓片，我在《欧阳修的醉与醒》一章中提到，欧阳修自称"六一居士"，意思是珍藏书籍一万卷、金石遗文一千卷、琴一张、棋一局、酒一壶，加上自己这个糟老头儿，刚好六个"一"。他把自己的收藏编目并加以解说，编成一本书，叫《集古录》。这不是玩物丧志，而是与宋朝士大夫浓厚的历史意识绑定在一起的。宋代，是中国史学的一个高峰。对古物的雅好、历史学的兴隆，表明宋朝人已把个人生命安顿在一生较长的时间体系内，用超出自我生命的眼光去看待自我。他们不仅看重自己在现实世界里的位置，更看重自己在历史视野里的位置,要在历史中留下好名声,而不是留下千古骂名。对他们而言,死亡不再只是一种自然现象,而是成了一种历史现象。这让他们不仅积极地面对生,更要审慎地面对死,就像庄子所说的:"小人则以身殉利,士则以身殉名,大夫则以身殉家,圣人则以身殉天下。"当下是有限的,历史是无限的;生的时间是有限的,死(后)的时间是无限的。死亡早晚都会发生,但死亡一旦发生,就固定在历史中,无法篡改了。从这个意义上说,死当然比生重要。崖山之战前,张弘范要文天祥劝降陆秀夫,文天祥交给张弘范一首诗,就是著名的《过零丁洋》,其中的名句"人生自古谁无死,留取丹心照汗青",说的就是这个意思。读罢《过零丁洋》,张弘范都为之动容,连说:"好人!好诗!"

有人说,崖山以后无中国,我不以为然。崖山以后,中国的土地、人民、文化仍在,那就是中国。华夷之辨,不看血统看文化,这一观念,早在春秋时代的《春秋》一书中就已奠定,不论哪个民族统治中国,只要它继承了中华文明,它就还是"多民族共同体"的一员,就可以成为孟子所说的圣王正统。

自《史记》以来的"二十四史"修撰,也延续到《明史》,加上《清史稿》,形成"二十五史"的历史大叙事,上下几千年,差不多所有大事小情,都暴露在史官的字里行间,述史的观念,也贯穿始终,从未因人、因朝代而易,体现出文化的某种坚韧不拔的毅力,也体现出中国历史惊人的连续性。中国的"二十五史",是一部写了两千多年的大书,一部超长的历史连续剧。每一个朝代的历史都是由后朝所修,但在这些正史中,忠臣还是忠臣,奸佞还是奸佞,红脸白脸一概如故,并不因朝代的变化而带来立场的改变,好像在"二十五史"的背后存在着一个总策划,一个方针明确、始终如一的编辑部。譬如说,《宋史》是元人修的,并未给投诚元朝的留梦炎作传,却给誓死抗元的文天祥作了传,说他"从容伏质,就死如归,是其所欲有甚于生者,可不谓之'仁'哉"[11]。元朝人修《宋史》,把陆秀夫、张世杰、陈文龙这些抗元英雄,无一遗漏地列入了"忠义列传"。

到了清朝,乾隆下令修《贰臣传》,分甲乙两编,附录于《清史列传》卷第七十八、七十九两卷中,把明亡清兴过程中降清的原明朝官员(如李永芳、洪承畴、祖大寿等)一律定为"贰臣",甲乙两编共收入一百二十人。他在谕旨中说,当明朝处于危难之际,这些大臣不能勇赴国难,却贪生怕死,背主求荣,"此等大节有亏之人,不能念其建有勋绩,谅于生前;亦不能因其尚有后人,原于既死"。意思是这些大节有亏之人,不能因为他们生前有功绩,身后有后代,就原谅了他们。

编入《贰臣传》的人,很多是清朝费尽心力才争取过来的,他们无论如何不会想到,百年之后,他们会被清朝列入《贰臣传》。而对于那些为明朝牺牲的忠臣良将,乾隆却给予了高度的评价,——赐予谥号。这表明对任何一个王朝来说,即使它不断地招降纳叛,那也只是一时之需、权宜之计,时过境迁,终归要正本清源,否则,这个王朝的道德体系就会崩溃。那"本",那"源",就是"道",是文天祥所追求的"丹心",它是跨朝代、超时空的永恒价值,是超越一切价值的最高价值。

八

对死亡的看重,为中国催生出一个独特的文化现象,就是"绝命诗文化"。中国诗歌,乃至文学中,不知有多少名作,是写给死亡的。中国的文人士大夫,在面对死亡之际,都会想到留下一首诗,当作对平生的自白,也是对后人的叮嘱。陆游《示儿》、文天祥《出狱临刑歌二首》,都是绝命诗的代表作。汪精卫刺杀摄政王,被捕后留下的绝命诗,也堪称"经典":

> 慷慨过燕市,
> 从容作楚囚。
> 引刀成一快,
> 不负少年头。

他慷慨，他从容，他快乐，因为他用自己青春少年的头颅，成就了自己的理想，没有浪费掉。那时的汪精卫，何等的风流潇洒。

连街边乞丐，都有绝命诗留下：

> 身世浑如水上鸥，
> 又携竹杖过南州。
> 饭囊傍晚盛残月，
> 歌板临风唱晓秋。
> 两脚踢翻尘世界，
> 一肩挑尽古今愁。
> 而今不食嗟来食，
> 黄犬何须吠不休。

这是清末通州一无名乞丐留下的绝命诗，人们发现他死于路旁，在他身上搜出绝命诗。诗中有"两脚踢翻尘世界"的潇洒，也有"一肩挑尽古今愁"的哀怨；有"而今不食嗟来食"的风骨，也有"黄犬何须吠不休"的幽默。这诗，不是一般人能够写的，所以这乞丐，绝不是"一般人"，只是他的身份无人知晓，成了永远的历史之谜。

无论怎样，绝命诗，都成为中国文学、文化中的一个重要部分，中国人把自己对死亡的态度融进了诗歌、文学，成就了中国文学中独特的"死亡美学"。他们面对的是死亡，是自我，是历史，是宇宙。当中国人站在一个更大的（也就是历史的）视野下看待死亡，死亡就不再显得可怕，而是显示出了崇高的、有价值的，甚至是美的一面。如是，我们就可以理解，"宋末三杰"为什么可以无惧死亡、慷慨赴死了。

不止"宋末三杰"，据《宋史》《昭忠录》等文献记载，自咸淳四年（公元1268年）忽必烈进攻襄阳以来，南宋死节的文臣武将，有名有姓者共一百三十余人。清代史学家万斯同总结说，南宋末年抗元死节的知名英雄有五百多人，不知名的不计其数。清代史学家赵翼说："历代以来，捐躯殉国者，惟宋末独多。"

文天祥被俘时，曾发生过一个感人的事件，就是文天祥的手下刘子俊自称是文天祥，想代文天祥去死，结果真假"文天祥"被元军看出破绽，确定刘子俊是假文天祥，一气之下，就烈火烹油，把刘子俊给油炸了。刘子俊至死无悔，没有半句求饶。

当然，南宋官员选择偷生、投降元朝的也不在少数。一样是南宋的官员，这做人的差距，怎么这么大呢？我想，无论是张载的"为天地立心，为生民立命"，范仲淹的"先天下之忧而忧，后天下之乐为乐"，还是朱熹的"存天理，灭人欲"（这句话后来被妖魔化了，我的理解是，"灭人欲"，不是要灭掉人类正常的欲望，而只是灭掉那些过分的私欲），宋代士大夫把道德（包括政治道德）门槛提得太高了，让很多人望而生畏，就像一座大山，把许多人直接压死了，只有少数人能体验"会当凌绝顶"的胜利感、超越感，又像一场考试，考题太难，只能制造两类考生：一类是高分学霸，一类是不及格考生，甚至连答都不用答，直接交卷当白卷先生。宋代士大夫精神的水涨船高，最终导致了在这危急存亡之秋，士大夫阶级出现两极分化，忠臣与良将齐飞，叛徒共懦夫一色。

九

　　时间退回到二十多年前（宝祐四年，公元 1256 年）五月，二十出头的文天祥在临安城参加殿试。南宋第五位皇帝、宋理宗赵昀问文天祥：人们都说存在着天理和天道，只要国君克制己欲、勤于国政，就会实现天道、天理，得到天之保佑，但是我就很勤奋、很努力、很克制，为什么还是内有盗贼、外有边患呢？言外之意：这"道"与"理"，到底灵不灵呢？

　　这是一道真正的考题，这考题很难，考文天祥，也考皇帝自己。面对皇帝的困惑，文天祥写下《御试策一道》，说：天道自然在，圣人之道与天地之道本是合二为一的，如果陛下认为尚未得到天道的保佑，那是您的努力还不够；只有坚持不懈地努力，天道才能显现。

文天祥的回答，洋洋万言，不仅入道入理，而且大胆直言，有浩然之气，《宋史》说他"不为稿，一挥而成"[12]，写罢投笔，又看了一遍，胸有成竹，便转身离开。

考试成绩发布：文天祥被宋理宗钦点为状元。

主考官王应麟评价这一份考卷："忠肝如铁石，臣敢为得人贺！"[13]

当宋理宗听见他亲擢的考生名叫文天祥时，脱口而出："此天之祥，乃宋之瑞也！"

文天祥后来在《集英殿赐进士及第恭谢诗》中说：

第一传胪新渥重，
报恩惟有厉清忠。

他说到了，也做到了。

文天祥死时，说："吾事毕矣。"[14]把身体转向南方，迎着北回归线的阳光，从容受死。妻子欧阳氏为丈夫收尸时，于衣带间发现了绝命书，上写："孔曰'成仁'，孟曰'取义'。惟其义尽,所以仁至。读圣贤书,所学何事?从今而后,庶几无愧!"[15]

我想起当年元军兵围临安城,谢太皇太后诏书中给那些逃跑大臣们写下的话:"平日读圣贤书,所许谓何?却于此时做此举措,生何面目对人,死何以见先帝!"假若谢太皇太后能够读到文天祥的绝命书,不知是否会感到些许安慰。

谢太皇太后自临安投降后,和宋恭帝赵㬎先后被押解到元大都。文天祥赴死的至元十九年(公元 1282 年),十二岁的赵㬎被遣送到元上都[16],谢太皇太后则在第二年去世。

文天祥被斩那天,忽必烈坐在宫殿里,有人听到他发出的一声叹息:

"文丞相好男子,不肯为吾用,杀之诚可惜也。"

七年后,文天祥的同科进士谢枋得被扭送至大都城,已是元朝宰相的留梦炎强迫他入朝做官。路过柴市口,元朝官员故意把文天祥就义的地点指给他看,谢枋得涕泗横流,说:"当年集英殿进士第幸同榜,今复得从吾同年游地下,岂非幸耶?"那一年礼部会试,原本谢枋得名列第一,殿试时他在卷子里写"权奸误国,必亡赵氏",把矛头直指董宋臣,才被贬为二甲第一名。此时他以这样的方式与文天祥"见面",让他痛摧心肝,又让他感到无比荣耀,无比幸运。留梦炎下令把他囚禁在悯忠寺,五天后,谢枋得绝食而死。

结语

汉字书写之美

有了这些纸页,他们的文化价值才能被准确地复原,他们的精神世界才能完整地重现,我们的汉字世界才更能显示出它的瑰丽妖娆。

一

关于故宫收藏的文物,我已经出版过《故宫的古物之美》三卷,其中第一卷写器物,第二卷和第三卷写绘画,第四卷和第五卷内容全部关涉故宫收藏的历代法书,但本书的写作历程却很漫长,我进入故宫博物院工作以后写的第一篇文章,就是收在本书中的《永和九年的那场醉》,至今已经过去了近十年。十年中,我零零星星地写,陆陆续续地发表(其间也写了其他作品),最先是在《十月》杂志上,开了一个名叫《故宫的风花雪月》的专栏,后来又在《当代》开了一个专栏,杂志社给我起名,叫《故宫谈艺录》,自 2017 年开始,一直写到现在,今年是第五年,这是《当代》杂志,也是我自己开得最久的一个专栏。

这两个专栏里的文章,有关于故宫藏古代绘画的,也有关于法书的,但在《当代》上的专栏文章,关于历代法书的居多。我对法书有着长久的迷恋,这或许是因为我自己便是一个写字人（广义上的），对文字，尤其是汉字之美有着高度的敏感。瑞典汉学家林西莉曾经写过一本书，叫《汉字王国》，是一本讲甲骨文的书，我喜欢它的名字："汉字王国"。古代中国，实际上就是一个由汉字连接起来的王国。秦始皇统一中国，必定会想到统一汉字，因为当时各国的文字千差万别，只有"书同文"，"国"才算是真正地统一。没有文字的统一，秦朝的江山就不是真正的一统。我在《李斯的江山》里写："一个书写者，无论在关中，还是在岭南，也无论在江湖，还是在庙堂，自此都可以用一种相互认识的文字在书写和交谈。秦代小篆，成为所有交谈者共同遵循的'普通话'。""文化是最强有力的黏合剂，小篆，则让帝国实现了无缝衔接"。

二

汉字是国族聚合的纽带，还是世界上最具造型感的文字，而软笔书写，又使汉字呈现出变幻无尽的线条之美。中国人写字，不只是为了传递信息，也是一种美的表达。对中国人来说，文字不只有工具性，还有审美性。于是在"书写"中，产生了"书法"。

"书法"，原本是指"书之法"，即书写的方法——唐代书学家张怀瓘把它归结为三个方面："第一用笔，第二识势，第三裹束。"周汝昌先生将其简化为：用笔、结构、风格。[1]它侧重于写字的过程，而非指结果（书法作品）。"法书"，则是指向书写的结果，即那些由古代名家书写的、可以作为楷模的范本，是对先贤墨迹的敬称。

只有中国人，让"书"上升为"法"。西方人据说也有书法，我在欧洲的博物馆里，见到过印刷术传入之前的书籍，全部是"手抄本"，书写工整漂亮，加以若干装饰，色彩艳丽，像"印刷"的一样，可见"工整"是西方人对于美的理想之一，连他们的园林，也要把蓬勃多姿的草木修剪成标准的几何形状，仿佛想用艺术来证明他们的科学理性。周汝昌先生讲，"（西方人）'最精美'的书法可以成为图案画"[2]，但是与中国的书法比起来，实在是小儿科。这缘于"西洋笔尖是用硬物制造，没有弹力（俗语或叫'软硬劲儿'），或有亦不多。中国笔尖是用兽毛制成，第一特点与要求是弹力强"[3]。

与西方人以工整为美的"书法"比起来，中国法书更感性，也更自由。尽管秦始皇（通过李斯）缔造了帝国的"标准字体"——小篆，但这一"标准"从来不曾限制书体演变的脚步。《泰山刻石》是小篆的极致，却不是中国法书的极致。中国法书没有极致，因为在一个极致之后，紧跟着另一个极致。任何一个极致都是阶段性的，"江山代有才人出，各领风骚数百年"，使中国书法，从高潮涌向高潮，从胜利走向胜利，自由变化，好戏连台。

工具方面的原因，正是在于中国人使用的是这一支有弹性的笔，这样的笔让文字有了弹性，点画勾连、浓郁枯淡，变化无尽，在李斯的铁画银钩之后，又有了王羲之的秀美飘逸、张旭的飞舞流动、欧阳询的法度庄严、苏轼的"石压蛤蟆"、黄庭坚的"树梢挂蛇"、宋徽宗"瘦金体"薄刃般的锋芒、徐渭犹如暗夜哭号般的幽咽顿挫……同样一支笔，带来的风格流变，几乎是无限的，就像中国人的自然观，可以万类霜天竞自由，亦如太极功夫，可以在闪展腾挪、无声无息中，产生雷霆万钧的力度。

我想起金庸在小说《神雕侠侣》里，写到侠客朱子柳练就一身"书法武功"，与蒙古王子霍都决战时，兵器竟只有一支毛笔。决战的关键回合，他亮出的就是《石门颂》的功夫，让观战的黄蓉不觉惊叹："古人言道：'瘦硬方通神'，这一路'褒斜道石刻'当真是千古未有之奇观。"以书法入武功，这发明权想必不在朱子柳，而应归于中国传统文化造诣极深的金庸。

《石门颂》的书写者王升，就是一个有"书法武功"的人。张祖翼说《石门颂》："胆怯者不敢学，力弱者不能学也。"我胆怯，我力弱，但我不死心，每次读《石门颂》拓本，都让人血脉偾张，被它煽动着，立刻要研墨临帖。但《石门颂》看上去简单，实际上非常难写。我们的笔一落到纸上，就不是那么回事了。原因很简单：我身上的功夫不够，一招一式，都学不到位。《石门颂》

像一个圈套，不动声色地诱惑我们，让我们放松警惕，一旦进入它的领地，临帖者立刻丢盔卸甲，溃不成军。

三

对中国人来说，美，是对生活、生命的升华，但它们从来不曾脱离生活，而是与日常生活相连、与内心情感相连。从来没有一种凌驾于日常生活之上，孤悬于生命欲求之外的美。今天陈列在博物馆里的名器，许多被奉为经典的法书，原本都是在生活的内部产生的，到后来，才被孤悬于殿堂之上。我们看秦碑汉简、晋人残纸，在上面书写的人，许多连名字都没有留下，但它们对美的追求却丝毫没有松懈。时光掩去了他们的脸，他们的毛笔，在暗中舞动，在近两千年之后，成为被我们仁望的经典。

故宫博物院收藏着大量的秦汉碑帖，在这些碑帖中，我独爱《石门颂》。其他的碑石铭文，我亦喜欢，但它们大多出于公共目的书写的，有点像今天的大众媒体，记录着王朝的功业（如《石门颂》）、事件（如《礼器碑》）、祭祀典礼（如《华山庙碑》）、经文（如《熹平石经》），因而它的书写，必定是权威的、精英的、标准化的，也必定是浑圆的、饱满的、均衡的，像《新闻联播》的播音员，字正腔圆，简洁铿锵。唯有《石门颂》是一个异数，因为它在端庄的背后,掺杂着调皮和搞怪,比如"高祖受命"的"命"字,那一竖拉得很长,让一个"命"字差不多占了三个字的高度。"高祖受命"这么严肃的事,他居然写得如此"随意"。很多年后的宋代,苏东坡写《寒食帖》,把"但见乌衔纸"中"纸"("帋")字的一竖拉得很长很长,我想他说不定看到过《石门颂》的拓本。或许,是一纸《石门颂》拓片,怂恿了他的任性。

故宫博物院还收藏着大量的汉代简牍,这些简牍,就是一些书写在竹简、木简上的信札、日志、报表、账册、契据、经籍。与高大厚重的碑石铭文相比,它们更加亲切。这些汉代简牍(比如居延汉简、敦煌汉简),大多是由普通人写的,一些身份微末的小吏,用笔墨记录下他们的工作。他们的字,不会出现在显赫的位置上,不会展览在众目睽睽之下,许多就是寻常的家书,它的读者,只是远方的某一个人,甚至有许多家书,根本就无法抵达家人的手里。因此那些文字,更没有拘束,没有表演性,更加随意、潇洒、灿烂,也更合乎"书法"的本意,即:"书法"作为艺术,价值在于表达人的情感、精神(舞蹈、音乐、文学等艺术门类莫不如此),而不是一种真空式的"纯艺术"。

在草木葱茏的古代,竹与木,几乎是最容易得到的材料。因而在纸张发明以前,简书也成为最流行的书写方式。汉简是写在竹简、木简上的文字。"把竹子剖开,一片一片的竹子用刀刮去上面的青皮，在火上烤一烤，烤出汗汁，用毛笔直接在上面书写。写错了，用刀削去上面薄薄一层，下面的竹简还是可以用。（内蒙古额济纳河沿岸古代居延关塞出土的汉简，就有削去成刨花有墨迹的简牍。）"[4] 烤竹子时，里面的水分渗出，好像竹子在出汗，所以叫"汗青"。文天祥说"留取丹心照汗青"，就源于这一工序，用竹简（"汗青"）比喻史册。竹子原本是青色，烤干后青色消失，这道工序被称为"杀青"。

面对这些简册（所谓的"册"，其实就是对一条一条的"简"捆绑串连起来的样子的象形描述），我几乎可以感觉到毛笔在上面点画勾写时的流畅与轻快，没有碑书那样肃括宏深、力敌万钧的气势，却有着轻骑一般的灵动洒脱，让我骤然想起唐代卢纶的那句"欲将轻骑逐，大雪满弓刀"。当笔墨的流动受到竹木纹理的阻遏，而产生了一种滞涩感，更产生了一种粗朴的美感。

其实简书也包含着一种"武功"——一种"轻功"，它不像飞檐那样沉重，具有一种庄严而凌厉的美，但它举重若轻，以轻敌重。它可以在荒野上疾行，也可以在飞檐上奔走。轻功在身，它是自由的行者，没有什么能够限制它的脚步。

四

那些站立在书法艺术巅峰上的人，正是在这一肥沃的书写土壤里产生的,是这一浩大的、无名的书写群体的代表人物。我们看得见的,是这些"名人";看不见的,是他们背后那个庞大到无边无际的书写群体。"名人"们的书法老师,也是从前那些寂寂无名的书写者,所以清代金石学家、书法家杨守敬在《平碑记》里说,那些秦碑,那些汉简,"行笔真如野鹤闻鸣,飘飘欲仙,六朝疏秀一派皆从此出"。

假如说那些"无名者"在汉简牍、晋残纸上写下的字迹代表着一种民间书法,有如"民歌"的嘶吼,不加修饰,率性自然,带着生命中最真挚的热情、最真实的痛痒,那么本书写到李斯、王羲之、李白、颜真卿、蔡襄、欧阳修、苏东坡、黄庭坚、米芾、岳飞、辛弃疾、陆游、文天祥等人,则代表着知识群体对书法艺术的提炼与升华。唐朝画家张璪说"外师造化,中得心源",我的理解是,所谓造化,不仅包括山水自然,也包括红尘人间,其实就是我们身处的整个世界,在经过心的熔铸之后,变成他们的艺术。书法是线条艺术,在书法者那里,线条不是线条,是世界,就像石涛在阐释自己的"一画论"时所说:"此一画收尽鸿蒙之外,即亿万万笔墨,未有不始于此而终于此。"

他们许多是影响到一个时代的巨人,但他们首先不是以书法家的身份被记住的。在我看来,不以"专业"书法家自居的他们,写下的每一片纸页,都要比今天的"专业"书法家更值得我们欣赏和铭记。书法是附着在他们的生命中，内置于他们的精神世界里的。他们才是真正意义上的书法家，笔迹的圈圈点点、横横斜斜，牵动着他们生命的回转、情感的起伏。像张旭，肚子痛了，写下《肚痛帖》；像怀素，吃一条鱼，写下《食鱼帖》；像蔡襄，脚气犯了，不能行走，写下《脚气帖》；更不用说苏东坡，在一个凄风苦雨的寒食节，把他的全部委屈与愤懑、呐喊与彷徨全部写进了《寒食帖》。李白《上阳台帖》、米芾《盛制帖》、辛弃疾《去国帖》、范成大《中流一壶帖》、文天祥《上宏斋帖》，无不是他们内心世界最真切的表达。当然也有颜真卿《祭侄文稿》《裴将军诗帖》这样洪钟大吕式的震撼人心之作，但它们也无不是泣血椎心之作，书写者的直率的性格、喷涌的激情和"向死而生"的气魄，透过笔端贯注到纸页上。他们信笔随心，所以他们的法书浑然天成，不见营谋算计。我在那篇写陆游的《西线无战事》里所说："书法，就是一个人同自己说话，是世界上最美的独语。一个人心底的话，不能被听见，却能被看见，这就是书法的神奇之处。我们看到的，不应只是它表面的美，不只是它起伏顿挫的笔法，还是它们所透射出的精神与情感。"

　　他们之所以成为今人眼中的"千古风流人物"，秘诀在于他们的法书既是从生命中来，不与生命相脱离，又不陷于生活的泥潭不能自拔。他们的法书，介于人神之间，闪烁着人性的光泽，又不失神性的光辉。一如古中国的绘画,永远以四十五度角俯瞰人间(以《清明上河图》为代表),离世俗很近,触手可及,又离天空很近,仿佛随时可以摆脱地心引力,飞天而去。所谓潇洒,意思是既是红尘中人,又是红尘外人。中国古代艺术家把"四十五度角哲学"贯彻始终,在我看来,这是艺术创造的最佳角度,也是中华艺术优越于西方的原因所在(西方绘画要么像宗教画那样在天国漫游,要么彻底下降到人间,像文艺复兴以后的绘画那样以正常人的身高为视点进行平视)。

我们有时会忽略他们的书法家身份,一是因为他们在其他领域的光芒太过耀眼(如李斯、李白、"唐宋八大家"、岳飞、辛弃疾、陆游、文天祥),遮蔽了他们在书法领域的光环,其次是因为许多人并不知道他们还有亲笔书写的墨迹留到今天,更无从感受他们遗留在那些纸页上的生命气息。从这个意义上说,我们应该感谢历代的收藏者,感谢今天的博物院,让汉字书写的痕迹,没有被时间抹去。有了这些纸页,他们的文化价值才能被准确地复原,他们的精神世界才能完整地重现,我们的汉字世界才更能显示出它的瑰丽妖娆。

五

书法,不仅因其产生得早(甲骨文、石鼓文、金文),更因其与心灵相通，而成为一切艺术的根基。譬如绘画，赵孟頫说"书画本同源"，实际上就是从书法中寻找绘画的源头，赵孟頫在绘画创作中，起笔运笔、枯湿浓淡中，还特别强调书法的笔墨质感。音乐、诗歌、戏剧、小说，它们叙事的曲线、鲜明的节奏感，乃至闪烁其中的魔法般的灵感火光，不能说没有书法的精髓渗透在其中。我们住在语言里，语言住在文字里，文字住在法书里。正如我在《血色文稿》里所写："语言的效用是有限的，越是复杂的情感，语言越是难以表达，但语言无法表达的东西，古人都交给了书法。书法要借助文字，也借助语言，但书法又是超越文字，超越语言的。书法不只是书法，书法也是绘画，是音乐，是建筑——几乎是所有艺术的总和。书法的价值是不可比拟的，在我看来（或许，在古人眼中亦如是），书法是一切艺术中核心的，也是最高级的形式，甚至于，它根本就不是什么艺术，它就是生命本身。"

　　这是一本关于法书的书，但它不是书法史，因为它还关涉着文学史、音乐史、戏剧史、美术史，甚至是政治史、经济史、军事史、文化史，最重要的，是生活史、生命史、心灵史。常见的书法史里装不下这些大历史，但书法史本身就应该是大历史，世界上不存在一部与其他历史无关的书法史。这也是本书写到了书法史以外看似无关、鸡零狗碎的事物的原因。

千百年过去了，这些书写者的肉体消失了，声音消失了，所有与记忆有关的事物都被时间席卷而去，但他们的文字（以诗词文章的形式）留下来了，甚至，作为文字的极端形式的法书（诗词尺牍的手稿）也留传下来，不只是供我们观看，而且供我们倾听、触摸、辨认——倾听他们的心语，触摸他们生命的肌理，辨认他们精神的路径。

人们常说"见字如面"，见到这些字，写字者本人也就鲜活地站在我们面前。他们早已随风而逝，但这些存世的法书告诉我们，他们没有真的消逝。他们在飞扬的笔画里活着，在舒展的线条里活着。逝去的是朝代，而他们，须臾不曾离开。

图版说明

第一章 此心安处是吾乡

图1-1:《寒食帖》卷,北宋,苏轼,台北故宫博物院藏

图1-2:《临李公麟画苏轼像》轴(局部),明,朱之蕃,北京故宫博物院藏

图1-3:《尊丈帖》页,北宋,苏轼,台北故宫博物院藏

图1-4:《宝月帖》册页(局部),北宋,苏轼,台北故宫博物院藏

图1-5:《获见帖》册页,北宋,苏轼,台北故宫博物院藏

图1-6:《渡海帖》册页,北宋,苏轼,台北故宫博物院藏

第二章 世道极颓,吾心如砥柱

图2-1:《砥柱铭》卷,北宋,黄庭坚,私人收藏

图2-2:《苏轼黄州寒食诗帖卷跋》,北宋,黄庭坚,台北故宫博物院藏

第三章　他的世界里没有边境

图 3-1：《苕溪诗》卷，北宋，米芾，北京故宫博物院藏

图 3-2：《蜀素帖》卷（局部），北宋，米芾，台北故宫博物院藏

图 3-3：《盛制帖》页，北宋，米芾，北京故宫博物院藏

图 3-4：《中秋帖》卷（局部），东晋，王献之（传），北京故宫博物院藏

图 3-5：《研山铭》卷（局部），北宋，米芾，北京故宫博物院藏

图 3-6：《珊瑚帖》页，北宋，米芾，北京故宫博物院藏

第四章　待从头，收拾旧山河

图 4-1：《岳飞像》石刻线画（局部），清

图 4-2：《致通判学士帖》（局部），南宋，岳飞（南宋拓），上海图书馆藏

图 4-3：《中兴四将图》卷，南宋，佚名，中国国家博物馆藏

图 4-4：《平房亭记帖》，南宋，岳飞（南宋拓），上海图书馆藏

图 4-5：《前出师表》（局部），南宋，岳飞（伪，清刻），美国哈佛大学汉和图书馆藏

第五章　挑灯看剑辛弃疾

图 5-1：《去国帖》册页，南宋，辛弃疾，北京故宫博物院藏

第六章 西线无战事

图 6-1：《怀成都十韵诗》卷，南宋，陆游，北京故宫博物院藏

图 6-2：《中流一壶帖》页，南宋，范成大，北京故宫博物院藏

图 6-3：《自书诗帖》卷（局部），南宋，陆游，辽宁省博物馆藏

图 6-4：《怀成都十韵诗》卷（局部），南宋，陆游，北京故宫博物院藏

第七章 崖山以后

图 7-1：《夕阳秋色图》轴，南宋，马麟（绘）、赵昀（书），日本根津美术馆藏

图 7-2：《上宏斋帖》卷（局部），南宋，文天祥，北京故宫博物院藏

图 7-3：《谢昌元座右自警辞》卷（局部），南宋，文天祥，中国国家博物馆藏

注　释

自序　故宫沙砾

[1]《古物陈列所章程》，原载北平古物陈列所编：《古物陈列所二十周年纪念专刊》，转引自吴十洲：《故宫涅槃——从皇宫到故宫博物院》，第93页，北京：社会科学文献出版社，2018年版。

[2] 李敬泽：《小春秋》，第1页，北京：新星出版社，2010年版。

[3] 孙机：《从历史中醒来——孙机谈中国古文物》，第445页，北京：生活·读书·新知三联书店，2016年版。

第一章　此心安处是吾乡

[1]〔北宋〕苏轼：《定风波》，见《苏轼全集校注》，第九册，第526页，石家庄：河北人民出版社，2010年版。

[2] 今四川省眉山市。

[3] 今山东省潍坊市诸城县。

[4]〔北宋〕苏轼：《江城子》，见《苏轼全集校注》，第九册，第131页，

石家庄：河北人民出版社，2010年版。

[5]〔北宋〕苏轼：《祭亡妻同安郡君文》，见《苏轼全集校注》，第十八册，第7062页，石家庄：河北人民出版社，2010年版。

[6]〔北宋〕苏轼：《八月七日初入赣，过惶恐滩》，见《苏轼全集校注》，第七册，第4375页，石家庄：河北人民出版社，2010年版。

[7]〔北宋〕苏轼：《子由自南都来陈三日而别》，见《苏轼全集校注》，第四册，第2115页，石家庄：河北人民出版社，2010年版。

[8]余华：《活着》，第197页，北京：北京十月文艺出版社，2017年版。

[9]〔北宋〕苏轼：《纵笔》，见陈迩冬选注：《苏轼诗词选》，第247页，北京：人民文学出版社，2017年版。

[10]〔北宋〕苏轼：《纵笔三首·其一》，见陈迩冬选注：《苏轼诗词选》，第252页，北京：人民文学出版社，2017年版。

[11]〔五代〕李煜：《虞美人》，见《南唐二主词笺注》，第19页，北京：中华书局，2014年版。

[12]赵权利：《苏轼》，第111页，石家庄：河北教育出版社，2004年版。

[13]北宋第一代文坛领袖为钱惟演，第二代为钱惟演的学生欧阳修，第三代为欧阳修的学生苏东坡。

[14]今广东省雷州市。

[15]今山东省济南市。

[16]今广东省湛江市所属雷州市。

[17]今广西壮族自治区藤县。

第二章　世道极颓，吾心如砥柱

[1]〔南宋〕洪迈：《容斋续笔》，第 216 页，上海：上海古籍出版社，1986 年版。

[2]〔明〕施耐庵、罗贯中：《水浒传》，上卷，第 111 页，北京：人民文学出版社，1997 年版。

[3]〔明〕施耐庵、罗贯中：《水浒传》，下卷，第 823—824 页，北京：人民文学出版社，1997 年版。

[4]〔南宋〕张端义：《贵耳集》，见《鸡肋编　贵耳集》，第 94 页，上海：上海古籍出版社，2012 年版。

[5] 今江西省吉安市泰和县。

[6]〔北宋〕黄庭坚：《宋黄山谷先生全集》，清乾隆三十年（公元 1765 年）刊本。

[7]〔明〕田艺蘅：《留青日札》，第 9 页，上海：上海古籍出版社，1985 年版。

[8] 今河北省邯郸市大名县。

[9]〔北宋〕黄庭坚：《上苏子瞻书》，见《黄庭坚集》，第 289 页，南京：凤凰出版社，2014 年版。

[10]〔北宋〕苏轼：《策略一》，见《苏轼全集校注》，第十一册，第 775 页，石家庄：河北人民出版社，2010 年版。

[11]〔北宋〕苏轼：《石苍舒醉墨堂》，见陈迩冬选注：《苏轼诗词选》，第 46 册，北京：人民文学出版社，2017 年版。

[12]〔元〕脱脱等撰：《宋史》，第 4299 页，北京：中华书局，

1977年版。

[13]〔北宋〕黄庭坚:《己未过太湖僧寺,得宗汝为书,寄山蒟白酒,长韵寄答》,见《中国书法家全集·黄庭坚》,第6页,石家庄:河北教育出版社,2004年版。

[14]〔北宋〕苏轼:《山村五绝·老翁七十自腰镰》,见陈迩冬选注:《苏轼诗词选》,第86册,北京:人民文学出版社,2017年版。

[15]祝勇:《在故宫寻找苏东坡》,第223页,北京:人民文学出版社,2020年版。

[16]除了"蜀党","旧党"中还有另外两个"党",一个是"洛党",一个是"朔党"。

[17]〔北宋〕欧阳修:《朋党论》,见《欧阳修集》,第220页,南京:凤凰出版社,2014年版。

[18]今重庆市涪陵区。

[19]今重庆市彭水苗族土家族自治县。

[20]"小人者所好利禄也,所贪者财货也。"参见〔北宋〕欧阳修:《朋党论》,见《欧阳修集》,第220页,南京:凤凰出版社,2014年版。

[21]黄君:《山谷晚年书风的重要代表作——论黄庭坚大字行楷书〈砥柱铭卷〉》,原载《中国书法》,2010年第5期。

[22]参见上文。

[23]傅申:《从迟疑到肯定——黄庭坚书〈砥柱铭卷〉研究》,原载《中国书法》,2010年第5期。

[24]黄君:《山谷晚年书风的重要代表作——论黄庭坚大字行楷

书〈砥柱铭卷〉》,原载《中国书法》,2010 年第 5 期。

[25] 今四川省宜宾市。

[26] 参见杨庆存:《苏轼与黄庭坚交游考述》,原载《齐鲁学刊》,1995 年第 4 期。

[27] 今广西壮族自治区合浦县廉州镇。

[28] 今广西壮族自治区河池市宜州区。

[29] "极目送,归鸿去",见〔北宋〕黄庭坚:《青玉案·至宜州次韵上酬七兄》,见《黄庭坚集》,第 252 页,南京:凤凰出版社,2014 年版。

[30] 韩少功:《夜行者梦语》,原载《读书》,1993 年第 5 期。

第三章　他的世界里没有边境

[1]〔北宋〕黄庭坚:《题东坡水陆赞》,见《黄庭坚集》,第 314 页,南京:凤凰出版社,2014 年版。

[2]〔北宋〕黄庭坚:《跋东坡书远景楼赋后》,见《黄庭坚集》,第 312 页,南京:凤凰出版社,2014 年版。

[3]〔北宋〕米芾:《海岳名言》,见栾保群编:《书论汇要》,上册,第 326 页,北京:故宫出版社,2014 年版。

[4] 启功:《论书绝句(注释本)》,第 26 页,北京:生活·读书·新知三联书店,2002 年版。

[5] 今浙江省吴兴县。

[6]《西园雅集图》后来成为绘画的经典题材,马远、刘松年、赵

孟頫、钱舜举、唐寅、尤求、李士达、原济、丁观鹏等，都曾画过《西园雅集图》。

[7]〔北宋〕米芾：《海岳名言》，见栾保群编：《书论汇要》，上册，第 326 页，北京：故宫出版社，2014 年版。

[8]〔北宋〕黄庭坚：《戏赠米元章二首》，见《米芾集》，第 283 页，杭州：浙江人民美术出版社，2019 年版。

[9] 参见〔北宋〕叶梦得：《石林燕语》，第 155 页，北京：中华书局，1984 年版。

[10]〔南朝宋〕虞龢：《论书表》，见栾保群编：《书论汇要》，上册，第 44 页，北京：故宫出版社，2014 年版。

[11] 参见〔北宋〕何薳：《春渚纪闻》，第 109 页，北京：中华书局，1983 年版。

[12] 淮阳军是公元 982 年宋太宗设置的行政区划，治下邳县（今江苏省徐州市睢宁县古邳镇），领下邳、宿迁二县。

[13] [日] 石川九扬：《写给大家的中国书法史》，第 152 页，长沙：湖南美术出版社，2018 年版。

[14]〔北宋〕米芾：《海岳名言》，见栾保群编：《书论汇要》，上册，第 325 页，北京：故宫出版社，2014 年版。

第四章　待从头，收拾旧山河

[1] 今江苏省南京市。

[2] 今浙江省杭州市。

[3] 邓广铭:《岳飞传》,第 182 页,北京:生活·读书·新知三联书店,2017 年版。

[4] 以上对话皆引自〔南宋〕张戒:《默记》,见〔南宋〕岳珂编:《鄂国金佗稡编续编校注》,第三册,第 1130 页,北京,中华书局,1989 年版。关于岳飞建议立储事件的真伪,《宋史》《中兴四朝国史》《建炎以来系年要录》等史料持否定说法,《建炎以来朝野杂记》持肯定说法。目前学术界基本采信此事为真。

[5] 今河南封丘东南陈桥镇。

[6] 后改名光义,即宋太宗赵炅。

[7] 北宋并没有完全统一古代中国,二次讨伐辽国失败,幽云十六州和辽西、辽东还在契丹手中。党项李继迁及其后代后来控制了夏州、灵州、河西走廊,建立了西夏。

[8]〔宋〕杨亿:《杨文公谈苑》,"用其长护其短"条,第 171 页,见《杨文公谈苑·倦游杂录》,第 171 页,上海:上海古籍出版社,1993 年版。

[9] 参见吴启雷:《岳飞书法真伪谈》,原载《看历史》,2018 年第 8 期。

[10] 同上。

[11]〔北宋〕吴处厚:《青箱杂记》,第 63 页,北京:中华书局,1985 年版。

[12]〔南宋〕岳飞:《乞出师札子》,见〔南宋〕岳珂编:《鄂国金佗稡编续编校注》,第三册,第 943 页,北京,中华书局,1989 年版。

[13] 北京故宫博物院徐邦达先生认为,《凤墅帖》里收录的"岳飞三札"是可靠书迹,可以作为岳飞书法的标准,"印证传世种种伪本

岳书墨迹之非",见徐邦达:《徐邦达集》,第一册《古书画鉴定概论》,北京:紫禁城出版社,2005年版;徐学毅、余凯凯认为:"《凤墅帖》三札是地道的苏体,更接近岳珂的记载","《凤墅帖》三札的帖文均不提及岳飞请人代笔,说明《凤墅帖》三札并非代笔的可能性较大","从以上两点来看《凤墅帖》三札定为岳飞亲笔书更显合理"。见徐学毅、余凯凯:《岳飞名下〈奉使郎中帖〉考》,原载《中国书法》,2018年第10期。

[14] 黄裳:《读怀素〈食鱼帖〉》,见李陀、北岛选编:《给孩子的散文》,第99页,北京:中信出版集团,2015年版。

[15] 徐森玉:《〈郁孤台帖〉和〈凤墅帖〉》,原载《文物》,1961年第8期。

[16] 虞云国:《南渡君臣——宋高宗及其时代》,第141页,上海:上海人民出版社,2019年版。

[17] 许倬云:《万古江河——中国历史文化的转折与开展》,第250页,长沙:湖南人民出版社,2017年版。

[18] 同上书,第251页。

[19] 〔南宋〕朱熹:《朱子语类》,第一三一卷,转引自邓广铭:《岳飞传》,第267页,北京:生活·读书·新知三联书店,2017年版。

[20]《三朝北盟会编》,卷一八九,"金人退还河南地"条,转引自邓广铭:《岳飞传》,第270页,北京:生活·读书·新知三联书店,2017年版。

[21] 关于《满江红》一词是否岳飞所作,以及此词写作时间,史

学界观点不一。邓广铭、周汝昌等先生认为《满江红》一词作者确为岳飞无疑。关于写作时间，邓广铭先生认为应写在绍兴二年（公元1132年）至五年（公元1135年）这一时间内，也有人认为它作于绍兴四年（公元1134年）岳飞克复襄汉、荣升节度使之后。参见邓广铭：《岳飞的〈满江红〉词不是伪作》，原载《文史知识》，1981年第3期；《再论岳飞的〈满江红〉词不是伪作》，原载《文史哲》，1982年第1期；周汝昌：《千秋一寸心——周汝昌讲唐诗宋词》，第11—13页，北京：中华书局，2006年版；王曾瑜：《岳飞〈满江红〉词真伪之辨及其系年》，原载《文史知识》，2007年第1期；等等。

[22] 今河南省安阳市。

[23] 今河南省濮阳县。

[24] 今山东省东平县州城镇。

[25] 今山东省巨野县。

[26] 今河南省商丘县。

[27] 今安徽省泗县。

[28] 邓广铭：《岳飞传》，第43页，北京：生活·读书·新知三联书店，2017年版。

[29] 〔南宋〕李心传：《建炎以来系年要录》，第一册，第578页，北京：中华书局，1988年版。

[30] 今浙江省绍兴市。

[31] 今浙江省宁波市。

[32] 今浙江省镇海县。

[33] 今河南省濮阳市。

[34] 今山东省定陶县西。

[35] 邓广铭:《岳飞传》,第146页,北京:生活·读书·新知三联书店,2017年版。

[36] 转引自上书,第146页。

[37] 南宋"中兴四将"是指宋室南渡之后,在抵抗金兵、保证南宋政权的建立与巩固过程中起过重大作用的将领,分别为岳飞、韩世忠、张俊、刘光世。

[38] 虞云国:《南渡君臣——宋高宗及其时代》,第124页,上海:上海人民出版社,2019年版。

[39] 〔南宋〕岳珂:《吁天辨诬》,见〔南宋〕岳珂编、王曾瑜校注:《鄂国金佗稡编续编校注》,第三册,第1029页,北京,中华书局,1989年版。

[40] 今河南省许昌市。

[41] 今河南省淮阳县。

[42] 〔南宋〕岳飞:《龙虎等军捷奏》,见〔南宋〕岳珂编、王曾瑜校注:《鄂国金佗稡编续编校注》,第三册,第1027页,北京,中华书局,1989年版。

[43] 〔南宋〕文林郎、黄元振编:《百氏昭忠录卷之十一》,见〔南宋〕岳珂编、王曾瑜校注:《鄂国金佗稡编续编校注》,第四册,第1716页,北京,中华书局,1989年版。

[44] 今吉林省长春市农安县。

[45] 〔南宋〕岳珂编、王曾瑜校注:《鄂国金佗稡编续编校注》,

第二册，第 623 页，北京，中华书局，1989 年版；〔元〕脱脱等撰：《宋史》，第 9037 页，北京：中华书局，2000 年版。

[46] 虞云国：《南渡君臣——宋高宗及其时代》，第 133 页，上海：上海人民出版社，2019 年版。

[47] 贺兰山是虚指北方塞外。

[48] 《三朝北盟会编》，卷二〇七，《岳侯传》，转引自邓广铭：《岳飞传》，第 336 页，北京：生活·读书·新知三联书店，2017 年版。

[49] 〔元〕脱脱等撰：《宋史》，第 9037 页，北京：中华书局，2000 年版。

[50] 虞云国：《南渡君臣——宋高宗及其时代》，第 149 页，上海：上海人民出版社，2019 年版。

[51] 参见邓广铭：《岳飞传》，第 392 页，北京：生活·读书·新知三联书店，2017 年版。

[52] 同上。

[53] 今湖北省鄂州市。

[54] 虞云国：《南渡君臣——宋高宗及其时代》，第 130 页，上海：上海人民出版社，2019 年版。

[55] 岳飞被杀于南宋绍兴十二年（公元 1142 年），南宋亡于祥兴元年（公元 1279 年）。

[56] 〔南宋〕李心传：转引自《三朝北盟会编》，卷二四二，转引自邓广铭：《岳飞传》，第 392 页，北京：生活·读书·新知三联书店，2017 年版。

[57] 〔元〕脱脱等撰：《宋史》，第 9041 页，北京：中华书局，

2000年版。

[58]〔南宋〕岳珂:《宝真斋法书赞》,见《丛书集成初编》,第416页,北京:中华书局,1985年版。

[59] 关于岳飞书前后《出师表》真伪的考辨,详见谭良啸:《岳飞书〈前后出师表〉石刻考》,原载《四川文物》,1985年第1期;刘惠恕:《论有关岳飞评价的争议》,原载中国社会科学网,2020年2月29日。

[60]〔南宋〕李心传:《建炎以来系年要录》,第三册,第2383页,绍兴十三年二月乙酉条引《中兴圣政》《吕中大事记》,北京:中华书局,1988年版。

[61]〔日〕赤地遵:《南宋初期政治史研究》,第308页,上海:复旦大学出版社,2018年版。

[62] 今湖北省秭归县。

[63] 钱超、樊琪:《试论书法史视野下的宽容与严厉》,原载《书法》,2013年第3期。

[64] 详见张焱:《秦桧〈深心帖〉辨伪——兼论忠奸托名伪作的不同特点》,原载《书法》,2016年第6期。

[65] 虞云国:《南渡君臣——宋高宗及其时代》,第178页,上海:上海人民出版社,2019年版。

[66]〔元〕脱脱等撰:《宋史》,第9021页,北京:中华书局,2000年版。

[67] 陆易:《翠微亭石刻》,原载《东方博物》,2016年第2期。

第五章　挑灯看剑辛弃疾

[1] 王国维先生说："古今之成大事业、大学问者，必经过三种之境界：'昨夜西风凋碧树，独上高楼，望尽天涯路。'此第一境也。'衣带渐宽终不悔，为伊消得人憔悴。'此第二境也。'众里寻他千百度，回头蓦见（当作"蓦然回首"），那人却在灯火阑珊处'，此第三境也。"参见王国维：《人间词话》，见《王国维全集》，第一卷，第147页，北京：中国文史出版社，1997年版。

[2]〔元〕脱脱等撰：《宋史》，第9565页，北京：中华书局，2000年版。

[3] 今江西省上饶市下辖信州区。

[4]〔南宋〕辛弃疾：《沁园春·带湖新居将成》，见朱德才选注：《辛弃疾词选》，第52页，北京：人民文学出版社，2017年版。

[5]〔北宋〕范仲淹：《岳阳楼记》，见《古文观止》，下册，第421页，北京：中华书局，1979年版。

[6] 此词创作具体日期不详，存此一说。

[7]〔南宋〕辛弃疾：《破阵子·为陈同甫赋壮词以寄之》，见朱德才选注：《辛弃疾词选》，第119页，北京：人民文学出版社，2017年版。

[8] 河南府，今河南省洛阳市。

[9] 今山东济南城郊。

[10]〔南宋〕辛弃疾：《水龙吟·甲辰岁寿韩南涧尚书》，见朱德才选注：《辛弃疾词选》，第65页，北京：人民文学出版社，2017年版。

[11] 今江苏省南京市。

[12]《三朝北盟会编》，卷二四九，邓广铭：《辛弃疾传·辛稼轩年谱》，

第 135 页，北京：生活·读书·新知三联书店，2017 年版。

[13]〔南宋〕陆游：《陇头水》，见高利华编：《但悲不见九州同——陆游集》，第 55 页，郑州：河南文艺出版社，2015 年版。

[14]〔南宋〕辛弃疾：《水龙吟·登建康赏心亭》，见朱德才选注：《辛弃疾词选》，第 14 页，北京：人民文学出版社，2017 年版。

[15] 今安徽省宿县。

[16]〔战国〕屈原：《楚辞》，第 198 页，北京：中华书局，2017 年版。

[17] 转引自邓广铭：《辛弃疾传·辛稼轩年谱》，第 43 页，北京：生活·读书·新知三联书店，2017 年版。

[18]〔南宋〕辛弃疾：《菩萨蛮·书江西造口壁》，见朱德才选注：《辛弃疾词选》，第 20 页，北京：人民文学出版社，2017 年版。

[19] 朱德才选注：《辛弃疾词选》，第 21 页，北京：人民文学出版社，2017 年版。

[20] 根据徐邦达先生考证，此帖的书写时间当为辛弃疾平茶寇后，诏江西提刑除秘阁修撰，故此帖当书于淳熙二年（公元 1175 年）十月间，辛弃疾时年三十六岁。参见吴斌：《辛弃疾〈去国帖〉秘辛》，原文链接：https://xw.qq.com/amphtml/20200206A088PV00。

[21] 参见吴斌：《辛弃疾〈去国帖〉秘辛》，原文链接：https://xw.qq.com/amphtml/20200206A088PV00。

[22] 同上。

[23] 地处今福建省北部，府治位于今福建省建瓯市。

[24]〔南宋〕曾觌：《忆秦娥·邯郸道上望丛台有感》，见唐圭璋

编纂:《全宋词(简体增订本)》,第二册,第1710页,北京:中华书局,1999年版。

[25] 夏承焘等撰:《宋词鉴赏词典》,第1101—1102页,上海:上海辞书出版社,2003年版。

[26]〔南宋〕辛弃疾:《沁园春·带湖新居将成》,见朱德才选注:《辛弃疾词选》,第52页,北京:人民文学出版社,2017年版。

[27] 今湖南省衡阳市。

[28]〔南宋〕陆游:《送辛幼安殿撰造朝》,见高利华编:《但悲不见九州同——陆游集》,第269—270页,郑州:河南文艺出版社,2015年版。

[29]〔南宋〕程珌:《丙子轮对札子》,转引自邓广铭:《辛弃疾传·辛稼轩年谱》,第96页,北京:生活·读书·新知三联书店,2017年版。

[30]〔南宋〕辛弃疾:《永遇乐·京口北固亭怀古》,见朱德才选注:《辛弃疾词选》,第229页,北京:人民文学出版社,2017年版。

[31] 今江西省上饶市铅山县,东近浙江,西接赣中,南望福建,北邻安徽。

第六章 西线无战事

[1]〔南宋〕陆游:《书愤》,见游国恩、李易选注:《陆游诗选》,第108页,北京:人民文学出版社,1997年版。

[2] 今四川省广元市。

[3] 朱东润:《陆游传》,第88页,武汉:华中科技大学出版社,

2019年版。

[4] 今四川省崇庆市。

[5] 今重庆市合川区。重庆市原属四川省，1997年设为直辖市。

[6]〔南宋〕陆游：《山南行》，见游国恩、李易选注：《陆游诗选》，第15页，北京：人民文学出版社，1997年版。

[7]〔南宋〕陆游：《金错刀行》，见游国恩、李易选注：《陆游诗选》，第28页，北京：人民文学出版社，1997年版。

[8]〔南宋〕陆游：《猎罢夜饮示独孤生》，见王新霞、胡永杰编：《壮心未与年俱老：陆游诗词》，第113页，北京：人民文学出版社，2017年版。

[9] 同上。

[10]〔南宋〕陆游：《剑门道中遇微雨》，见高利华编：《但悲不见九州同——陆游集》，第171页，郑州：河南文艺出版社，2015年版。

[11] 今四川省乐山市。

[12] 今四川省自贡市荣县。

[13]〔南宋〕陆游：《秋波媚·七月十六日晚登高兴亭望长安南山》，见高利华编：《但悲不见九州同——陆游集》，第18页，郑州：河南文艺出版社，2015年版。

[14]〔南宋〕陆游：《秋夜将晓出篱门迎凉有感》，见高利华编：《但悲不见九州同——陆游集》，第7页，郑州：河南文艺出版社，2015年版。

[15]〔南宋〕陆游：《军中杂歌》，见高利华编：《但悲不见九州同——陆游集》，第4页，郑州：河南文艺出版社，2015年版。

[16]〔南宋〕陆游：《观大散关图有感》，见王新霞、胡永杰编：《壮

心未与年俱老：陆游诗词》，第67页，北京：人民文学出版社，2017年版。

[17]〔南宋〕陆游：《汉宫春·初自南郑来成都作》，见高利华编：《但悲不见九州同——陆游集》，第20页，郑州：河南文艺出版社，2015年版。

[18]参见徐邦达：《徐邦达集》，第四册《古书画过眼要录（三）》，第764页，北京：紫禁城出版社，2005年版。

[19]见《怀成都十韵诗帖》卷末明代沈周跋文，北京故宫博物院藏。

[20]〔南宋〕陆游：《示儿》，见游国恩、李易选注：《陆游诗选》，第215页，北京：人民文学出版社，1997年版。

第七章　崖山以后

[1]〔南宋〕文天祥：《正气歌》，见《文天祥集》，第148页，太原：三晋出版社，2008年版。

[2]吕晓根据《千里江山图》本幅左上钤有"寿国公书印"判定，靖康之变后，《千里江山图》可能归金丞相高汝砺收藏，南宋时重入内府。参见吕晓：《再论〈千里江山图〉》，原载《2017年〈千里江山图〉暨青绿山水画国际学术研讨会论文集》，第93—100页，北京：故宫博物院，2017年（非正式出版）。

[3]〔北宋〕苏洵：《任相》，见《苏洵集》，第231页，郑州：中州古籍出版社，2010年版。

[4]今广东省海丰县北。

[5]参见〔元〕脱脱等撰：《宋史》，第9822—9823页，北京：中

华书局，2000年版。

[6] 占城（Champa，137—1697年），即占婆补罗（"补罗"梵语意为"城"），简译占婆、占波、瞻波。位于中南半岛东南部，北起今越南河静省的横山关，南至平顺省潘郎、潘里地区。王都为因陀罗补罗（今茶荞）。

[7] 〔德〕迪特·库恩：《儒家统治的时代——宋的转型》，第91页，北京：中信出版集团，2016年版。

[8] 陈胜利：《弱宋——造极之世》，第328页，北京：清华大学出版社，2016年版。

[9] 转引自〔美〕斯塔夫里阿诺斯：《全球通史：从史前史到21世纪（上）》，第253页，北京：北京大学出版社，2005年版。

[10] 〔唐〕韩愈：《原道》，见陈尚君选注：《唐文》，第202页，石家庄：河北教育出版社，2001年版。

[11] 〔元〕脱脱等撰：《宋史》，第9823—9824页，北京：中华书局，2000年版。

[12] 同上书，第9819页。

[13] 同上。

[14] 同上书，第9823页。

[15] 同上。

[16] 今内蒙古自治区锡林郭勒盟正蓝旗境内，多伦县西北闪电河畔。

结语　汉字书写之美

[1] 参见周汝昌：《永字八法——书法艺术讲义》，第 9 页，桂林：广西师范大学出版社，2015 年版。

[2] 参见上书，第 10 页。

[3] 参见上书，第 13 页。

[4] 蒋勋：《汉字书法之美》，第 62—63 页，桂林：广西师范大学出版社，2009 年版。